TEMPOS DE SANGUE

O DESPERTAR DA FÚRIA

EDUARDO KASSE

PRIMEIRA EDIÇÃO

EDITORA DRACO

SÃO PAULO

2015

Eduardo Kasse
é paulistano, nascido em 10 de abril de 1982. Autor da série de fantasia histórica Tempos de Sangue, com cinco romances publicados: *O Andarilho das Sombras* (2012), *Deuses Esquecidos* (2013), *Guerras Eternas* (2014), *O Despertar da Fúria* (2015) e *Ruínas na Alvorada* (2016), além de uma HQ: *A Teia Escarlate* (2017). Autor da série de ficção histórica Vikings, com o romance *Vikings: Berserker* (2018) e os quadrinhos *Vikings: Noite em Valhala* (2018) e *Vikings: Morte ao troll* (2019). Contos em *Imaginários v. 5* (2012), *Excalibur* (2013), *Samurais x Ninjas* (2015), *Medieval* (2016), *Magos* (2017) e em e-book completam o seu trabalho.

Publisher: Erick Santos Cardoso
Edição: Antonio Luiz M. C. Costa
Revisão: Ana Lúcia Merege
Arte e capa: Ericksama

Dados Internacionais de Catalogação na Publicação (CIP)
Ana Lúcia Merege 4667/CRB7

K 19

Kasse, Eduardo Massami
O Despertar da Fúria / Eduardo Massami Kasse. – São Paulo : Draco, 2014.
– (Tempos de sangue ; 4)

ISBN 978-85-8243-128-3

1. Ficção brasileira I. Título II. Série CDD-869.93

Índices para catálogo sistemático:
1.Ficção : Literatura brasileira 869.93

1ª edição, 2015

Editora Draco
R. César Beccaria, 27 – casa 1
Jd. da Glória – São Paulo – SP
CEP 01547-060
editoradraco@gmail.com
www.editoradraco.com
www.facebook.com/editoradraco
Twitter e Instagram: @editoradraco

O Despertar da Fúria

Série
Tempos de Sangue
O Despertar da Fúria

Seres de tempos imemoriais caminham pela terra.
Tão antigos quanto as montanhas, os rios e as árvores.
A minha existência é um piscar d'olhos perante a deles.
Quantos séculos tem o mundo?
Quantos milênios?
Penso se viverei tanto assim. Ou se cansarei da imortalidade.
Muitos já desistiram, eu mesmo hesitei
quando a dor se tornou insuportável.
Mas pelo sortilégio dos deuses permaneci:
continuei sendo o flagelo da noite.
Por ora, sigo a minha jornada, o meu caminho pelas trevas.
Sem rumo, sem amarras ou ilusões.
Buscando o prazer e o sangue.
Sou um andarilho das sombras.
E vou para onde tiver vontade.
Quando tiver vontade.
Por quê?
Simplesmente porque eu posso...

Capítulo I – Murmúrios na noite

O cheiro da morte estava impregnado nas ruas de Weymouth. Nem a brisa vinda do mar ajudava a dissipar o fedor nauseabundo dos cadáveres que se acumulavam dentro das casas e nas vielas. Havia uns poucos homens encarregados de recolhê-los. Os outros estavam mortos ou fugindo para algum lugar seguro.

Mas esses lugares não existiam.

A Inglaterra começava a ser tomada pela peste, primeiro perto dos portos onde soldados e mercadores doentes desembarcavam apenas para morrer nas tabernas, depois nas cidades e vilarejos vizinhos. As pessoas ardendo em febre, com a pele coberta de bulbos azulados e uma tosse sanguinolenta buscavam a cura e a salvação, contudo não conseguiam nenhum auxílio ou alívio: as portas das igrejas estavam fechadas, os parentes saudáveis as escorraçavam como cães sarnentos e ninguém, nem mesmo os mais doutos, sabia como curá-las.

Vagavam sem rumo até todas as suas forças se exaurirem e morriam sem qualquer dignidade, onde quer que estivessem. Muitos apodreciam nas vias e ruelas, outros pereciam nas estradas, porque nem mesmo os animais queriam comer as carnes estragadas.

Ricos, pobres, crianças ou homens feitos, não importava, o flagelo atingiu a todos. A ira de Deus não poupou ninguém, não fez distinções. Padres, monges e bispos bradavam sobre a praga, sobre o castigo divino, enquanto suas próprias carnes se desfaziam debaixo dos hábitos.

Nem todo o ouro que possuíam, nem todo o poder e influência os livrava do sofrimento e da morte. As portas do inferno estavam abertas. Escancaradas, na verdade.

– Ouvi falar que a peste já matou mais franceses do que a

guerra – um velho barbado comentou enquanto ajudava o amigo a colocar mais um corpo na carroça. – Santa Balbina, esse está mesmo podre, *tá* até vazando pelos buracos.

– Matou os cães franceses e também boa parte do nosso exército – o outro parecia não se importar com o fedor. Tirou um pano imundo do bolso e secou o suor da testa. – Sofremos tantas baixas que os reis decidiram por uma trégua. Pelo menos assim correm os boatos.

– Trégua? A minha bunda! – O velho escarrou. – Eles não têm é mais gente para lutar, isso sim. Tá todo mundo doente ou com medo. Se continuar nessa velocidade não vai restar quase ninguém nesse mundo.

– A gente tem sorte de não pegar essa moléstia – pegou o cadáver de um bebê pela perna e jogou-o na carroça.

– Sorte? A minha bunda! – Segurou a rédea do cavalo, que fez força e patinou um pouco até a carroça começar a andar pelo chão enlameado. – Se eu tivesse sorte estaria bebendo uma boa cerveja escura e trepando com uma bela mulher de ancas largas e tetas fartas, e não levando esses defuntos fedorentos para ser queimados.

– Pelo menos estamos ganhando bem – o amigo bateu na bolsinha de moedas presa ao seu cinto. – Eles nos pagaram uma boa quantidade de prata, mais do que aquele corno do John Careca nos pagava no navio. De que adiantou ser tão muquirana? Ele foi um dos primeiros a morrer por aqui, inchado como uma bexiga de bode. Você se lembra de como ele chorava feito uma mulher?

– Lembro – fungou o outro. – Quantos morreram do nosso navio?

– Acho que todos – o amigo coçou os cabelos sebentos. – Na verdade *sobrou* você, eu e aquele molequinho órfão, o Leite Azedo. Tá vendo como temos sorte?

– Até concordo, mas ainda acho que você se contenta com muito pouco – cuspiu. – Tomara que ainda sobre alguma mulher de ancas largas e tetas fartas nesse mundo.

– Tomara que ainda sobre alguma mulher – o amigo deu um sorriso torto.

Eles guiaram a carroça pela ruela estreita até chegar ao porto e jogaram os corpos junto de outras dezenas, empilhados e prontos para ser queimados. Voltaram vagarosamente para continuar o seu trabalho, para a última viagem antes de anoitecer.

.
.
.

Despertei. Estalei os ossos do pescoço e afastei os ratos que passeavam pelo meu corpo. Eles estavam cada vez mais gordos e atrevidos. A comida agora era farta, pois as pessoas morriam aos montes e deixavam suas casas livres para eles, para os ladrões e para mim.

Eu dormia no porão da casa de um mercador que morrera havia uns dias. O lugar foi completamente saqueado e a mulher do infeliz estuprada, mesmo já padecendo dos primeiros sintomas da doença. Os homens não tinham mais esperança e isso fez aflorar a bestialidade. A incerteza de um futuro transformou-os em animais. Ou melhor: liberou as feras que sempre existiram em suas almas.

Eu também era um animal, sedento, que sairia para caçar nas sombras como vinha fazendo durante séculos. Espanei o pó das vestes roubadas de um nobre agonizante, chutei uma ratazana que insistia em subir pela bota e saí da minha alcova. Uma lufada de ar fedido estapeou o meu rosto quando abri a porta que dava na rua. Por sorte, estava frio, senão a fedentina seria muito pior.

Caminhei a esmo pelas ruas desertas sem cruzar com nenhuma pessoa. Viva. O silêncio era sepulcral, quebrado somente por alguns uivos distantes e murmúrios trazidos pelo vento. Não conseguia precisar se eram orações, prantos ou apenas gemidos de algum agonizante. Havia muitas lamentações no ar, contudo uma, não sei o porquê, prendeu a minha atenção.

Segui os sons, sem pressa, como um espectro que passeia em meio à ruína. Sabia que me observavam pelas frestas. Sabia que tinham certeza que eu era um enviado de Satanás, ou o próprio, que caíra nessa terra devastada para levar a alma dos pecadores. Uns tremiam e rezavam pedindo proteção, outros se regozijavam na esperança da peste terminar. Tão crédulos. Tão patéticos! E pensar que eu já tinha sido assim... Humano.

– A culpa é de vocês! – Uma mulher gorda, coberta de cordões de ouro e prata, gritou para dois velhos judeus que passavam pela rua, cabisbaixos e apressados. Eles eram uns dos pouquíssimos que restaram em solo inglês após a expulsão de 1290. – Vocês trouxeram a punição do Senhor! Vocês envenenaram a nossa água e atraíram todo o mal. Vocês não podem mais viver nessas terras, foram banidos pelo rei Eduardo.

As joias feitas por eles tilintavam no pescoço roliço dela.

Os homens sem sorte, pelo que eu soube mais tarde ouvindo os boatos enquanto fingia bebericar algo numa taverna, viviam aparentemente como cristãos, trabalhando como ourives para os abastados da região. Mantinham sua religião oculta, até mesmo das pessoas mais próximas; contudo, durante uma negociação, o filho xereta de um dos seus clientes foi até o porão da moradia dos irmãos, encontrou uma menorá dourada envolta em panos escuros e correu até o pai para mostrar o seu achado. O pai nada disse às pessoas da cidade, pois era muito amigo dos velhos e sabia quais seriam as implicações advindas das suas palavras, mas a criança contou para a mãe, a mulher gorda escandalosa.

E a desgraça aconteceu: os velhos foram espancados até a morte por homens enlouquecidos, incitados pela gorducha nervosa. Alguns guardas e o xerife observaram tudo calados e até mesmo o Earl da cidade, cliente cativo dos irmãos, se manteve distante.

Os dois judeus morreram, assim como muitos ciganos, deformados e adúlteros.

Essa é apenas uma das histórias de violência dos últimos tempos.

O medo e o ódio andavam de mãos dadas. Eram amantes ardorosos e inseparáveis.

Continuei meu passeio noturno, buscando a origem dos murmúrios, que se intensificavam à medida que eu avançava. Logo à frente, um grande lago surgiu e, ao redor, várias casas ponteavam o horizonte. Palhoças, casas de madeira e uma ou outra feita de pedra. Agora eu podia ouvir claramente um choro velado, quase em sintonia com o som do vento na superfície da água.

Eu não conseguia prever o futuro, mas já sabia do que se tratava: o pranto por mais um ente querido morto pela maldita doença. Se essa peste continuasse, eu também passaria fome.

Parei à frente de uma casa feita com pedras e madeira. Uma vaca se aproximou, cheirou-me e se afastou até uma touceira viçosa onde começou a pastar tranquilamente. Suas tetas estavam inchadas pela falta de ordenha e os pelos cobertos de carrapatos.

O fogo estava aceso e o cheiro da morte negra saía junto com a fumaça. Bati três vezes na porta e dei um passo para trás. Ouvi uma cadeira ser arrastada e uma tranca ser aberta. Esperei pacientemente, até que a porta rangeu. Vi o rosto de uma garota assustada espiar pela abertura e sorri.

– Quem é você e o que você quer? – perguntou, sem qualquer cerimônia, apesar da voz sair trêmula.

– Sou Harold Stonecross – fiz uma mesura. – E vim ajudar você.

– Veio me ajudar? – Ela franziu a testa e abriu um pouco mais a porta, espiou para os dois lados e voltou a me encarar. – Como? Quem o mandou?

– Ninguém me enviou, minha querida – aproximei-me. – Estou aqui porque ouvi o seu pranto e quero acabar com o seu sofrimento.

A garota de olhos azuis como o céu da primavera me encarou, primeiro desconfiada, um pouco confusa até, depois suplicante. A tristeza era tamanha que ela cedeu à mínima esperança. Abriu a porta e convidou-me a entrar. Colocou sobre a mesa a faca que segurava. Ervas e cascas aromáticas queimavam na fogueira para tentar disfarçar o mau cheiro. Não adiantava. Sobre a cama o corpo de uma mulher jovem, coberto pelas feridas escuras.

– É a minha irmã – fungou. – Só sobramos ela e eu. Nossos pais e meus dois irmãos mais velhos morreram no mês passado, cuidamos deles todos os dias, limpamos as feridas, trocamos as roupas imundas. E os enterramos lá no fundo do vale. Achei que a gente não pegaria isso – enxugou as lágrimas com as costas da mão. – Continuamos a nossa vida normalmente, de certa forma, mas no domingo ela começou a ficar fraca e logo apareceram as feridas. Morreu hoje, um pouco antes do pôr do sol.

A garota se ajoelhou ao lado do corpo e começou a chorar. Agachei-me e afaguei seus cabelos castanhos, emaranhados, sebosos pela falta de escovadas.

– Agora estou sozinha para cuidar dos animais e da terra – ela me olhou, os olhos vermelhos e a boca fina com leves tremores. – Eu não vou conseguir. Queria ter morrido com eles.

– Eu posso lhe trazer a paz e o descanso, linda menina – segurei suas mãos frias. – Eu posso acabar com o seu sofrimento.

– Como? – As lágrimas lavavam seu rosto sujo.

Sem dizer nada, beijei a sua testa e a ajudei a se levantar. Mordi seu pescoço delicadamente. Ela me abraçou. Sabia que não sentia dor. Eu só causava dor em quem eu desejava e, conforme os anos passavam, meu controle sobre os poderes crescia. O sangue quente e espesso inundou a minha boca. Continuei afagando seus cabelos e suguei delicadamente, apreciando cada gole, sentindo o meu corpo se aquecer.

Aos poucos a garota começou a amolecer e seus braços me soltaram, pendiam agora ao lado do seu corpo magro.

Dei um último gole e parei de sugar. Senti o coração dela acelerando, palpitando desesperadamente para mantê-la viva. Porém sua sina já estava traçada. Eu era o anjo da morte que acabara com o seu sofrimento. Quem sabe ela encontraria a sua família em outro mundo?

Provavelmente não.

Deitei-a ao lado da irmã e cobria-as com uma manta de lã. Ela estava no limiar entre a vida e a morte. A menina abriu os olhos e esboçou um sorriso. Sentia-se bem. Não sei quais sonhos começavam a dominar seus pensamentos.

– Obrigado, Harold, são Harold – sussurrou. – Meu salvador. Meu enviado de Deus!

Fiquei ao seu lado até ela morrer. Ela partiu em paz. Não precisaria mais viver sozinha nesse mundo de merda.

Saí e encostei a porta. A vaca veio novamente na minha direção e me acompanhou ruminando e soltando montes de bosta esverdeada enquanto andávamos.

– São Harold! – Gargalhei. – Essa é nova para mim. Se bem que durante a minha vida eu já fiz mais o *bem* e acabei mais com o sofrimento das pessoas do que muitos santos, Jesus, Deus ou as porras que os valham. Eu, sim, sou um verdadeiro milagre.

A vaca mugiu e ficou a pastar em um arbusto. Eu segui meu caminho pelas sombras, rindo e assoviando uma canção que certa vez ouvi em um mosteiro bem ao norte da Inglaterra. A ideia de ser santo não me saiu da cabeça a noite toda, fazendo-me gargalhar escandalosamente.

Imaginei estátuas minhas nas catedrais e missas rezadas em meu nome.

Por onde eu passava as pessoas faziam o sinal da cruz e pensavam: *o demônio anda por essa terra e zomba de nós.*

Elas estavam certas.

– Seu filho de uma leitoa vesga! – O mercador gritava enquanto corria empunhando uma faca de estripar peixes, com vísceras presas à lâmina fina, atrás de um garoto magricela. – Vou cortar o seu saco quando te pegar!

O menino fugia com um pão em uma mão e um saco com nozes na outra. Ele cruzava as ruelas estreitas, trombando em alguns transeuntes, sendo constantemente xingado e até levando alguns safanões na cabeça. Perdeu uma das sandálias no meio do caminho, mas seguiu arisco como uma lebre fugindo da raposa. Mas a raposa era esperta e veloz, e se aproximava cada vez mais.

– Você não vai escapar, seu bostinha – esticou a mão. – Agora eu te pego e...

O mercador desabou no chão poeirento. Um garoto colocara o pé no seu caminho e ele tropeçou, arrebentando o nariz na queda.

– Filhos da puta! – berrou, o nariz jorrando sangue. – Eu não vou me esquecer da cara de vocês, seus desgraçados! Eu vou pegar vocês!

Os meninos já estavam longe, correndo para a Floresta de Wareham.

– Preciso respirar! – O pequeno larápio sentou-se em uma pedra e colocou o pão sobre o colo. – Acho que ele não vai nos seguir.

O outro se encostou a uma árvore, suado, meio trêmulo, e arqueou-se para a frente, com as mãos nos joelhos e a respiração ofegante.

– Acho que não mesmo – tossiu enquanto recuperava o fôlego. – Ele vai precisar arrumar aquele nariz.

– Aliás, quem é você? – O menino do pão enxugou a testa na camisa suja. – Obrigado pelo que fez. Se ele me pega eu perderia os meus bagos.

– Meu nome é Bill, mas pode me chamar de Ligeiro – ele se aproximou e se sentou ao lado do outro, pegando umas nozes no saco.

– Eu sou Louis e costumavam me chamar de Leite Azedo no barco – partiu um pedaço de pão e deu para o novo amigo.

– Você não é daqui, certo? – Arrancou um naco do pão e enfiou na boca.

– Eu sou da França – respondeu Louis, de boca cheia. – Eu trabalhava num barco, mas todos morreram com a peste.

– Por isso esse seu sotaque engraçado – Ligeiro sorriu. – Todo mundo que eu conheço morreu também. Daí eu fico zanzando por aí, atrás de comida e de algum dinheiro. Lugares para dormir existem aos montes.

– Eu também – Louis quebrou a casca de uma noz com um toco. – Foi a primeira vez que roubei algo, sabe? Acho que não sirvo para isso.

– Eu aprendi a me virar desde muito novo – fungou Ligeiro. – Meus pais sempre foram pobres, então eu ajudava em casa roubando umas coisinhas – piscou.

– Nós não éramos pobres, meu pai construía barcos na França – Louis jogou umas migalhas para os passarinhos que se aproximaram. – Eu iria começar a trabalhar com ele no ano que vem, mas ele preferiu que antes eu passasse um tempo no mar, para aprender como as coisas funcionam. Para virar homem, sabe?

Fechou os olhos e inspirou devagar, ainda estava cansado, mas a fome era tamanha que não parava de mastigar.

– Só constrói um bom navio quem já navegou, ele sempre me dizia.

– Hum... Leite Azedo... Que apelido engraçado! – Bill acabou de comer seu pão e se deitou na relva, os braços atrás da cabeça.

– É que eu vivia vomitando no barco – Louis sorriu, meio tímido –, daí os homens diziam que eu tinha cheiro de leite azedo.

Ligeiro riu.

– Se quiser, a gente pode ficar *junto*, o que acha? – O menino cuspiu para cima e desviou a cabeça no último instante quando o catarro caiu. – Acho que a gente pode se virar melhor.

– Ah, por mim tudo bem – Louis se deitou ao lado de Bill. – Nunca gostei muito de ficar sozinho mesmo.

– Nem eu! – Ligeiro arrancou um mato e começou a mascar.

Leite Azedo cuspiu para cima para imitar o novo amigo, mas não foi rápido o suficiente e a gosma caiu no seu olho, fazendo-o se sentar e limpar a meleca, envergonhado.

– Tudo é questão de treino – Bill repetiu a façanha. – E de ser ligeiro, claro.

Eles riram, papearam e espantaram de vez a solidão.

Trinta açoites com o chicote de couro feriram a pele alva antes que ela desmaiasse. O sangue escorria pelos ferimentos nas costas nuas e pingava sobre o chão de pedra.

– Essa jovem é durona – o algoz enxugou o suor da testa. – É uma pena termos que chicotear uma belezinha como essa. Eu saberia castigá-la de outra forma – apalpou as nádegas macias e lambeu os dedos sujos.

– Eu nem pensaria numa coisa dessas! – O companheiro fez o

sinal da cruz. – O bispo Wyvil pode até concordar com umas chicotadas para fazê-la falar, aliás, ele usa esse método por achar que os ferimentos superficiais não prejudicam tanto as pessoas. Se fosse outro estaria espremendo dedos, queimando a pele, enfim, fazendo outras barbaridades. Então, seu estúpido, você acha que ele te deixaria impune se trepasse com ela?

– Eu sei... – Bebeu um gole de cerveja quente. – E se eu fizesse isso, seria eu que estaria sendo açoitado. Mas mesmo assim valeria a pena tomar umas vinte chicotadas depois de entrar nessas carnes.

– Ele faria coisa pior! – Fez novamente o sinal da cruz.

O algoz jogou água no rosto da mulher e ela despertou, assustada, tossindo. Tentou se desvencilhar das cordas, mas seus pulsos estavam bem amarrados, a pele esfolada em carne viva.

– Você vai nos falar onde está a sua amiga-demônio? – o algoz estalou o chicote no chão.

– Vá para o inferno! – A mulher rosnou, o rosto coberto de lágrimas.

– Inferno? Cuidado com as suas palavras, bruxa, elas podem ser as últimas – o algoz colou seu nariz no dela com um sorriso de canto de boca no rosto sulcado pelas marcas da doença. O bafo de cerveja lhe deu náuseas.

Os estalos recomeçaram, e ela permaneceu forte, sem gritos ou pedidos de piedade. Apenas chorava baixinho, rezando para ter forças até o anoitecer.

– Eu acho melhor a gente não passar a noite aqui na floresta – Ligeiro olhou para o céu e viu que estava escurecendo. – Talvez até chova.

– Chuva é o de menos – Leite Azedo tocou o saco, imitando o que os homens do navio faziam para espantar os maus agouros. – O problema é se tiver alguma assombração.

– Eu nunca vi uma assombração – Bill coçou a cabeça. – Já ouvi uns barulhos esquisitos, mas tenho certeza que eram de animais.

– Ou de um fantasma uma assombração – Louis arregalou os olhos. – Meu pai me dizia que as almas de algumas pessoas mortas continuam vagando pela terra. Principalmente nas florestas escuras.

– Por quê?

– Eu não sei, mas também não quero descobrir.

– Então é melhor a gente sair dessa floresta – Ligeiro tocou o ombro do amigo. – Já pensou se uma dessas assombrações cruza o nosso caminho? Eu acho que me borrava inteiro.

– E já estou quase me borrando.

– Louis, você é medroso demais, mas, com ou sem assombração, passar essa noite ao relento seria ruim.

– Eu também prefiro voltar ao vilarejo – Leite Azedo se levantou e estalou as costas. – Mas como a gente vai se esconder do mercador? Ele ainda deve estar furioso. E deve ter vários amigos que podem nos dedurar.

– Ah – Bill espreguiçou. – A gente fica esperto. Podemos tentar alguma casa vazia do outro lado do rio, o que acha?

– Eu acho melhor – Louis assentiu. – Você sabe o caminho?

– Como a palma da minha mão! – Ligeiro começou a andar devagar e logo o amigo o alcançou.

O sol já descia no horizonte e as primeiras estrelas já despontavam no céu azul-escuro. Um vento frio começou a soprar do norte, mesmo ainda sendo verão, uivando por entre os galhos, trazendo junto uma chuva fina de gelar os ossos.

Os amigos correram e atravessaram a pequena ponte de madeira sobre o rio. O vilarejo estava deserto, não tinha mais do que trinta construções, grande parte delas sem nenhum habitante. A chuva apertou, deixando-os encharcados e tremendo.

– Essa parece vazia – Leite Azedo apontou para a casa de madeira ao lado de um grande cipreste. – Não vejo o fogo aceso.

– Parece mesmo. Vamos até lá! – Bill gritou para sua voz se sobressair ao trovão.

A porta estava apenas encostada e, ao ser aberta, o cheiro de carniça se impregnou nas narinas dos amigos.

– Está fedendo, mas é melhor do que ficar na chuva – Louis esfregava os braços para tentar se aquecer.

– Vamos dormir por aqui mesmo. Será que consigo fazer fogo? – Ligeiro fez um muxoxo. Não encontrou nenhuma brasa sequer na fogueira havia muito sem vida. Apenas cinzas e uns pedaços de carvão. Teria mais trabalho do que desejava naquele momento.

– Ainda bem que não tem nenhum morto aqui dentro – Leite Azedo se sentou numa cadeira que rangeu sob o seu peso. – Eu ficaria com medo de dormir aqui.

– Que nada! – Bill estava ajoelhado no chão, arrumando um montinho de trapos e fiapos que rasgou de uma roupa velha que encontrou. Pegou a sua pequena faca e tirou de uma bolsinha de couro uma pedra de sílex. Bateu o metal contra a pedra, que soltou uma faísca. Depois de mais de vinte tentativas e de um dedo cortado, a mecha pegou fogo. Ele a colocou entre os carvões e trouxe um pouco mais de lenha estocada em um dos cantos. – Pronto, agora podemos nos secar.

Louis sorriu e se aproximou do fogo, que ficava cada vez mais forte.

– Seria ótimo se tivéssemos um coelho ou uma galinha bem gorda para assar – Leite Azedo lambeu os beiços.

– Nem me fale! – Bill colocou as mãos perto das chamas. – Só de pensar fiquei com fome.

– Tenho mais umas nozes aqui – Leite Azedo olhou dentro do saco. – Meia dúzia.

– Já é alguma coisa – pegou três. – Vamos imaginar que é um pedaço de torresmo.

– Quem sabe amanhã a gente não consegue uma galinha? – Louis bocejou. – Se bem que um queijo duro já me faria muito feliz.

– Deixa comigo – Bill enfiou uma noz na boca. – Dessa vez eu tento roubar, tenho mais prática.

Os meninos estavam sonolentos, preparando-se para dormir, quando ouviram a porta sendo forçada. A madeira remendada trepidava.

– Jesus – Leite Azedo encolheu-se num canto. – Deve ser uma assombração!

Bill aninhou-se ao seu lado.

– Quem está aí? – Sua voz tremeu tanto quanto a porta. – Não temos nada, somos órfãos e apenas viemos nos abrigar da chuva. Se você é o dono da casa, é só falar que a gente vai embora.

A porta balançou mais uma vez e se abriu de supetão, por causa do trinco mal encaixado.

Os amigos gritaram e fecharam os olhos.

Por sorte era apenas o vento, lépido, que resolvera lhes pregar uma peça.

– Ufa – Bill respirou aliviado.

– Cristo! – Leite Azedo se levantou apressado.

– Aonde *cê* vai?

O francesinho se abaixou do lado de um armário e cagou o restante que sobrara nas suas tripas, sujando o chão e a parede. Pegou o pano velho que estava sobre um banco e colocou-o na chuva, arrancou as calças e limpou as pernas melecadas.

– Não *guentei* – seu rosto estava vermelho pela vergonha. – Que susto!

– Acontece, Louis, acontece.

Robert Wyvil, bispo de Salisbury, acordou assustado, suando e o coração explodindo no peito. Sentou-se na cama e demorou um bom tempo para normalizar a respiração. Tivera um sonho aterrador. O mesmo pesadelo que o acompanhava todas as noites havia semanas.

Olhou para a vela de cera. Pouco havia queimado, ainda faltava muito para amanhecer. Serviu-se de um copo de água, derramou a metade por causa das mãos trêmulas, depois de mais outro, mas a secura na garganta não passava. Levantou-se, não adiantava tentar dormir novamente, estava agitado demais, preocupado demais.

– Tão real – falou. – Parece que estava do meu lado, murmurando nos meus ouvidos.

Balançou a cabeça para espantar os maus pensamentos e fez uma breve prece:

"Angele Dei,
qui custos es mei,
me, tibi commissum pietate superna,
hodie illúmina, custódi,
rege et gubérna.
Amen."

O bispo pegou uma toalha e enxugou o suor do rosto. Apesar de ter tido esse sonho ruim dezenas de vezes, dessa vez ele pareceu *acontecer* de fato. As vozes, os olhares, os sorrisos, tudo estava claro em sua mente. Pareciam estar velando o seu sono, tais como anjos ou demônios de mármore, imóveis, imutáveis. Brancos como as estátuas que um dia vira em Roma.

– Quem são essas pessoas? – Sentou-se na cama e apoiou a cabeça com as mãos. – Será que são pessoas? Tão alvos, tão... Perfeitos!

Levantou-se novamente e começou a andar pelo seu aposento, pensando, indagando sem encontrar quaisquer respostas. Sentiu que estava sendo observado. Vultos passavam ligeiros pela pequena janela. Morcegos? Não, muito maiores.

Repetiu a oração, dessa vez com mais fervor.

– Estou ficando louco? – Deu dois tapas no rosto, como se quisesse despertar de um pesadelo, sentiu a bochecha esquentar e formigar.

Um calafrio estranho percorreu a sua coluna e seus pés mal se firmavam de tão trêmulos.

– Pela Virgem Maria, o que está acontecendo? – Cruzou as mãos em prece.

Não teve tempo de rezar novamente, ouviu passos no corredor. Abriu a porta, assustado, e olhou para os dois lados. Não havia ninguém. Tudo estava deserto, morto.

– A glória de Deus – esperou, mas ninguém respondeu, apenas a sua voz grave ecoou pelo corredor de pedra.

Deus, eus, eus...

Engoliu em seco e trancou-se em seu aposento. Colocou o encosto de uma cadeira sob a maçaneta para poder travar ainda mais a porta de madeira entalhada. Olhou para a sua velha cruz sobre a mesinha e se benzeu. Uma rajada forte de vento assoviou lá fora, assustando ainda mais o bispo, que acendeu todas as velas enquanto repetia incessantemente a oração:

"Sub tuum praesidium
confugimus,
Sancta Dei Genetrix.
Nostras deprecationes ne despicias
in necessitatibus nostris,
sed a periculis cunctis
libera nos semper,
Virgo gloriosa et benedicta."

Risadas. Não sabia ao certo se eram reais ou imaginárias. Lavou o rosto com a água fria da tina de prata. Molhou as mangas e o peito das suas vestes.

– Assim que o sol nascer irei até Alderbury encontrar meu amigo Stephen – Lord Robert continuava perambulando pelo seu aposento. – Ele vai saber me aconselhar e, quem sabe, me ajudar a entender esses sonhos ruins. É um bom homem, experiente... Sim, ele vai poder me ajudar.

O bispo Wyvil continuou andando para lá e para cá, murmurando preces e frases soltas por um tempo até que se deitou na cama e sucumbiu à exaustão. Dormiu um sono irrequieto até ouvir o galo cantar.

.

.

.

– Não acredito! – O bispo Wyvil levou a mão à boca. – O prior está morto?

– Infelizmente, Lord Robert – James de Groundewell fez

uma mesura e convidou o bispo para entrar na igreja. – O prior Stephen de Mordon e doze dos nossos irmãos foram pegos pela praga e não resistiram.

– E quando isso aconteceu? – o bispo estava desolado.

– Há cerca de um mês morreu o despenseiro, depois foi a vez do irmão Bernard, do padre Ronald, do frei William, até que na quarta-feira o nosso prior partiu – seus olhos estavam cheios de lágrimas. – Ele cuidou dos enfermos o quanto pôde, até cair doente.

– E somente você sobreviveu? – Lord Robert desabou sobre o banco de pedra. Se antes tinha alguma esperança, agora o desespero tomava conta do seu espírito.

– Sim, fui agraciado por Deus, mas ao mesmo tempo sofro pela morte de todos – James olhou para cima e permaneceu em silêncio por um tempo. – Não tive tempo de avisá-lo, Lord Robert, perdoe-me por essa falha. Agora estou sozinho para cuidar das coisas por aqui, enfermos não param de chegar em busca de alívio, ao menos espiritual, e...

– Não precisa se desculpar, James, nós também perdemos muitos homens bons em Salisbury – o bispo caminhou em direção ao rústico altar de madeira e se ajoelhou. – Venha, vamos rezar, pois é só o que nos cabe nesse momento.

James de Groundewell se ajoelhou ao lado do bispo. E eles rezaram pelas almas dos falecidos até o sol ficar alto no céu.

– Lord Robert – James ajudou o bispo a se levantar. – É verdade o que estão dizendo por aí – engoliu em seco –, sobre os demônios?

– Que demônios? – O bispo Wyvil tentou disfarçar seu descontentamento, mas não conseguiu.

– Aqueles que perambulam durante a noite e matam as pessoas para se nutrir do sangue – James fez o sinal da cruz.

– São apenas boatos...

– Mas é que o lenhador Rupert viu um...

– Boatos, James de Groundewell, apenas boatos – o bispo não conteve a irritação. – Não acha que já temos problemas demais com essa maldita doença? Acha que precisamos nos preocupar com falatórios desse povo? Em épocas assim, sempre vão inventar coisas. E nós não podemos nos envolver nessas loucuras. Nós somos guias, entende isso?

James apenas se calou, respeitosamente.

Robert Wyvil acalmou-se, respirou fundo e se despediu, montando seu palafrém branco. Afastou-se devagar de

Ivychurch, imerso em seus pensamentos, o barulho dos cascos ritmando a sua respiração. Seu melhor amigo e confessor estava morto e ele não sabia como lidar com os seus pesadelos.

E, como acabara de descobrir, os relatos sobre os demônios também eram vivos naquela paróquia. O mal estava se alastrando como a peste.

Seguiu pela trilha poeirenta. Não cruzou com ninguém até chegar à Catedral. O mundo estava cada vez mais vazio e ele, pela primeira vez em muitos anos, sentiu-se completamente sozinho.

Capítulo II – A beleza imortal

– Já chega, George! – O homem segurou a mão do algoz, que ainda deu a última chicotada na mulher desfalecida. – Assim você vai matá-la.

– Eu? – Encarou-o, o rosto suado e uma baba espumosa se formando nos cantos da boca. – Ela decidiu morrer! Basta nos contar onde está a mulher-demônio que a deixamos em paz.

– A coitada já foi muito bem punida – balançou a cabeça ao olhar o estado deplorável da jovem mulher. – Pode ser que ela não saiba de nada mesmo.

– Você é mole demais, Neil! – George cuspiu. – Se depender de você todos os hereges vão virar santos.

– Por hoje basta – Neil conteve a raiva, recolheu suas coisas e saiu da cela. – Logo vai escurecer e eu estou cansado. Amanhã falaremos com o bispo. Acho que essa coitada é inocente das acusações feitas.

– Tudo bem, por hoje paramos – George enrolou o chicote e seguiu o outro. – Cedo ou tarde essa cadela vai falar. Ah, se vai!

Eles subiram a escada. A mulher permaneceu semiconsciente, as costas cobertas de vergões e cortes, os pulsos esfolados e as mãos arroxeadas por causa das cordas apertadas.

Abriu os olhos e viu pela pequena abertura que o céu se tornava cada vez mais escuro. Sorriu, quase sem forças, e desmaiou logo em seguida.

.

.

.

Passos. Alguém descendo a escada? Ela não sabia ao certo, estava zonza. Apanhara demais, perdera muito sangue e não se alimentava havia dois dias. Abriu lentamente os olhos, viu a claridade da chama e sentiu o calor do fogo perto do seu rosto.

Piscou algumas vezes para clarear a visão e viu o seu carrasco acendendo os archotes na parede de pedra com a sua tocha. Sentiu ânsia, sabia o que ele faria. Olhou para fora e viu que escurecera completamente.

– *Por que ela não veio?* – pensou, e sentiu-se abandonada.

George se aproximou e rasgou as roupas em frangalhos, deixando-a completamente nua. Afastou os cabelos castanhos e lambeu o pescoço dela com a língua esbranquiçada.

Seu bafo era repugnante.

– Eu disse que faria você abrir a boca, cadela – tirou a camisa. – E, depois que eu brincar no meio da sua bunda você vai contar *tudinho*, vai sim. Você vai ficar obediente e calma como uma ovelha. Vai até me chamar de senhor George. Papai George. Tenho certeza disso.

A mulher tentou se libertar, em vão, enquanto seu algoz se divertia e apertava os seios pequenos com força. Ela começou a tremer, apavorada, lutando para não perder a consciência.

– Agora não tem ninguém para te defender, gracinha – ele abriu o cinto e deixou a calça cair. Seu pau estava rijo e pronto para entrar nas carnes rosadas dela. – Prometo ser mais delicado do que com o chicote. Ou talvez não. Me diz como você gosta e...

Ele soltou um ganido e o seu rosto se contorceu numa careta. Sangue começou a escorrer da sua boca e ele tombou de joelhos, a cabeça tendo espasmos e os olhos esbugalhados. Ficou assim por uns instantes até cair de cara no chão, morto, com um buraco bem no meio das costas.

– Você veio – lágrimas de alívio percorriam a face da mulher.

– Sim, eu vim. – A outra a libertou de suas amarras e amparou-a. – Perdoe-me pelo atraso, não foi tão fácil encontrá-la.

– Eu não falei nada e...

– Eu sei, Susan, eu sei – afagou os cabelos castanhos. – Você está salva. Vamos embora tratar desses ferimentos.

– Obrigada, minha querida Liádan. – Ela se apoiou na dama ruiva ao subir a escadaria íngreme. Sorriu quando sentiu a lufada de ar fresco no rosto. Chovia, e a água lavou os seus ferimentos, tirou um pouco do cheiro nauseabundo do carrasco. Deixou-se ser levada pela imortal como uma pluma paira ao sabor da brisa.

Enfim, estava livre. E se mantivera firme durante a maior provação da sua vida.

Provações.

Se o tal deus cristão existe, realmente deve estar puto.

Durante os séculos em que andei por essas terras, nunca tinha visto tamanha desgraça. Sempre houve guerras, fome e doenças, mas nada que se comparasse a essa peste. Apesar de matar muito mais camponeses, ela não respeitou a riqueza ou mesmo a fé sincera: ceifou vidas também entre os poderosos.

Por isso o desespero e a histeria. E a urgência em achar os culpados e mandá-los para a fogueira.

Logo vai faltar madeira na Inglaterra.

Eu apenas observo e sigo a minha jornada. Acho que a minha sina é ser um andarilho, cada noite em um novo lugar. Não sei precisar por quantas cidades e vilarejos passei, em quantas florestas e cavernas dormi, de quantas pessoas eu me alimentei. E agora, com essas mortes, a minha estadia se torna cada vez mais curta em cada local.

Estava cansado de ficar em Weymouth, o cheiro salgado do mar, misturado ao fedor dos mortos e dos corpos carbonizados me enojava. Há cinco dias seguira caminho rumo ao interior da Inglaterra, só com a roupa do corpo e algumas joias e moedas roubadas. Não precisava muito mais do que isso. Não agora.

Alimentei-me de mendigos, aliás, muitos deles pareciam ser bem resistentes à doença, e de uma velha gorda que iria tentar a sorte em outra cidade. Ela guiava uma carroça puxada por dois bois magros e abarrotada de tranqueiras. Na noite passada, encontrei-a na estrada, assando um pedaço de lombo de porco na fogueira. Confesso que o cheiro me lembrou dos bons tempos que vivi com Espeto e Edred. Se eu fosse o antigo Harold, salivaria.

– Olá – aproximei-me devagar.

A velhota se assustou e pegou uma espada curta ou uma adaga longa, não sei ao certo. Apontou na minha direção com a mão firme, mas o olhar assustado. Os olhos nunca mentem.

– Não precisa ter medo – mostrei as palmas das mãos. – Também sou um viajante tentando fugir da peste.

Ela continuou segurando a arma por um tempo, desconfiada, até colocá-la sobre uma pedra ao seu lado.

– Pode vir até aqui – virou o espeto com o lombo, fazendo a gordura chiar ao cair na brasa. – Desculpe os meus maus modos. Um cristão não deve agir assim. É que estamos passando por tempos estranhos, muitas dores, muitas provações.

– Eu entendo – sentei-me em um tronco caído ao seu lado. – Eu sou Harold.

– Agnes – fez uma mesura.

– E por que está viajando sozinha?

– Porque só sobrei eu – fungou e abaixou a cabeça. – Todos morreram. Meu marido, meus três filhos e as esposas deles. E não só a minha família: muitos vizinhos, mercadores e até o bom padre James, que Deus o tenha – fez o sinal da cruz. – E os que sobraram fugiram, cada um para um lugar diferente. Espero que tenham melhor sorte.

– Você está indo para onde, Agnes? – Esquentei as mãos no fogo.

– Dorchester – cortou um pedaço do lombo e colocou na boca. – Você quer? Não? Você é quem sabe, está bem gostoso – lambeu os dedos. – A minha irmã mora lá e eu ouvi dizer que a peste ainda não avançou para aquelas bandas. – Você não vai querer mesmo? Agora que eu reparei, você está pálido demais! Pela Virgem Maria, você parece um morto! Precisa se alimentar direito, homem.

– Devo estar mesmo muito pálido – sorri. – Hoje eu ainda não coloquei nada no estômago. Acho que vou me alimentar sim.

A velhota gorducha cortou um pedaço do lombo suculento, a gordura chiando. Espetou com a faquinha e me ofereceu. Esticou o braço roliço, com as veias azuladas pulsando sob a pele fina. Senti minhas presas se aguçarem e naquele momento salivei.

– Matei nosso último leitão e...

Segurei seu antebraço fofo e mordi o pulso. Deliciei-me com o sangue farto e quente. Sangue bem nutrido e forte.

– Ei, o que você está fazendo? – a velhota tentou puxar o braço. – Você me mordeu? Está bebendo meu sangue?

Não respondi e continuei saboreando cada gole.

– Para com isso, seu maluco! – Ela começou a me bater e a tentar empurrar a minha cabeça.

Eu bebia, como um animal sedento que encontra uma poça d'água depois de andar por milhas.

A velhota começou a guinchar e a soltar gritinhos enquanto me dava pancadas doloridas na cabeça. Então, aconteceu algo que nunca acontecera antes em todos esses séculos. A senhora gorducha começou a rir. Primeiro uma risada debochada, depois uma gargalhada alta e por fim o riso histérico, daqueles de perder o fôlego.

Saciei a minha sede e soltei seu pulso roliço. Ela caiu para trás, rindo, e morreu um pouco depois. Eu não havia drenado todo o seu sangue, ainda restava uma boa quantidade dentro das veias. Ela morreu de rir.

Essa, de fato, estava sendo uma semana muito estranha. Primeiro fui chamado de santo, agora matei de rir a senhora Agnes. O que faltava acontecer?

Vi que uma cadela magricela apareceu do outro lado da estrada, farejando o ar e seguida por três filhotes rechonchudos, com as barrigas redondas de tantos vermes. Assoviei e ela se aproximou, a cabeça baixa, as orelhas para trás e o rabo balançando devagar. Acariciei-a e ela lambeu a minha mão.

Os filhotes vieram brincalhões e mordiscaram meus dedos. Diverti-me um pouco com eles. E, ao final, dei-lhes o pedaço de lombo de porco.

A cadela o abocanhou com cuidado e correu para o bosque, seguida dos filhotes barulhentos.

– Acho que seria bom ter um cão – comecei a vasculhar a carroça em busca de algo de valor, mas não encontrei nada que prestasse. – Eu gostaria de ter novamente um mastiff, como aqueles da minha querida Ann.

Matador e Javali.

Sorri ao me lembrar dos gigantes babões que viviam na minha antiga fazenda quando eu ainda era um mortal e possuía uma família. Senti as lágrimas escorrerem pelo meu rosto, tingindo a minha pele alva de vermelho.

Balancei a cabeça e segui pela estrada. Sorrindo e sofrendo por lembranças distantes, antigas e ainda vívidas na minha mente.

Os anos, as décadas, os séculos passam, mas há dores que nunca somem, vão continuar enraizadas na nossa alma.

Algumas tristezas nem o tempo consegue amenizar.

– Nossa... – Leite Azedo esfregou os olhos remelentos. – Já amanheceu?

– Dormimos demais – Ligeiro espreguiçou. – Fazia um bom tempo que eu não dormia assim.

– Eu também – Louis se levantou e estalou as costas. – Eu sempre ficava com medo de alguém aparecer e...

– É, eu te entendo. A gente dormia com um olho aberto e outro fechado, como dizia a minha querida mãezinha – Bill inspirou fundo. – Ei, você está sentindo esse cheiro?

– Pão fresco! – o amigo arregalou os olhos. – Nossa, que cheiro bom. E parece que está vindo daqui de perto.

– Fiquei com fome só de pensar nele – o estômago do Ligeiro roncou.

– Será que a gente consegue um pedaço? – Leite Azedo lambeu os beiços.

– Deixa comigo! – Bill sorriu. – Ou não me chamo Ligeiro.

Os dois amigos saíram do casebre abandonado. Havia parado de chover, mas ventava muito e o chão estava coberto de lama. Pensaram em voltar para dentro e reacender a fogueira. A fome apertou e o delicioso aroma do pão assando os guiou para fora.

.

.

.

– Esse pão está uma delícia – Louis falou com a boca cheia.

– Maravilhoso! – Bill arrancou mais um pedaço do pão fumegante.

– Sua cabeça ainda está doendo?

– Um pouco – Bill passou a mão pelo calombo e fez uma careta. – Aquela mulher era rápida!

– Era mesmo – Louis mordeu mais um pedaço do pão. – Ela correu atrás de você e ainda conseguiu te dar uma bela vassourada.

– Acho que não fui tão ligeiro assim – riu.

– Pelo menos conseguiu o pão – Leite Azedo sorriu, exibindo a massa escura no meio dos dentes.

– Pelo menos isso... – Ligeiro balançou a cabeça.

– Seria melhor ainda se a gente tivesse um pouco de cerveja – Louis cutucou a boca com o dedo para soltar um pedaço de pão preso entre a bochecha e os dentes. – Uma boa caneca de cerveja escura!

– Ah, eu gosto de cerveja – Bill bateu a mão no joelho. – Escura, clara, até mesmo as aguadas.

– Você já ficou bêbado? – Leite Azedo encarou o amigo. – Eu fiquei uma vez, no navio. Os homens jogaram um balde de água gelada em mim para ajudar a passar a *tonteira*.

– Eu nunca fiquei bêbado – Ligeiro esfregou a barriga estufada. – Mas fiquei meio bobo depois de beber hidromel numa festa de casamento.

– Ficou mais bobo do que já é? – Louis deu um soco no ombro dele.

– Muito mais – Bill gargalhou.

– O que é hidromel?

– É uma bebida gostosa – Ligeiro lambeu os beiços. – Eles fermentam o mel ou coisa assim.

– Queria provar.

– Você vai adorar.

E os amigos continuaram comendo e se divertindo, aproveitando cada instante da vida, mesmo completamente cercados pela doença e pela morte.

– Como assim ela não está mais lá? – Robert Wyvil estava vermelho, as veias da testa saltadas. Raras vezes ficara tão nervoso a ponto de sentir o peito doer. – Como dois brutamontes acostumados a lidar com bandidos e assassinos deixaram uma jovem franzina escapar? Não vai me dizer que ela enfeitiçou vocês?

– Pe-perdão, Lord Robert – Neil se ajoelhou aos pés do bispo. – Não sei o que aconteceu. Desci para levar comida para ela e encontrei o George estirado no chão, morto, com um buraco nas costas. E a garota não estava mais lá.

– Morto? Foi a tal Susan que o matou? – O bispo lustrou o seu anel de ouro na capa feita de pele de arminho.

– Acredito que não, Lord Robert – levantou a cabeça para olhar o bispo. – Eu mesmo a amarrei e fiz com firmeza. Não dava para escapar daqueles nós. Se tem algo que sei fazer direito é amarrar pessoas. Ela deve ter tido ajuda.

– E quem você acha que a ajudou, Neil? – o bispo Wyvil já não estava tão vermelho.

– Bem... – hesitou.

– Fale, homem! – Lord Robert ralhou com ele.

– A mulher-demônio – quase sussurrava. – Só ela para conseguir passar despercebida pelos guardas e para matar o George sem ninguém escutar.

– A mulher-demônio! – Lord Robert inspirou fundo. Ele já ouvira os boatos e, pela insistência de padres e nobres da região, decidira *interrogar* Susan, a mulher que diziam abrigar uma filha de Satã. Ele tentava manter a razão, contudo lembrava-se dos relatos que lera, escritos muitos anos antes por um venerável homem da igreja, Stephen Langton, arcebispo de Canterbury. – Quer dizer que você acredita que uma mulher-demônio saída do inferno veio até aqui e resgatou a nossa hóspede?

– A-acredito – Neil assentiu e se levantou.

Robert Wyvil bufou e bateu com os nós dos dedos no queixo.

– Irei convocá-lo mais tarde para esclarecermos melhor essa situação – o bispo deu as costas e começou a andar com passos firmes. – Agora vá e cuide para que o acontecido não tome proporções maiores do que realmente merece.

– A sua bênção, Lord Robert – Neil fez uma mesura e aguardou.

O bispo levantou a mão acima da cabeça e fez, displicente, o sinal da cruz no ar. Continuou em direção à nave da Catedral de Salisbury.

.

.

.

– Frei Alfred – o bispo chamou o bibliotecário. – Gostaria de falar com você a sós. Podemos?

– Claro, Lord Robert – o velho frade se levantou com dificuldade da sua cadeira e se apoiou na bengala para acompanhar o bispo. – Desculpe-me pela lentidão. É que as minhas pernas não são como eram antes. Na verdade, nada é, pareço estar enferrujado – sorriu. – Acho que já vivi demais.

– Você consegue me acompanhar em uma caminhada? – Ele segurou o braço do velho amigo.

– Se não se importar de andarmos como lesmas, consigo sim – sorriu. – Ainda me lembro de quando levava os recados do padre Edward para lá e para cá, correndo como uma lebre. Bons tempos...

– Então venha, vamos tomar um pouco de ar fresco – o bispo interrompeu os devaneios do velho homem e apontou para a porta. – Vai lhe fazer bem.

Eles desceram as escadas, atravessaram os claustros e caminharam em direção ao transepto norte. Saíram pelo Pórtico dos Decanos, e a claridade lhes ofuscou a vista, e o cheiro da terra molhada preencheu os pulmões. À frente deles, um grande pasto com dezenas de vacas, bezerros e cabras. Do lado esquerdo, uma pequena plantação de trigo, do direito um canteiro de obras dos pedreiros e marceneiros que faziam reparos na torre e nos contrafortes.

– Parece que há meses não saio para tomar um pouco de ar fresco – o bibliotecário fechou os olhos e inspirou fundo. – Fico tão imerso no meu trabalho e me esqueço de que há um mundo aqui fora. Vivo tão vividamente as histórias transcritas nos livros e deixo de aproveitar a beleza que está próxima.

Uma jovem loira, olhos azuis como o céu de outono e a pele salpicada de sardas passou ao lado dos homens e fez uma mesura, pedindo a bênção. Ambos se viraram instintivamente para vê-la partir.

– Sim... A beleza! Digo, o trabalho! – O bispo pigarreou, olhou para o canteiro de obras e por um tempo acompanhou o som dos serrotes e martelos. – Acho que essa é a missão da nossa vida.

– Verdade – o frade cutucou a orelha com o dedo ossudo. – Eu mesmo já li e cataloguei centenas de livros na nossa biblioteca. E mesmo assim não sei nada perto de todo o conhecimento que temos nesse mundo. Quisera eu ter cem vidas!

– E é sobre isso que desejo falar com você, meu amigo – o bispo Wyvil parou e olhou para o frade. – Preciso que me ajude em um dilema.

– Sou todo ouvidos – frei Alfred se sentou em uma pedra e pousou a bengala sobre o colo. – Eu ouço melhor sentado – riu. – As minhas juntas já não são tão fortes quanto antes.

– Claro. Fique como preferir – o bispo se manteve em pé. – Peço-lhe, por gentileza, que essa conversa seja totalmente confidencial.

– Não se preocupe, meu amigo, tudo o que disser morrerá comigo.

– Sei disso – tocou o ombro do frade. – Pois bem, eu me lembro de que há alguns anos você recebeu um tomo com relatos de um arcebispo de Canterbury, o cardeal Langton.

– Sim! – Frei Alfred ergueu as grossas sobrancelhas brancas. – Ele fazia relatos muito precisos sobre a arquidiocese e sobre o reinado de John Lackland. Alguns irônicos, outros mais incisivos. Ele tinha espírito!

– Correto, contudo não são esses assuntos que busco no momento – o bispo encarou o velho amigo. – Quero a parte, digamos, mais obscura do trabalho dele.

– Então você se recorda? – Frei Alfred franziu o cenho. Um carneirinho se aproximou e ele começou a acariciá-lo.

– Eu não me lembrava, até essa semana – o bispo arrancou um tufo de mato do chão e ofereceu ao carneiro, que comeu com gosto. – Quando me trouxeram um caso, no mínimo, estranho.

– Que caso? – o frade também pegou um pouco de mato e ofereceu ao animal.

– Uma jovem... – Olhou para o horizonte e viu as nuvens densas e cinzentas se aproximarem. Logo chegaria o outono. – Ela estava sendo acusada de abrigar uma mulher-demônio.

– Nesses tempos sombrios de doença e morte muitas pessoas, principalmente mulheres, são acusadas das mais graves atrocidades – frei Alfred massageou os joelhos. – Bruxas, noivas de Satã, *endemoniadas*, os casos parecem brotar como a grama brota da terra. O povo tem essa necessidade exacerbada de achar culpados. Tanto quanto de criar mártires.

– Esse caso é diferente, meu amigo – Lord Robert estalou os dedos. – Nós a estávamos interrogando...

– Sei como são esses interrogatórios – frei Alfred interrompeu o amigo. – E já lhe disse que discordo totalmente das torturas. As pessoas confessam qualquer coisa sob pressão. Até eu confessaria o que quisessem para me livrar da dor das punições.

– Nós estávamos interrogando a mulher – o bispo ignorou a intervenção do frade –, e ela conseguiu escapar. Um dos homens morreu e nenhum dos guardas viu a fuga.

– E, por isso, você acha que ela teve ajuda? – Frei Alfred esboçou um sorriso.

– Sim – o bispo Wyvil olhou para o céu e viu as nuvens se avolumarem, cada vez mais escuras e pesadas.

– Ela pode ter tido a ajuda de um amigo, de um amante. Não necessariamente de uma mulher-demônio como o povo diz.

– E se for o mesmo mal que assolou Canterbury na época do cardeal Langton? – Lord Robert segurou os ombros do velho homem. – E se ele retornou? E agora veio trazer as trevas até nós?

Frei Alfred ficou em silêncio por um tempo, massageando os joelhos, os olhos perdidos e os pés irrequietos.

– Se tem essa sensação, meu amigo, aprenda a confiar nos seus instintos e nos sinais de Deus – cofiou a barba. – Vamos estudar melhor o caso e rezar para que tudo seja apenas uma infeliz coincidência.

– Que O Senhor tenha misericórdia de nós – o bispo tocou sua cruz peitoral de ouro.

Raios cortaram os céus e trovões fizeram a terra tremer. As vacas e as cabras procuraram abrigo debaixo das árvores e os homens recolheram suas ferramentas para dentro do barracão.

Os dois amigos voltaram para a Catedral já com a chuva grossa molhando as vestes. A tempestade se adensou e o vento rugiu quando a pesada porta de madeira entalhada foi trancada pelos padres.

O aguaceiro veio com força e o dia virou noite, tão escuro quanto o coração de Robert Wyvil.

– Deixe-me ver seus machucados – Liádan trouxe um pouco de água fresca para Susan em uma tigela improvisada feita de folhas habilmente trançadas.

A jovem tirou a túnica com cuidado, o toque do algodão grosso na pele ferida a fez gemer de dor. Liádan olhou para os vergões vermelhos e inchados. Cada açoite perfeitamente delineado nas costas delicadas. Balançou a cabeça em reprovação. A raiva já havia passado.

– Eles já não doem tanto – Susan deu dois goles e lavou o rosto com o restante da água. – Logo estarão curados.

– O bálsamo que você preparou não deixou inflamar e, por isso, não está com febre. Você deve ser mesmo uma bruxa – Liádan sorriu e se lembrou de sua vida mortal, quando ela mesma era como uma curandeira em seu vilarejo.

– Por sorte a terra nos dá tudo o que precisamos – arrancou uma florzinha branca e cheirou-a. – Eu só aprendi com a minha avó a usar cada planta, cada raiz no momento certo. Sempre confiamos mais na sabedoria das matas do que nas rezas.

Liádan assentiu com a cabeça, pegou um pouco mais do bálsamo preparado na casca de sabugueiro e passou com delicadeza em cada marca dos açoites.

– Sua mão é tão fria quanto a mistura – a pele da jovem se arrepiou. – Nunca me acostumo com isso.

– É algo com que eu mesma demorei muito para me habituar – continuou a cobrir as feridas com a massa esverdeada. – Depois que me tornei o que sou, é como se eu tivesse renascido. A Liádan que viveu na Irlanda já não existe mais.

– Nós nos conhecemos há algum tempo – Susan virou-se para olhar a amiga. – Mas eu nunca lhe perguntei... Você é feliz?

– Bem... – Liádan encarou a jovem, os olhos verdes refletindo o brilho das chamas da fogueira e os cabelos ruivos ondulando levemente com a brisa vinda da entrada da gruta, tal como labaredas em sua face pálida. – Acho que, como na minha vida mortal, tenho momentos felizes.

– Entendo – a garota se virou e Liádan continuou passando o bálsamo nas feridas.

– Depois de existir por tantas décadas, a vida pode se tornar um fardo, confesso. Mas eu tento sempre manter a minha mente e a minha alma leves. Acredito que, se ainda permaneço nessa terra, deve ser porque a Deusa tem algum propósito para mim. Então sigo trilhando os caminhos que o destino me apresenta – Liádan terminou de passar o bálsamo e ajudou a garota a se vestir.

– Entendo, mas penso sempre o quão difícil deve ser para você manter-se sã – a jovem deitou-se de bruços na cama feita com folhagens e fechou os olhos. – Eu, que só tenho dezesseis anos, já pensei em desistir por várias vezes – bocejou.

– Não pense nisso. Não deve se preocupar com esses assuntos, minha querida, apenas descanse, durma, recupere-se das agruras sofridas. – Liádan afagou seus cabelos. – Velarei o seu sono, assim como você zelou tantas vezes pelo meu.

A dama ruiva cantarolou uma canção antiga, que aprendera quando ainda era uma menina. Foi acompanhada por um bando de rouxinóis que pousou em uma pereira próxima de onde estavam. Cada piado harmonioso se encaixava perfeitamente na música, como se as aves conhecessem a canção.

Quando a chuva cai do céu
Lá fora se forma um véu
Que traz a vida à terra morta
Enche riachos e rega a horta

Quando a brisa sopra do oeste
Leva para longe a semente do cipreste
Que finca raízes e cresce forte
E aos homens traz saúde e sorte.

Susan adormeceu.

Liádan olhou para o teto coberto de hera da pequena gruta e perdeu-se em seus pensamentos. Logo amanheceria e a letargia do sono a dominaria como um abraço quente e aconchegante. E ela dormiria na segurança do ventre da terra, com a certeza de que a sua fiel amiga mortal estaria ao seu lado, como sempre estivera nos últimos cinco anos.

– Deus colocou uma venda sobre seus sagrados olhos! Virou as costas para nós e não quer enxergar o que se passa por aqui, tamanho o nosso pecado, a nossa traição aos seus sagrados ensinamentos. O Pai tem raiva de nós, dos nossos atos, da nossa indisciplina e barbárie. Ele vai nos castigar tal como fez em Sodoma e Gomorra. Nós O desonramos, nós O envergonhamos com a nossa lascívia e luxúria. Fomos abandonados e estamos sozinhos nessa terra amaldiçoada! – O monge maltrapilho pregava em cima de um barril, descalço e com o hábito marrom cheio de furos. Ao lado, um cão malhado lambia tranquilamente o saco e mordiscava os pelos em busca de pulgas e carrapatos. – Há mais mortos do que vivos e quem vive está abraçado com a morte. O demônio anda entre nós. Ele nos trouxe a perdição. Não há mais salvação. Terra e inferno se tornaram um só.

– Ó Deus! Tenha piedade e perdoe as nossas ofensas – uma velhota ergueu as mãos trêmulas aos céus.

– Por isso, sede fortalecidos no Senhor e na força do seu poder. Revesti-vos de toda a armadura de Deus, para poderdes ficar firmes contra as ciladas do diabo; porque a nossa luta não é contra o sangue e a carne e sim contra os principados e potestades, contra os dominadores deste mundo tenebroso, contra as forças espirituais do mal, nas regiões celestes – o monge berrou com a voz esganiçada.

Eu observava a distância, encostado em uma cruz de pedra tombada para o lado esquerdo e coberta de musgo. O entardecer se findava e o céu ainda não estava completamente escuro. Eu precisava ficar com os olhos semicerrados e a minha pele ardia levemente. Às vezes, eu gostava de correr esses *riscos*. Sabia que doeria um pouco, mas não me mataria. Ser imortal pode ser bem chato em alguns momentos, então de tempos em tempos gostava de sair da rotina para manter alguma sanidade.

O monge gesticulava muito, babava em profusão e, por várias vezes, seus olhos se reviraram nas órbitas. Aos seus pés, as pessoas estavam boquiabertas, assustadas, pois agora sentiam na pele tudo aquilo que era proferido. A morte virou companheira íntima de todos.

Muitos homens da igreja enlouqueceram. Começaram a ter visões, a prever o futuro e dizer coisas sem sentido. Alguns se tornaram santos, outros viraram ermitões errantes que iam de cidade em cidade pregando a palavra de Deus. Isso sempre aconteceu, sempre existiu. Contudo, nos últimos meses, o número deles explodira. Havia vezes que dois, três até quatro pregadores pleiteavam a atenção do povo nas praças. E não raramente trocavam socos e pontapés para disputar a fé e as parcas moedas dos crédulos.

Vivíamos tempos estranhos.

Estranhos até mesmo para mim, um imortal bebedor de sangue, nascido pelas artimanhas de Loki, o Enganador, num mundo em que os deuses de outrora agora jaziam esquecidos.

– Eu vejo as trevas encobrindo as vilas, as cidades, os castelos e até mesmo as igrejas! – Nesse instante, a meia dúzia de expectadores proferiu um "*oh*" em uníssono e o monge levantou as mãos aos céus. O cão espirrou e deitou-se alheio à comoção dos espectadores. – Eu vejo o mal entrar em cada lar e destruir as famílias, com a peste, o sofrimento e a morte. Não respeita ninguém. Vidas estão sendo violentadas pelos servos de Satã. As carnes podres só confirmam esse contato profano com o demônio.

– Senhor, tenha piedade de nós! – Uma mulher caiu de joelhos, as mãos em prece e o rosto coberto de lágrimas. O cachorro bocejou alto e fechou os olhos.

– E tudo isso é nossa culpa – o pregador continuou seu discurso, apontando para cada presente. – Nós nos esquecemos dos ensinamentos de Jesus Cristo e nos perdemos no pecado. Somos impuros. Mais do que impuros, somos imundos, tais como os porcos que chafurdam na lama! Deixamos de comungar com o Espírito Santo. As nossas almas estão tão negras quanto as trevas que se adensam sobre a Inglaterra.

Um menininho no colo de um homem começou a chorar, não pelo medo, mas pela fome. Eu escutava seu pequeno estômago roncar. Certamente ele queria tomar um pouco de sopa quente e dormir, mas o homem mal piscava, imerso nas palavras do monge maltrapilho.

O garotinho olhou para mim e mostrou a língua. Retribuí e fiz umas caretas para alegrá-lo. Da mesma forma como fazia para o meu filho Daniel. Ele gargalhou e eu senti um aperto no peito, uma saudade do meu pequeno menino. Mesmo depois de séculos as lembranças continuam vívidas na minha mente. Essa era uma das minhas penitências: perder todos que amava e nunca me esquecer de nenhum momento com eles.

– O demônio está entre nós! – O monge berrou, fazendo-me acordar dos meus devaneios. O cão aos seus pés também despertou de súbito. Levantou-se, espreguiçou e mijou no barril antes de sair calmamente com o rabo balançando para lá e para cá.

– Sim, o demônio nos espreita, gozando da nossa ruína, se alimentando da nossa desgraça – ele apontava o dedo ossudo para mim. – Eu vi a face do Diabo. E ele era como esse homem.

Todos viraram para me olhar.

– Pela boceta da Santa Tydfil! – resmunguei.

Por ser um velho carcomido até que ele enxergava bem. Uns cinquenta passos nos separavam e agora o céu contava apenas com parca luminosidade de uma lua encoberta e de um punhado de tochas aqui e ali. Ou quem sabe foi o seu deus que me mostrou para ele.

Não...

– Satanás veio como homem em uma clara afronta ao Senhor! – Vociferou. – Mas não se enganem: é apenas um disfarce para esconder a sua horrenda forma. Sob essa pele alva, ainda existem os chifres, as asas de morcego e as presas de javali. E o fedor do abismo! O Pai do Mal tem vários sortilégios. Ele é o grande falsário, mas agora irá revelar sua verdadeira face.

O monge berrou histérico, tal como fazem as pessoas possessas.

A mulher de joelhos desmaiou, mas ninguém a acudiu. Estavam mais preocupados em me olhar. Uns franziam a testa, não conseguiam me enxergar como sendo o tal Satã. Outros tinham certeza de que eu era a essência do mal e se benziam. Algumas mulheres, ao contrário, se apaixonaram por mim imediatamente.

– Eu não *tô* vendo nada! – Uma velhota gritou, espremendo as vistas. – Cadê o capeta?

O monge pulou de cima do barril com a agilidade de um jovem, o que me fez sorrir. Eu poderia ter fugido, sumiria sem eles perceberem para onde fui, tal como se tivesse simplesmente desaparecido no ar. Contudo, para afastar um pouco a monotonia dos últimos tempos, resolvi ficar e me divertir com o momento.

– Você, Anjo Caído, não tem poder contra a vontade do Senhor – proferiu o monge ao se aproximar. Logo em seguida começou a dizer algo num latim enrolado, permeado de gritos e rosnados.

– O senhor está tentando me exorcizar? – ironizei.

– *Ecce crucem* – fez o sinal da cruz. – *Ecce crucem.*

– Acho que não está funcionando – coloquei as mãos para trás. As pessoas fizeram um semicírculo para observar o *ritual.* Alguns rezavam fervorosamente, outros apenas olhavam meio assustados. O menininho no colo do homem esqueceu a barriga vazia por um instante e bateu palmas, divertindo-se com o monge. Dei uma piscadela para ele.

– A besta zomba de nós! – Ele falou entredentes, quase como um rosnado. – Mas não caçoará da luz do Senhor. Assim como o Diabo não venceu Cristo no deserto, ele também não me vencerá. Contra o Senhor, ó infame, você não tem poder.

– Confesso que não sei essa resposta – dei um passo para frente. – Nunca encontrei o tal pessoalmente. O que é uma pena. E olha que já tivemos várias oportunidades para sermos apresentados. Padres, frades e até mesmo um arcebispo de renome já convocou a presença do altíssimo, mas parece que ele sempre está ocupado demais. Ou fica meio acanhado por causa da minha beleza.

O monge guinchou. As veias saltadas na testa e uma espuma branca se formando nos cantos da boca.

– Chega dessas blasfêmias, demônio! – Avançou contra mim como um urso e apertou o meu pescoço com as mãos ossudas.

E ele era bem forte! Confesso que, se eu ainda fosse o velho Harold mortal, teria tido muito trabalho para me desvencilhar das suas garras.

Mas eu não era.

O velho monge suava, as mandíbulas travadas pelo esforço. Sorri, evidenciando as presas pontudas. Ele arregalou os olhos e hesitou por um instante, mas retomou o aperto.

– *Draco maledicte et omnis legio diabolica, adjuramus te per Deum vivum, per Deum verum, per Deum sanctum, per Deum qui sic dilexit mundum, ut Filium suum unigenitum daret, ut omnes qui credit in eum non pereat, sed habeat vitam æternam: cessa decipere humanas creaturas, eisque æternæ perditionis venenum propinare: desine Ecclesiæ nocere, et ejus libertati laqueos injicere* – ele tentava com todas as suas forças me devolver ao inferno.

Entretanto, não viera de lá. Eu sequer sabia se o tal inferno existe.

A minha visão começou a se embaçar e a escurecer por causa da falta de sangue na cabeça e ar nos pulmões, então, antes de desmaiar, o que seria vexatório, segurei-o pelos pulsos e abri seus braços, fazendo-o soltar o meu pescoço contra a vontade. As pessoas ao redor agora mal respiravam.

Eu, ao contrário, inspirei fundo para recuperar o fôlego.

– Você nunca vai ter a minha alma – o monge encarou-me, convicto.

– Não quero a sua alma, velho, apenas o seu sangue – mordi seu pescoço magro e suguei com força.

Ele tentou falar algo, mas não conseguiu. Começou a se debater como um peixe ao ser tirado d'água pela rede do pescador.

Ninguém veio ajudá-lo. Uns fugiram desesperados, outros, poucos, ficaram paralisados vendo a vida do pregador se esvair a cada gole do seu sangue. Vi o homem que carregava o menininho correr enquanto a criança acenava para mim para se despedir.

Como sempre, todos covardes. Pessoas que, ao mínimo sinal de perigo, só pensam em salvar os próprios rabos. E eu não podia culpá-los. Já tinha sido assim um dia.

Soltei o monge moribundo, que desabou no chão como um galho seco, e retribuí o aceno do menininho.

– Vocês não vão correr? – dei um passo à frente, na direção das quatro pessoas que ainda permaneciam no local. Elas gritaram e fugiram como galinhas assustadas, ziguezagueando sem saber para onde ir. Um gorducho desengonçado tropeçou e ralou a testa no chão de terra batida. Levantou-se e continuou correndo, manquitolando, com o sangue vertendo da cabeça ferida.

A velhota quase cega permaneceu parada. Aproximou-se de mim e espremeu os olhos meio leitosos. Encarou-me por um tempo e fez um muxoxo.

– Você não é o capeta – apontou-me o dedo trêmulo. – Você não fede. E o Diabo fede como uma doninha sarnenta. Você é só um bosta. Você e esse louco que se aproveitou da peste para falar asneiras para ganhar comida e uns trocados. Perdi meu tempo aqui, eu devia ter ido para casa trepar com o meu velho. Melhor uma boa foda do que essas baboseiras.

Ela se virou e se afastou com passos lentos e arrastados, resmungando e praguejando.

– Gostei dessa vovó – sorri.

– Você não vai levar a minha alma – o monge balbuciou, segurou a minha bota e morreu logo em seguida. Morreu pela sua fé. Desempenhou bem o seu trabalho, e, se o tal paraíso dos cristãos existir, ele fez por merecer o seu lugar.

A praça estava deserta, exceto pela mulher desmaiada e pelo cão que agora lambia o seu rosto para tentar acordá-la.

Aproximei-me e me agachei ao lado dela. Acariciei o cachorro, que retribuiu lambendo a minha mão. Chacoalhei-a e dei três tapinhas na sua bochecha para acordá-la. Ela abriu os olhos, desnorteada.

– Onde você mora? – Ajudei-a a sentar-se.

– O quê? – Ela ainda estava meio perdida.

– Onde fica a sua casa? – Levantei-me e dei-lhe a mão para pô-la em pé.

– A minha casa? – Ela permanecia atordoada.

– Sim, a sua casa – ajeitei o seu vestido amarrotado.

– Ali – apontou para um casebre ao lado de um poço.

Passei o braço pela sua cintura e andamos até lá, com o cão no nosso encalço, saltitante.

– Pronto, agora vá dormir!

Ela me olhou, ainda abobalhada, e abriu a porta. O homem e o menininho estavam lá dentro. Ele arregalou os olhos quando me viu. O garotinho sorriu. O cachorro entrou, deitou-se ao lado do fogo e começou a mordiscar um osso já parcialmente roído.

– Confie mais no seu cão do que no seu marido, minha senhora – fiz uma mesura e virei-me.

– Tenha uma boa noite – ela respondeu, a voz embargada. Entrou e trancou a porta.

– O demônio te trouxe até em casa? – o homem falou lá dentro.

– Ah, vá à merda, seu covarde! – Um estalo ressoou meio abafado pelas paredes de barro.

O grandalhão deve ter tomado um belo tapa, pois começou a resmungar e a choramingar como uma criancinha que acabou de sujar as calças.

– Eu vou embora e você nunca mais vai me ver, sua estúpida – esbravejou.

– Você que vá à merda, já disse! – Outro estalo. O cão latiu e depois uivou.

– Cachorro pulguento, eu vou é... – O homem berrou. – Ai, ai... Tira ele daqui! Tá doendo...

Eu continuei o meu caminho para lugar algum, assoviando, saciado e quente, afinal a noite estava apenas começando.

– Caramba, Ligeiro – Louis espiou por detrás do tronco de um velho teixo. – Acho que estão procurando a gente. Que bosta...

Bill também deu uma espiadela.

– Você tem razão... – Estalou os dedos. – É melhor a gente dar no pé. E agora mesmo!

– Não podemos mais ficar por aqui – Leite Azedo assentiu. – Vamos antes que aconteça alguma merda.

– Até que demos sorte... – Bill cutucou a orelha com o dedo. – O pessoal demorou para nos caçar. Conseguimos comer bem por uma semana.

– Verdade – Louis riu.

– Eles estão ali! – gritou o queijeiro, segurando uma grande colher de pau. – Os ladrõezinhos safados estão atrás da árvore.

– São eles mesmos! – O jovem cervejeiro pegou uma pedra e atirou contra os garotos. Ela bateu com força no teixo, arrancando uma lasca da casca seca. Filhos da puta!

– Acho que agora a gente corre – Louis saiu em disparada, com Bill ao seu lado. – Ai, merda! – Abaixou e uma pedra zuniu sobre a sua cabeça.

– Corre! – Bill tirou as sandálias gastas que o faziam tropeçar e ficou descalço. Praguejou quando pisou num galho pontudo.

– Ai, ai... – Uma pedra acertou a coxa de Louis.

– Fujam mesmo, seus bostas! – O cervejeiro atirou mais uma pedra, mas errou. – E se aparecerem aqui novamente vão apanhar como cães sarnentos.

Os amigos correram, entraram numa estreita estrada de terra e seguiram sem destino, como a maioria das pessoas que viajavam para tentar recompor as suas vidas. Não tinham lar, família ou amigos. Tinham apenas um ao outro e força nas pernas para cruzar os caminhos da velha Inglaterra.

.

.

.

Os meninos andaram por vários dias, um mês talvez, não sabiam ao certo, pois deixaram de contar o tempo. Não precisavam desse controle. Sabiam somente quando era dia ou noite e isso bastava. Paravam nos vilarejos, roubavam quando tinham chance e faziam alguns pequenos trabalhos em troca de dinheiro que usavam para comprar o rango nas tavernas pelo caminho.

Eles eram jovens, mas conseguiam se virar muito bem, assim como todas as crianças órfãs da peste.

– Que fome! – Louis deu dois tapas na barriga que roncava. – Estamos com azar, Bill, não conseguimos nenhum pão velho ontem e hoje. Nenhum pedacinho de queijo duro.

– E eu ainda tomei uma bela pancada na cabeça quando tentei roubar aqueles ovos – Ligeiro passou a mão na nuca e sentiu o calombo. – Quatro ovos não fariam falta para aquela velha torta. Ela precisava ter me batido com a vassoura?

– O pior é que todas as frutas que encontramos na mata ainda estavam verdes – Leite Azedo fungou. – As que estavam boas as aves e os outros bichos já comeram. Deixaram somente caroços e cascas apodrecendo.

– Estou com tanta fome que comeria até mato se fosse gostoso – Bill arrancou umas folhas, colocou-as na boca, mastigou duas vezes e cuspiu por causa do amargor. – Comeria qualquer coisa.

– Nem uns peixinhos caíram na nossa armadilha ou uma rã gorda – Leite Azedo chutou uma pedra. – Estamos mesmo com azar.

– Ei... Tive uma ideia – Bill arregalou os olhos. – Eu vi uns Gorros dos Escoceses lá perto da trilha que corta esse bosque.

– Gorros dos Escoceses? O que é isso?

– É um cogumelo que cresce perto da água empoçada. Acho que vi um punhado perto daquela trilha que se bifurcava antes do moinho abandonado.

– E é gostoso? – Leite Azedo lambeu os beiços. – Adoro cogumelos.

– Bem, dá para enganar a barriga, são melhores do que aqueles que nascem na bosta.

– Agora você falou uma grande besteira, Bill – Louis sorriu. – Na minha terra champignons são cultivados na bosta de cavalo e são deliciosos, principalmente se fritos na manteiga com um punhado de ervas.

– Se você está falando... – Bill fez uma careta. – Como eu disse, aceito comer qualquer coisa com a fome que estou.

– Vamos correr até lá? – Louis estalou os dedos.

Os amigos adentraram o bosque e começaram a colher os tais cogumelos e a rir das bobagens que faziam para se divertir durante o trabalho.

Estavam na merda, rodeados de mortos e tristeza, mas nem isso diminuiu a felicidade dos dois garotos. Afinal agora eles eram donos das suas próprias vidas.

– Ah, nobre Stephen Langton... – O bispo Wyvil esfregou os olhos vermelhos, doloridos como se estivessem cheios de areia. Desde cedo ele lia e relia todos os velhos manuscritos deixados pelo arcebispo de Canterbury. O velho Alfred lhe trouxe tudo aquilo que encontrou na biblioteca. – Você também precisou enfrentar os tais demônios e passou por provações que logo serão as minhas – suspirou. – Parece que esse mal se renova de tempos em tempos e ressurge para importunar os homens de Deus, como se o Diabo testasse a nossa fé e a nossa integridade. Canterbury, Roma e agora Salisbury... – Massageou as têmporas e deu um gole na infusão amarga de ervas e raízes preparada pelo boticário Edmond para lhe dar mais vigor. – Os demônios têm prazer em *atacar* o seio da sagrada Igreja e em desafiar os fiéis seguidores do Senhor. Será que há como erradicar definitivamente esse mal? Ou viveremos lutando essas guerras eternas?

Tossiu.

– Será que eu falharei miseravelmente como todos antes de mim? – sussurrou. – Será que a minha sina é também permanecer impotente diante da ameaça profana? Já não basta essa peste que mata a todos sem distinção?

Lord Robert se levantou e as suas costas estalaram. Sentiu os pés formigarem devido à longa imobilidade e resolveu caminhar um pouco. Seu pescoço estava enrijecido e seus ombros doíam como se tivesse carregado sacos e mais sacos cheios de pedras.

Balançou a cabeça. Sabia de onde vinha esse peso que sentia nos ombros. Imaginou-se como o Cristo crucificado para redimir os pecados dos homens. Fechou os olhos e viu-se tentado pelo próprio Satanás.

Balançou a cabeça novamente. Fez uma mesura para um pequeno grupo de irmãos que cruzou o seu caminho. E repreendeu-se pelo que acabara de pensar. Comparar-se a Jesus era um exagero.

Talvez não.

Riu nervosamente. E desejou com todas as forças ser santo como Cristo, para poder enfrentar o que estava por vir.

Mas sabia que teria muitas dificuldades. E se contradizendo, praguejou por ser o bispo de Salisbury e o responsável por resolver esses problemas, tão profundos e sombrios quanto o próprio inferno. Uma coisa era lidar com baderneiros, hereges e até mesmo suspeitas de bruxaria. Outra era ficar frente a frente com imortais poderosos e sedentos por sangue.

E ele sabia que cedo ou tarde isso aconteceria.

– Por que, Deus, o Senhor não nos manda anjos para contrabalancear essa ameaça? – Olhou pela pequena janela e entristeceu-se com o céu cinzento. – Se o mal pode caminhar entre os seus filhos, talvez fosse bom termos ajuda.

Fechou os olhos, como se quisesse escutar alguma resposta divina.

Silêncio...

Praguejou novamente.

Estava sozinho. Seu melhor amigo e conselheiro, o prior Stephen de Mordon, havia sucumbido à peste. E, como relatara o arcebispo Langton, nem um grupo de guerreiros experientes e bem armados foi capaz de destruir as *coisas*.

Fogo, aço, flechas e cruzes. Todas as tentativas de destruir os impuros fracassaram.

Tinha que pensar em alternativas enquanto tinha tempo.

Precisava de uma solução que não contasse com a ajuda das armas ou de Deus.

– Do Diabo, talvez?

Balançou a cabeça para afastar essa ideia estúpida.

Não queria envolver o rei Eduardo, tampouco o papa Clemente. Evitaria ao máximo essa exposição. Eles já tinham suas próprias pendências. Preferia tentar resolver o problema por si só para não deixar o evento ganhar proporções muito grandes. Incontroláveis até.

– *Seria tão bom se esses malditos fossem para outro lugar e deixassem de ser minha responsabilidade* – pensou.

Chamou o seu secretário e pediu que ele dispensasse todos aqueles que esperavam para uma audiência. Deu as últimas ordens do dia e se despediu sem grandes explicações.

Saiu da Catedral e pediu para o cavalariço trazer seu palafrém branco. Essa noite ansiava por dormir na sua residência, a algumas milhas dali, em Whitsbury. Não queria conversar com ninguém, desejava se isolar para pensar melhor.

– Não preciso que me escoltem hoje, obrigado – falou para o chefe da sua guarda pessoal e partiu galopando.

Sabia que era arriscado viajar sozinho, ainda mais nesses tempos de dor e morte, de doença e desgraça, em que os marginais de beira de estrada não respeitavam qualquer autoridade e não tinham medo de ameaças.

Eles não tinham nada a perder, afinal já viviam no inferno.

E o bispo, a cada dia que se passava, também se aproximava dele.

Susan abriu os olhos. Demorou a enxergar por causa da escuridão dentro da gruta. Bocejou e levantou-se com cuidado para não bater a cabeça na rocha nua do teto. Liádan estava adormecida em um canto, enrolada tal como uma gata que se aconchega sobre um monte de palha.

Ali as duas estavam seguras. A floresta lhes dava proteção e muitos animais selvagens, sob os encantamentos da dama ruiva, vigiavam o local, como se uma magia ancestral lhes dissesse claramente o que fazer.

Susan se lembrou de uma conversa que tivera com a amiga imortal.

– Descobri que tenho esse dom – Liádan esticou o braço e um falcão pousou delicadamente para comer um pedaço de carne de coelho. – Depois da minha morte como humana, percebi que a minha relação com a natureza ganhou ainda mais força. A nossa união é magnífica, como se eu pudesse entender cada planta, cada animal. Há vezes que me sinto como parte da terra.

– E como é se transformar em uma gata? – Susan tinha os olhos curiosos.

– Eu não sei explicar direito – Liádan levantou o braço e o falcão voou. – Eu fecho os olhos e tento limpar a mente de tudo, de todos os pensamentos. E me imagino como gata. E quando os abro novamente a transformação já aconteceu. A partir daí a minha percepção do mundo, dos sons, dos cheiros, das cores, fica diferente. A minha mente permanece igual, mas todo o resto muda.

– Você não sente nada? Não sente os pelos crescendo, o seu corpo encolhendo?

– Sinto apenas um formigamento pelo corpo todo e um frio na barriga, parecido como quando pulamos de um lugar muito alto – Liádan jogou um naco de carne para o alto e o falcão pegou-o com as garras. Pousou e começou a comer o seu prêmio. – Somente isso.

– Você é fascinante – a jovem colheu uma flor amarela e colocou nos cabelos cor de fogo dela.

– Sou o que sou, apenas isso – sorriu.

– Você é tão bela... – Acariciou-lhe a pele fria e alva do rosto. – Uma beleza imortal, que vai durar para sempre!

– Ah, minha querida Susan – Liádan lhe deu um beijo na testa. – Viverei muito, mais do que esse grande carvalho, talvez – apontou para a imponente árvore –, mas não tenho certeza se serei eterna.

Susan piscou, como se retornando à realidade. Aproximou-se da amiga adormecida e lhe deu um beijo no rosto. Saiu da gruta e a claridade do dia ofuscou suas vistas. Precisava de mais ervas e raízes para preparar o bálsamo para os seus ferimentos, que já não doíam tanto.

Embrenhou-se na mata, imaginando-se transformar-se em uma loba, grande, linda e feroz, assim nunca mais lhe fariam mal. Correu descalça e uivou acompanhada por piados e trinos agudos de um bando de aves que voava baixo entre os galhos.

Sentiu-se novamente livre e feliz.

Capítulo III – Santo, santo, santo

– Lord Robert, a sua bênção – os serviçais falaram quase em uníssono ao ver o bispo de Salisbury chegar à sua propriedade, com o sol fraco já se deitando no horizonte e um vento frio soprado do leste açoitando a pele.

– Que Deus os abençoe e guarde – o bispo Wyvil fez o sinal da cruz metodicamente e desmontou com a ajuda do jovem Charles, filho de Joane, sua criada mais antiga, que o acompanhava desde quando era apenas um noviço cheio de sonhos.

O bispo tinha muito apreço pelo garoto, tratava-o melhor e com mais atenção do que as outras crianças que habitavam a fazenda. As más línguas diziam que o jovem era parecido demais com Lord Robert.

As terras do bispo não eram tão vastas como a de outros poderosos da região, tampouco havia muitos criados. Contudo a propriedade era próspera, e a produção de lã, cerveja e queijo lhe rendia bons lucros, assim como o esporádico corte de madeira. Tanto que, ultimamente, ele pensava muito em deixar a igreja e as pesadas obrigações inerentes ao seu posto e viver somente como um fazendeiro. Mas sabia que essa nunca seria uma opção. Ele morreria no seu cargo, de uma forma ou de outra.

Ser bispo lhe trazia bons privilégios e um considerável poder, mas lhe tirava a paz e o sossego.

Ainda mais com o surgimento desses demônios bebedores de sangue.

Ao entrar na sua imponente moradia construída com pedras bem assentadas com argamassa, pelo mesmo mestre pedreiro que agora reformava e aumentava a Catedral, sentiu o cheiro de ave assada. Faisão ou perdiz, não conseguiu distinguir. Sabia que seu molho preferido feito com mel e ervas borbulhava no fogo, esse sim com aroma impossível de errar.

Seu estômago roncou; lembrou que não comia nada desde o desjejum.

Fez uma farta refeição enquanto ouvia as questões da sua propriedade e delegava as ordens do dia para seus serviçais. Bebeu mais vinho do que o normal e começou a sentir seu espírito mais leve. Geralmente era mais comedido e regrado, mas precisava entorpecer um pouco a mente para aliviar o peso das responsabilidades.

Depois de dar as ordens aos criados, ouviu sobre as mortes: umas causadas pela peste, outras por acidentes e um punhado sem qualquer explicação lógica. E essas eram as mais comentadas pela boca grande do povo.

– O Peter jura ter visto uma linda mulher ruiva saindo do moinho – o capataz relatava mastigando ruidosamente uma cebola. – Daí quando foi até lá encontrou o pobre Walter morto, seco como uma noz e com dois furos no pescoço – fez o sinal da cruz.

– Não foi um lobo ou um cão raivoso? – Lord Robert desconversou, apesar de já saber a resposta. – Ou até mesmo um ladrãozinho nervoso que o esfaqueou? Pode ter lhe dado duas espetadas no pescoço.

– Com todo o respeito, meu senhor, que animal suga o sangue de um homem e deixa intacta a sua carne? E que bandido mata uma pessoa com uma faca e o sangue não vaza pelos furos? O Walter tinha o apelido de Touro, e não era por menos: era forte como um boi. Não conseguiriam *matá* o homem com tanta facilidade. Já vi ele *derrubá* três duma vez numa briga lá na taverna do Testa Lisa.

O bispo não respondeu, ao contrário, desconversou e perguntou se os grãos já começavam a ser estocados para o outono e o inverno e se a produção de lã já tinha sido vendida.

O capataz bufou por não poder continuar a conversa e imediatamente recebeu um olhar duro. Abaixou a cabeça e o tom de voz:

– Sim, meu senhor, os silos estão quase cheios e a lã foi vendida para um mercador de Warwick, o mesmo que comprou conosco o ano passado. Parece que o conde Thomas de Beauchamp gosta muito do nosso produto. E vamos ser sinceros: produzimos um material de primeira – piscou.

– Sim, sim... – Robert Wyvil tomava os últimos goles do caldo grosso da gordura do faisão misturada com o mel.

Eles conversaram um pouco mais até o bispo Wyvil dispensá-lo.

– Estou cansado e preciso dormir. Amanhã continuamos.

Levantou-se. Imediatamente as mulheres começaram a recolher os pratos. Dois cães tigrados esperavam as sobras, babando, mas sem ousar roubar nada da mesa.

Lord Robert caminhou meio cambaleante até seu aposento no andar superior da casa e se atirou na cama. Estava exausto, mas sabia que não seria fácil dormir.

Uma criada apareceu na porta entreaberta, vestindo somente as roupas de baixo. Era como se tivesse adivinhado os anseios do seu senhor. Entrou sem hesitar, um sorriso discreto no rosto e os bicos dos seios intumescidos sob o tecido fino. Deitou-se na cama e ajudou o bispo a se cansar o suficiente para conseguir dormir tranquilo, roncando como um leitão gordo.

Do pecado de se enfiar nas carnes macias e rosadas das criadas ele nunca se arrependeu. Prazer, para ele, não podia ir contra as regras de Deus.

– Eu não *tô* conseguindo respirar direito – Ligeiro começou babar e a cuspir sem parar, o rosto suado e os lábios tremendo. – E *tô* meio tonto, meus olhos *tão* embaçados. E parece que a minha língua *tá* grossa.

– Caralho, Bill! Eu falei que esses cogumelos não eram iguais àqueles Gorros dos Escoceses – Leite Azedo, assustado, deu uns tapas nas costas do amigo. – Você precisava ter comido um inteiro? Tinha que ser tão esganado?

– É, eu me enganei e... Ai, minha barriga... – O menino desvencilhou-se da mochila, largou o saco com os cogumelos, que se espalharam pelo chão coberto por folhas secas, arriou a calça e soltou um jato marrom sobre uma touceira. – Acho que as minhas tripas vão sair pelo cu.

– Cara, você está podre – Louis tapou o nariz.

– A minha boca está formigando e parece que o ar não entra direito no peito – fez força e mais merda pastosa jorrou. – Maldito cogumelo.

– Você é mesmo um tonto – Louis pegou dois cogumelos no saco. – Olha aqui: a parte de cima é até meio parecida, mas embaixo essas *coisinhas* são diferentes. E o caule do comestível é mais grosso e mais claro.

– Será que eu vou morrer? – Ligeiro abria e fechava a boca como um peixe fora d'água, o suor empapando a camisa suja. – Não quero morrer ainda.

– Fique calmo, menino – uma garota saiu de trás de um arbusto. – Você não vai morrer ainda.

– Eita porra! – Ligeiro ergueu as calças de supetão. – Faz tempo que você está espiando?

– Eu não estava espiando – ela sorriu. – Acabei de chegar. Ouvi vozes e vim ver o que era.

– O meu amigo idiota comeu esse cogumelo achando que era esse – Louis mostrou-os para a jovem.

– Esse é o Gorro do Escocês – apontou para o primeiro. – Esse eu não sei o nome, mas minha mãe costumava chamá-lo de Mata Cachorro – pegou o outro da mão de Louis. – Ainda bem que você só comeu um, senão realmente você iria morrer.

Ligeiro fez uma careta, colocou as mãos sobre a barriga, correu para detrás de um arbusto e arriou as calças novamente, retomando a melodia intestinal.

– Ai meu Cristinho – sua voz saiu espremida pelo esforço. – Essa dor de barriga está horrível.

A jovem começou a procurar ao redor. Colheu algumas heras rasteiras, três mirtilos maduros e, com as unhas, arrancou um pedaço da casca de uma nogueira.

– Qual é o seu nome? – olhou para Leite Azedo.

– Louis – o garoto se aproximou.

– Você sabe fazer fogo?

– Sei sim – ele abriu um pequeno saco que carregava amarrado na cintura e pegou duas pedras de sílex.

– Ótimo – a jovem sorriu. – Faça uma pequena fogueira para mim, por favor.

– Você aí atrás da moita... Pode me emprestar a caneca que está amarrada na sua mochila? – a garota colocou os ingredientes recém-colhidos sobre uma pedra.

– Pega. Ai, meu Deus! – as tripas de Bill se retorciam como uma cobra que acabara de receber uma paulada na cabeça. – Não *tô* aguentando mais ficar de cócoras.

– Obrigada! Agora vou até uma nascente que tem aqui perto. Já volto – a jovem pegou a caneca de estanho escurecido pelos anos de uso.

Ligeiro não respondeu, apenas peidou e soltou um pouco mais da bosta quente. Mal conseguia se manter agachado, pois suas pernas agora tremiam e fraquejavam.

– A gente vai confiar nela? – a voz de Bill saiu quase como um sussurro.

– Você vai morrer de tanto cagar se não fizermos algo – Leite Azedo terminou de empilhar os gravetos e fez uma mecha com capim seco. Bateu os sílex quase uma dúzia de vezes.

Praguejou até conseguir uma pequena brasa, que se avivou e cresceu conforme ele soprava.

Ligeiro se limpou com as folhas que encontrou e saiu meio cambaleante detrás do arbusto. A língua dormente e os olhos lacrimejando.

A jovem voltou, com o caneco cheio de água.

– Eu sou Susan.

– Eu sou Bill – ele estava pálido e muito suado.

– Vamos curar logo esse envenenamento – ela pegou uma pedra e macerou os ingredientes sobre a rocha. Colocou-os dentro da água, cuspiu na mistura e pôs a caneca sobre o fogo.

– Assim que ferver estará pronto, daí a sua barriga vai melhorar.

– Tomara, eu já não aguento mais – Bill sentou-se no chão. – Parece que as minhas tripas viraram água.

– Ninguém manda ser teimoso – Louis encarou o amigo. – Você não precisava ter comido o tal Mata Cavalo.

– É Mata Cachorro – Susan pegou um graveto e mexeu a infusão.

– Que seja! – Coçou o saco. – Já pensou se esse idiota morre?

– Morrer cagando seria ruim demais – Bill limpou o suor da testa.

– Todas as mortes são ruins – Susan tinha o semblante sério. – Temos tido mortos demais nessa terra. Precisamos de mais vida, isso sim.

– Verdade – Louis balançou a cabeça em concordância.

Eles papearam um pouco até a infusão levantar fervura. Nesse meio tempo Bill precisou correr para a moita mais uma vez.

– Espere esfriar e beba devagar – Susan pegou a caneca com umas folhagens para não queimar a mão e colocou-a sobre a pedra onde havia triturado os ingredientes.

.

.

.

– Já estou bem melhor – Bill descansava, recostado em um tronco caído. Continuava pálido e um pouco ofegante, mas as tripas se aquietaram e ele já não salivava tanto. – Parece que eu mijei todo o veneno do cogumelo depois de tomar aquele *troço* ruim. Achei que ia vomitar.

– Eu sei que o gosto é horrível, mas a infusão limpou as suas entranhas – Susan desenhava na terra com um pequeno galho. – Se não fosse isso, você demoraria uns bons dias para parar de ter diarreia e os outros males.

– Obrigado, moça, você foi um anjo – Bill tirou da sua

mochila um anel de prata que pegara de um padre morto em uma pequena capela. – Presente para você.

A garota sorriu e colocou o anel, que ficou largo no dedo fino.

– Você é muito gentil – ela lhe deu um beijo na testa e ele corou imediatamente.

– Nossa, já vai escurecer – Louis olhou para o céu nublado. – Não vai dar tempo de voltar para o vilarejo antes disso aqui ficar um breu.

– E eu não consigo correr – Bill fez um muxoxo. – As minhas pernas ainda estão meio fracas.

– *Que Dieu nous aide*! – Louis juntou as mãos em prece. – Aqui deve estar cheio de lobos.

– Não morri com o cogumelo e agora vou virar comida dos bichões – Bill se levantou.

Susan não prestava atenção à conversa dos meninos. Olhou para cima e viu que o céu estava cinza-escuro. Coçou a orelha e falou:

– Eu estou abrigada em uma gruta aqui perto. Querem vir comigo?

Os amigos se entreolharam e concordaram em segui-la, pois não tinham lugar melhor para se abrigar.

Juntaram as coisas e partiram. O caminho era curto e a jovem conhecia muito bem aquelas matas. Mas estava um pouco tensa e receosa. Não sabia como a imortal ruiva reagiria na presença dos dois garotos.

Arriscaria.

Mais um vilarejo morto – todos os casebres ao meu redor jaziam vazios. Várias portas abertas, algumas arrombadas por saqueadores em busca de qualquer coisa útil. Comida principalmente. Mas havia muitos que as brasas se tornaram cinzas frias e as últimas migalhas foram levadas pelos ratos, esses sim os novos donos do mundo.

Caminhei sozinho pelo descampado. Um casal de gansos sibilou perto do laguinho logo adiante. Atrás deles quatro filhotes dormitavam tranquilos sobre o capim macio. Mantive a distância e rodeei as pequenas casas por não ter algo melhor para fazer, pois sabia que não havia ninguém.

Mesmo sem cadáveres espalhados pelo chão como em outras cidades, o cheiro pútrido da morte continuava impregnado na terra. Toda aquela região da Inglaterra fedia. Mais do que o normal.

Eu não sabia o nome daquele lugar. E, claro, não tinha como perguntar para alguém. Por três noites andei sem encontrar nenhum miserável, apenas na companhia dos pernilongos irritantes que pousavam na minha pele fria sem ousar se alimentar do meu sangue morto.

Eu tinha sede e os animais que cruzavam meu caminho não despertavam o meu apetite. Não queria gatos, ratos, tampouco cabras ou bezerros. Beber para mim não era mais uma mera alimentação. Com o sangue humano eu nutria o meu corpo, esquentava-o e também me extasiava em um prazer indescritível, muito mais intenso do que qualquer outro que senti enquanto fui mortal.

Continuei rumo ao nordeste, imerso em meus pensamentos e saudades, envolto em um silêncio rompido de tempos em tempos por algum pio de coruja ou cantoria estridente de grilos inoportunos. Apertei o passo e trotei ansioso por algumas milhas em uma estradinha barrenta, espirrando lama a cada passada firme.

Queria encontrar pessoas.

.

.

.

A negritude da noite se perdia veloz e a minha esperança se desvaneceu. Logo amanheceria e eu dormiria sem beber mais uma vez.

– Merda – chutei uma pedra, que voou longe e bateu com força no tronco de uma árvore. Senti o dedão estalar e uma dor aguda latejando no meu pé. Talvez ele tivesse se quebrado. Não importava, o osso se curaria tão rápido que eu sequer teria tempo de tirar a bota para ver o estrago.

Entrei na floresta e comecei a buscar alguma gruta para me abrigar. Nada. Desisti do *conforto* e procurei um buraco úmido para me esconder do sol, ou mesmo a toca fedorenta de alguma lontra ou gambá. Qualquer pocilga escura serviria.

Estava mal-humorado, irritado, até os meus ouvidos aguçados captarem algo. Sons baixinhos, quase como grunhidos. E não eram de animais. Pelo menos não esses que andam de quatro patas na floresta.

Fechei os olhos e girei a cabeça como as raposas fazem ao caçar os ratinhos escondidos sob o mato alto. Os gemidos eram trazidos junto à brisa que soprava do leste.

Segui os sons e logo avistei por entre as árvores o brilho

da fogueira do pequeno acampamento. Ouvi claramente as risadas e senti o cheiro de cerveja azeda e de suor exalado pelos homens.

Sorri.

Enfim havia encontrado pessoas. E poderia saciar a minha sede.

– Pelo jeito a festa está boa – aproximei-me, adentrando a pequena clareira.

Três homens se levantaram num pulo, o outro, mais velho, parou um pouco de foder uma mulher que chorava baixinho, o nariz sangrando e o olho esquerdo inchado e roxo. Olhou para os companheiros sem sair de cima dela e disse:

– Deem uma coça nesse veado e vejam se ele tem algo de valor – retomou os movimentos com a pelve ossuda. – Eu não vou parar agora, estou quase gozando.

Os homens se entreolharam, certos de que conseguiriam algum butim, afinal a minha aparência e postura sempre foram nobres.

O baixinho pançudo pegou um pedaço de pau no chão. Os outros dois vieram de mãos limpas e eu continuei parado, os braços para trás e um sorriso discreto no rosto. Passei a língua nas presas pontiagudas, prontas para perfurar a pele, a carne e as veias.

– A gente vai te bater de qualquer jeito – o baixinho apontou o pau na minha direção. – Mas se você colaborar, a gente pode te bater menos. Eu juro que não quebro nenhum osso. O que me diz?

Os outros dois riram e eu continuei parado.

– Você é surdo? Idiota? Ou é apenas mal-educado? – cuspiu. – Aqui a gente não gosta de sujeitos malcriados, não é pessoal?

Os homens apenas grunhiram, enquanto um pouco mais atrás o outro resfolegava como um porco enquanto apertava as tetas da mulher.

– Caramba, como você é branco! – o baixinho parou na minha frente, encarando-me, o barrigão roçando o meu corpo e o bafo podre fazendo as minhas narinas coçarem. – Você parece uma lombriga que foi cagada por um cachorro.

– E você me lembra a própria merda de um cão – continuei com as mãos para trás. – Apesar de a merda feder menos que você.

Os dois homens riram de forma debochada, fazendo-o ficar com o rosto vermelho.

– Ora seu cu de... – o baixinho travou a mandíbula e tentou

me acertar com o pau. Era lento como um bode velho. Um passo para o lado e o pau se quebrou no tronco atrás de mim.

Segurei-o pelos ombros e mordi o pescoço gordo.

– Seu filho de uma égua manca, para de me morder! – o baixinho estapeava as minhas costas e pisava nos meus pés, lutando em vão enquanto eu me deliciava com o seu sangue espesso e rico. – Para, infeliz! Para!

Os outros dois ficaram paralisados, olhando boquiabertos o homem ser sugado até desfalecer e ser jogado no chão, os olhos revirando nas órbitas, a boca trêmula soltando uma espuma sanguinolenta e a alma começando a abandonar o corpo para poder adentrar os portões do outro mundo.

Depois de vários dias sem me alimentar eu queria mais. A sede não fora saciada e as minhas veias ainda estavam murchas.

Caminhei em direção aos dois. Um deles, vesgo e com o nariz tão torto quanto os seus olhos, sacou uma faca e me atacou. Cravei as unhas na sua barriga, rasgando a camisa velha e as suas carnes, antes que ele me acertasse. Senti suas tripas se mexerem nas pontas dos meus dedos e sorri. Ele deu um guincho agudo, largou a arma e se mijou todo. Soltei-o e lambi os dedos enquanto ele desabava no chão, curvado como um bebê, choramingando, o mijo fazendo uma poça entre as suas pernas espasmódicas.

O outro tentou fugir, correu como uma lebre ao ver a raposa. Peguei uma pedra no chão, fechei um dos olhos e atirei-a. Errei.

– Preciso treinar mais.

Peguei outra, prendi a respiração e arremessei com toda a minha força, e dessa vez ela espatifou a nuca do infeliz, que estalou como um galho ao ser quebrado, fazendo o sangue esguichar para todos os lados, pulverizando as folhagens ao redor. Ele caiu e começou a estrebuchar como uma galinha que tem o pescoço cortado.

Senti uma dor aguda nas costas.

– Maldito – o homem que fodia com a mulher se aproximou sorrateiro e sem calças e cravou um punhal em mim enquanto eu estava distraído. – Eles eram idiotas, mas eram meus irmãos – acertou-me um soco na boca e eu senti o gosto de sangue na língua. Meu sangue.

– Você atrapalhou a minha trepada – ele continuou –, eu *tava* quase enchendo aquela cadela de porra. Quem sabe ela até seria mãe de um bastardo meu.

Tentou socar-me novamente, mas impedi o ataque desviando o rosto e agarrando o seu pescoço suarento. Apertei com vigor, porém exagerei na força e esmaguei a sua garganta como se fosse uma fruta podre. Ele morreu sufocado na própria baba nojenta.

Aproximei-me da mulher, que tentava se cobrir com o vestido rasgado, enquanto me olhava assustada. A cada passo uma dor lancinante nas costas.

– Não tenha medo – mostrei as palmas das mãos. – Não vou lhe fazer qualquer mal, prometo.

Ela chorou alto.

Tirei a camisa do seu algoz e lhe entreguei. Virei-me enquanto ela se vestia.

– Você poderia me fazer um favor, querida? Poderia tirar essa coisa espetada nas minhas costas? – observei-a de soslaio e ela assentiu.

Senti uma fisgada quando puxou a faca, mas logo o ferimento cicatrizou.

– Você está bem, senhor? – Sua voz era fininha, feia de tão esganiçada. – Quer que eu cuide do seu ferimento?

– Não precisa se preocupar, eu estou bem. E você? – Tirei o cabelo que caía sobre o seu rosto e vi o olho ferido.

– Vou ficar – ela abaixou a cabeça e encarou o homem morto por uns instantes. – Ele foi o primeiro. Assim que terminasse os outros teriam a sua vez.

– Agora eles não podem mais lhe fazer mal – sorri.

– Você vai ficar aqui comigo?

– Não irei – olhei para o céu e vi que logo o sol nasceria. Beijei a sua testa suja de terra e caminhei para dentro da floresta.

– Ei, senhor! – Ela gritou. – Qual é o seu nome?

– Harold Stonecross – Não me virei, pois vi os primeiros raios dourados começarem a brilhar no topo das árvores.

– Muito obrigado, Harold Stonecross – sua voz estava embargada. – Assim que encontrar uma igreja vou rezar pelo senhor.

– Você pode rezar, minha querida. – Achava tudo aquilo muito engraçado. – Pode acender velas também.

– Eu tenho certeza que é um enviado de Deus para me socorrer – fungou. – Nunca me esquecerei do senhor. Foi um santo que apareceu para me proteger.

Gargalhei.

Pela segunda vez em menos de um mês alguém me chamava de santo. Harold, o bebedor de sangue, que ganhou o dom da imortalidade pelos sortilégios de Loki, um santo!

Antes que o sol pudesse me afetar encontrei um buraco escavado num morrinho coberto de grama. Eu mal cabia dentro dele, mas essa toca serviria como abrigo. Tive de ficar todo torto, contudo isso não era novo para mim: eu já havia dormido em lugares muito piores.

Logo vieram a letargia e o sono, mas antes de dormir ri alto, acompanhado pela cantoria barulhenta de um bando de estorninhos.

– Santo, santo, santo! – Cantarolei baixinho, até o vazio dominar a minha mente.

Capítulo IV – Caminhos cruzados

– Ela está lá dentro? – Leite Azedo deu uma espiadela, curioso, mas a gruta estava muito escura. Colocou as mãos sobre o fogo para se aquecer enquanto a madeira meio úmida crepitava soltando bastante fumaça, o que espantava os irritantes mosquitos.

– Sim – Susan colheu algumas florezinhas brancas e começou a comê-las. Não tinha certeza como Liádan reagiria à presença dos garotos, porém, não havia como voltar atrás. Teria que confiar nos seus instintos.

– Essas flores são gostosas? – Bill franziu a testa.

– São meio azedinhas, mas são ótimas para ajudar os ferimentos a não inflamar – pegou mais algumas e enfiou na boca.

– Você está machucada? – Bill se aproximou. – O que aconteceu? Por que não contou *pra* gente?

– Não quero falar sobre isso – Susan ficou séria. – Agora já estou bem.

Os três ficaram em silêncio por um tempo, sentindo o calor agradável da fogueira, estapeando mosquitos incômodos e persistentes.

.

.

.

– Eu queria ter um coelho gordo para assar nessa fogueira – Louis engoliu a saliva e estalou os beiços, as chamas se refletindo nos seus olhos castanhos. – Eu o rechearia com cebolas e um pouco de funcho. E cogumelos, mas não esses daí – apontou para o saco perto do amigo. – Se tivesse queijo e vinho, melhor ainda.

– Ou um belo pedaço de ovelha – Ligeiro sentiu o estômago roncar apesar de ainda estar um pouco enjoado. – Ovelha com molho de mel e alho.

– Uma galinha já me deixaria feliz – Susan sentou-se perto do fogo. – Aquela pele bem tostadinha e crocante, com uma cerveja escura, não tem combinação melhor.

– Um peixe também seria ótimo – Louis jogou um pouco mais de madeira na fogueira. – Eu gosto muito de pescar.

– Eu vi um riacho logo ali, mas acho que está muito escuro para pescar.

Os dois garotos se viraram ao mesmo tempo, num susto. Liádan havia despertado e estava parada ao lado deles. Ninguém a ouvira chegar.

– Com todo o respeito, senhora... – Louis se levantou, os olhos arregalados e a boca aberta. – A senhora é a mulher mais bonita que eu já vi na minha vida. E olha que na França eu conheci algumas donas bem jeitosas.

Liádan sorriu.

– Bonita? – Ligeiro bateu a mão no joelho. – Ela é linda!

Liádan olhou para a amiga e Susan não sentiu qualquer repreensão por ter trazido os meninos. Respirou aliviada.

– Vocês estão com fome?

– E com sede também, senhora – Louis estava tão abobalhado que sem perceber pisou numa brasa e gritou de dor.

Envergonhou-se pela sua falta de jeito.

– Então sugiro que busquem mais madeira. E se acharem algumas ervas e raízes podem fazer um tempero gostoso. Quando eu voltar trarei algo para comerem – uma bela coruja veio silenciosa e pousou sobre o seu ombro, o que deixou os meninos ainda mais impressionados. – Se preferirem, montem outra fogueira lá na gruta, pois acredito que logo choverá.

Louis pegou um galho incandescente na fogueira, mas largou-o no chão e fez uma careta.

– *Merde! J'ai percé mon doigt sur une épine* – Louis tirou um espinho do dedo e o sangue verteu pelo furo. – Como posso ser tão estabanado?

Liádan se agachou ao seu lado, os olhos verdes reluzindo, beijou o ferimento, sugando um pouquinho do sangue. Louis sentiu sua mão formigar levemente e o seu coração bater mais rápido, como quando se apaixonou por Cateline, filha de um pedreiro amigo do seu pai.

– Tenha cuidado, Louis, não vá se machucar de novo. – Liádan se levantou e partiu, parecia pairar no ar, como se não pisasse no chão a cada passo.

Susan e Bill começaram a recolher madeira seca para fazer

a nova fogueira dentro da gruta. Leite Azedo continuou parado, abobalhado, olhando na direção em que Liádan se fora.

– Para onde ela foi, Susan? – Ligeiro espirrou e sentiu o traseiro melar. – Ah, de novo não! – Largou as madeiras recolhidas e correu para trás de uma moita, arriou a calça e terminou o que começara sem querer.

– Ela foi se alimentar – a menina caminhou até a entrada da gruta.

– Nessa escuridão? – a voz de Bill saiu espremida. – É perigoso demais. E ela nem levou uma tocha.

– Liádan é *diferente* de nós, Bill, então consegue fazer coisas que não faríamos. – Susan pegou mais uns gravetos pelo caminho. – Não precisa se preocupar com ela.

– Que coisas? – Bill saiu de trás da moita.

– Amanhã lhe conto, agora estou cansada e com sono – bocejou. – E você não vem, Louis?

Louis continuou parado, a boca aberta e o olhar perdido.

Bill se aproximou do amigo e lhe deu um tapa na nuca, fazendo-o retornar à realidade.

– O que foi? Por que você me bateu, seu porcaria? – Leite Azedo empurrou Ligeiro.

– Porque a gente *tá* te chamando e você fica aí, besta, como se tivesse visto a própria Virgem Maria – Bill pegou as madeiras que deixou no chão e juntou-se a Susan. – *Tá* apaixonado?

Louis não respondeu. Pegou dois galhos incandescentes e seguiu-os vagarosamente para a gruta. Adentrou a escuridão, não sem antes olhar para a floresta na esperança de cruzar seus olhos novamente com os de Liádan.

.

.

.

Susan despertou com Liádan tocando suavemente o seu rosto. A mão já não estava tão fria. Sempre que ela saía para se alimentar voltava assim: quente e corada. Esfregou os olhos e acompanhou-a para fora da gruta. Os dois garotos dormiam profundamente do outro lado, imersos em sonhos repletos de aventuras.

– Desculpe acordá-la, Susan – Liádan lhe entregou duas lebres para serem assadas para o desjejum. – Eu irei embora. Essa noite precisamos nos separar.

Susan ainda estava sonolenta. Esfregou novamente os olhos e bocejou. Não tinha certeza se havia entendido direito o que a amiga falara.

– Você vai embora? – tirou os cabelos do rosto. – Por quê?

– Porque é preciso – ela se agachou e acariciou uma raposa que chegou até lá atraída pelo cheiro das lebres.

– Posso ir junto com você?

– Não, minha querida – Liádan fitou-a com os olhos serenos. – Fique com os garotos, encontre um bom homem e construa a sua vida. Essa praga irá passar, eu sinto, e logo tudo voltará como sempre foi. Sei que você será feliz. Eu tenho o meu próprio caminho a seguir. E ele me levará ao encontro do incerto. De forças tão poderosas quanto... – Silenciou-se. Seus olhos verdes pareciam estar em outro lugar, vendo além daquilo que estava ao seu redor. – Ainda não conheço o meu destino, mas sei que essa noite será de despedidas para nós duas.

– Eu posso continuar te ajudando e...

A dama ruiva deixou a brisa da noite carregá-la para longe, por entre as árvores, seguida pelos pássaros e alguns animais da floresta.

Começou a chover como Liádan previra.

Susan voltou para a gruta e chorou baixinho para não acordar os garotos. A sua amiga acabara de partir. Uma mulher fantástica que se tornou um ser quase divino. Não a via como um demônio, como a igreja a julgava, mas sim como uma força da natureza: poderosa, bela, eterna.

Seu coração foi comprimido pela tristeza e, naquele momento, a noite se tornou muito mais escura.

Trovejou.

– Você tem certeza? – Verteu um pouco mais de cidra na boca do moribundo. – Ele matou esses homens sozinho?

– Te-tenho, senhor. E sem usar qualquer arma. Ele era um monstro e nos atacou com unhas e presas e... – o vesgo engasgou e gemeu de dor, as mãos sobre a barriga tentando, em vão, estancar o sangramento. – Eu vou morrer?

– Infelizmente vai, filho – Reynold Orsini, deão de Salisbury, agachou-se do lado dele. – Não há o que fazer. Você perdeu muito sangue e os ferimentos são profundos demais.

O vesgo encarou o deão, os olhos remelentos vermelhos e a respiração acelerada.

– Quero mais cidra – pediu e deu mais uns goles agoniados na bebida adocicada, servida por um dos serviçais de Reynold. – Todos estão mortos?

– Estão, sim, filho.

– Então quero me juntar aos meus irmãos – uma lágrima escorreu devagar pela bochecha coberta de cicatrizes. – Eu sabia que a gente não devia ter pegado a moça e... – soltou uma golfada rosada que sujou o hábito marrom de Reynold.

O deão ouviu os pecados do homem e os perdoou. O vesgo expirou fundo e morreu, a boca aberta e os olhos arregalados. Os homens que acompanhavam Reynold Orsini fizeram o sinal da cruz e montaram nos cavalos.

– Depois mande alguém para enterrar decentemente esses infelizes – o deão falou para um dos seus homens. – Eram uns safados, mas vamos lhes dar um pouco de dignidade após a morte.

O grupo voltou para a estrada, que ficava a menos de trinta passos de onde acontecera o massacre. Ela estava deserta como de costume nas últimas semanas.

O deão cavalgou em silêncio, pois o que acabara de ouvir do moribundo o deixara perplexo. Queria encontrar logo o bispo e contar o ocorrido.

Havia um demônio à solta por aquelas bandas. Um demônio real, não como aqueles representados nos livros. Esse se parecia com um homem comum, alguém que pode andar no meio das pessoas sem chamar atenção. Ele não tinha chifres ou rabo, tampouco imensos olhos vermelhos ou a pele recoberta de pelos grossos e negros.

Ele era alguém *normal* que, ao invés de se embriagar de hidromel e cerveja, deliciava-se com o sangue dos seus escolhidos.

Reynold Orsini sentiu um frio percorrer a sua espinha e a garganta seca. Pediu o que sobrara da cidra e verteu goela abaixo, sem respirar. Esperava que a bebida deixasse o seu espírito um pouco mais leve, mas isso não aconteceu, apenas tonteou sua cabeça e fez com que uma queimação incômoda começasse no estômago.

Continuou o caminho sem dizer uma palavra sequer.

.

.

.

– Lord Robert ainda não voltou? – Reynold Orsini tamborilou os dedos, impaciente, sobre a mesa de madeira escura maciça de Roger de Kington, o arcediago de Salisbury. – Sabe se retorna ainda hoje?

– Ele não nos deixou nenhum aviso sobre isso, irmão Reynold – o arcediago parou de escrever e encarou o deão com os olhos pretos como carvões. – Eu poderia saber qual é o motivo de tanta pressa? Qual é o assunto a ser tratado com o bispo?

Reynold Orsini ficou em silêncio por um tempo. Fez uma mesura e se retirou sem dizer nada. Correu pelo corredor de pedras, com as sandálias estalando nos calcanhares.

– Estranho... Muito estranho – Lord Roger franziu o cenho. Molhou a pena na tinta e continuou a escrever, aproveitando a luz da manhã que entrava pela grande janela ao seu lado. Sempre preferira as palavras à conversa. Por ele o mundo podia ruir, desde que tivesse como continuar contando suas histórias.

.

.

.

– Por favor, peça para me trazerem um cavalo descansado – o deão estava suado, impaciente. – O mais rápido que puder.

– Sim, irmão Reynold. Com a sua licença – o sacristão Tomas se afastou e foi em direção aos estábulos o mais ligeiro que as suas pernas tortas permitiram.

O deão mal teve tempo de acabar de comer uma maçã que pegou apressadamente na cozinha, sem sequer cumprimentar o despenseiro, e um jovem trouxe uma égua preta.

– Ela é mansa? – Reynold Orsini tocou o pescoço musculoso e acariciou os pelos lustrosos.

– É uma das melhores que temos, Lord Reynold. As crianças costumam brincar com ela.

– Ótimo – jogou o resto da maçã no chão e logo os passarinhos vieram bicá-la.

O jovem ajudou o deão a montar. Ele era ágil e subiu com facilidade. Agradeceu com uma mesura e saiu galopando apressado.

– Sei que ele não gosta de tratar de assuntos da igreja na sua casa, mas esse é urgente – Reynold Orsini murmurou enquanto galopava. – Que Deus nos ajude!

– Ela foi embora e nem se despediu da gente? – Leite Azedo sentou-se numa pedra e abaixou a cabeça, desolado. – Ela ficou com raiva por a gente ter vindo?

– Ela precisou partir – Susan segurava o choro, apesar de algumas lágrimas escaparem. – E não foi por vocês terem aparecido.

– Por que então? – Leite Azedo levantou a cabeça e seus olhos estavam vermelhos.

– Deve ter tido algum motivo muito forte – a voz de Susan saiu baixinha, quase um sussurro. – Se foi assim, tão de repente, sem qualquer aviso, algo importante deve ter acontecido. E é só isso que sei, pois ela nada me disse.

– A Liádan parecia ser uma pessoa bem legal, além de bonita – Ligeiro tinha olheiras profundas pela noite maldormida.

– Bonita? Ela era linda. A mulher mais linda que já vi em toda a minha vida – Louis levantou-se. – Será que ela volta?

– Acho que não – Susan fungou. – Assim como surgiu numa noite estrelada, partiu sem deixar qualquer esperança – a jovem parecia imersa em seus próprios pensamentos.

– É uma pena, mas que tal prepararmos logo essas lebres? – Ligeiro pegou uma faca e a entregou para Susan. – Toda aquela *cagança* de ontem me deixou vazio. Estou com uma fome danada.

Susan tirou a pele e as vísceras das lebres, distraída, enquanto Bill reavivava o fogo. Louis continuou sentado, abobalhado e tristonho. A chuva grossa caindo lá fora.

A jovem recheou as lebres com ervas que encontrou nos arredores e eles comeram de se lambuzar. Leite Azedo apenas mordiscou uns pedaços.

Liádan havia tocado a sua alma e o seu coração. E ele queria reencontrá-la.

Mas não tinha certeza se conseguiria.

– Eu sinto a sua falta, minha querida Liádan – o rosto da minha amada estava trêmulo, tal como se refletido na água.

– E eu de você, Harold, meu amor – ela sorriu, os lábios vermelhos bem desenhados e os dentes tais como marfins polidos.

– Por que você partiu? – Tentei tocá-la, mas era como se ela pairasse no ar, uma pintura vívida pulverizada nas brumas frias.

– Porque foi preciso – ela se aproximou e mesmo sem conseguir sentir o seu corpo, a sua energia me envolveu e aqueceu o meu coração frio. – Tive que ficar ausente por um tempo para me reencontrar, para sobreviver.

– Você sofreu tanto assim? – Eu me senti mal por não ter amparado o meu amor.

– Tanto quanto nós, imortais, podemos sofrer – por um instante seus olhos ficaram negros como a noite.

– Eu devia tê-la protegido e...

– Você fez o que foi possível e isso basta.

– E a Stella? – eu não conseguia sentir a presença da minha amada, como se ela estivesse distante ou...

– Stella descansa e se recupera – Liádan fechou os olhos. – Depois da guerra, da cruel batalha a qual sobrevivemos, ela perdeu muito da sua força, da sua vitalidade, e por pouco não pereceu. Os ferimentos se curaram, seu espírito foi rasgado ao meio e ela não quis mais continuar. Não via motivo para prosseguir nesse mundo opressor. Por pouco não deixou de existir. Como não pude mais ajudá-la a entreguei à Mãe Terra e aos cuidados da Deusa. Foi aceita e bem acolhida, e agora está num lugar seguro e secreto até mesmo para mim.

– Quando nos reencontraremos? – Tentei tocar o seu rosto, mas a minha mão atravessou a imagem translúcida, que se dissipou, mas logo tomou forma novamente.

– No momento certo, meu amor – Liádan abriu os olhos verdes, luminosos, que se incendiaram e me cegaram por completo. – No momento certo...

Despertei.

E tinha certeza que muito em breve eu reencontraria o meu amor. Tinha certeza que nossas almas haviam acabado de se encontrar em algum lugar deste ou de outro mundo.

Sorri.

Senti-me bem, vivo e feliz, uma sensação que pouco experimentei nesses anos solitários. Foi a primeira vez que sonhei com Liádan desde que nos separamos. Talvez não tivesse sido um mero sonho. A sua presença tinha sido forte demais. Real demais.

Saí do buraco onde me abriguei do sol e respirei fundo a brisa fresca, o cheiro da terra molhada pela chuva que cessara havia pouco. O aroma das flores noturnas penetrou suavemente nas minhas narinas. Odor tão apreciado pela minha linda dama ruiva.

Limpei a terra das minhas vestes e dos meus cabelos revoltos.

– Eu preciso de roupas novas – olhei para as minhas. – Essas não condizem com a minha importância.

Ri.

Revigorado, voltei para a estrada e segui o meu caminho. Meus pés já haviam percorrido milhas incontáveis, já tinham dado voltas e mais voltas pela Inglaterra. Eu era um andarilho das sombras, sem casa, sem rumo e sem pressa, porém totalmente livre. Mesmo que todos perecessem por causa da peste, eu sobreviveria e caminharia pelo mundo até encontrar alguém para matar a sede.

Caminharia até o outro mundo se fosse preciso para ver a minha dama ruiva.

Assoviei uma melodia qualquer, provavelmente ouvida em alguma taverna. Eu estava feliz, pois sabia que minhas amadas estavam bem e nos reencontraríamos logo. Liádan e eu resgataríamos Stella do seu descanso prolongado e seríamos uma família novamente.

Eu estava eufórico.

Dos assovios passei a cantarolar alto uma canção e a bater palmas para dar o ritmo. Contudo a alegria foi interrompida quando uma flecha zuniu e se cravou na minha garganta, varando o pescoço de lado a lado.

Virei-me para ver quem foi o insolente que ousou me atacar. Outra flecha morreu no meu peito, fazendo-me cambalear para trás. A minha raiva suplantou a dor. Eu iria despedaçar o maldito arqueiro, mas não tive tempo para reagir, mais um projétil fincou-se profundamente na minha barriga, as penas brancas da asa de um ganso sinuosas ao vento. Caí de joelhos, gorgolejando sangue, quase sufocando pela haste de madeira trespassada no meu pescoço. O gosto de madeira misturado com terra e sangue. A minha visão estava embaçada, contudo, eu me recuperaria rapidamente.

Eu era o imortal Harold Stonecross e não seria dominado facilmente.

Tentei me levantar, então senti uma pancada na nuca que fez os ossos da minha cabeça estalarem, rompidos tais como uma casca de ovo. Um trovão ribombou dentro do crânio. Seria Thor zombando da criação do seu irmão Loki? Tudo ficou preto e silencioso.

Desmaiei.

– O bispo Wyvil está? – Reynold Orsini desmontou, suado, os cabelos pretos colados na testa.

– Vossa Excelência Reverendíssima está fazendo o seu desjejum – o criado pegou as rédeas. – Quer que eu o anuncie?

– Não será preciso – Reynold seguiu rumo ao casarão.

O criado deu os ombros e levou a égua para beber água e comer forragem fresca.

– Lord Robert – o deão parou na porta. – Desculpe interrompê-lo.

O bispo franziu o cenho. Não era comum receber visitas em sua residência, ainda mais se tratando do deão de Salisbury.

Ficou por um tempo em silêncio, e com um gesto sem vontade convidou-o a sentar-se à mesa.

Reynold Orsini entrou e os cães vieram cheirá-lo. Deixaram-no em paz quando viram que ele não trazia nada comestível consigo. Voltaram devagar para debaixo da mesa, esperando pacientemente as migalhas e os restos da farta alimentação.

– Sirva-se, irmão Reynold – tinha a boca cheia de um bolo de frutas. – Você já comeu algo?

– Não senhor... – ele falava baixinho, acanhado, pois a figura do bispo o intimidava. – Apesar de ser um palmo mais alto, sentia-se pequeno perto dele.

– Então coma, pois com fome a cabeça não funciona direito, não é? – Deu uma piscadela.

O deão se serviu de queijo fresco e cerveja escura, comendo sem qualquer satisfação, pois, de fato, não tinha fome. Estava ansioso para conversar com o bispo sobre o ocorrido na estrada.

– Diga-me, por que veio até aqui? – Lord Robert pegou uma colherada de doce de figos e enfiou na boca. – Divino! Preciso de um bom doce para começar bem o meu dia e os figos cozidos no mel são os meus preferidos.

O bispo pegou mais uma colherada do doce e ofereceu ao deão, que comeu, mesmo sem ter vontade.

– Fui até a Catedral e como não o encontrei, Lord Robert, resolvi vir até aqui – engoliu o restante do doce. – Fiz mal?

– Depende do assunto que me traz – o bispo soergueu as sobrancelhas enquanto limpava a boca num pano. – Problemas?

– Na Estrada do Moinho, logo depois da curva da Velha Cabana, encontrei uma mulher e recebi a confissão de um moribundo... – Reynold Orsini estacou e as palavras pareciam presas na sua garganta.

– Continue, homem! – O bispo Wyvil irritou-se. – Você não veio até aqui para ficar apenas me olhando.

O deão engoliu em seco. Viu que uma criada espiava detrás da porta. Pensou se não seria prudente avisar o bispo. Preferiu prosseguir o seu relato:

– A mulher cruzou o caminho da comitiva. Ela estava bastante assustada e com o rosto muito machucado – pegou um pedaço de pão para tirar o gosto melado da boca. – Pedi para ela se acalmar, porque nós a ajudaríamos.

– E? – O bispo não fazia nada para ocultar sua impaciência. Começou a tamborilar os dedos no tampo da mesa.

– Ela nos contou que havia sido estuprada e tinha apanhado

bastante. Temia ser largada inconsciente no meio do mato ou mesmo ser morta depois que se divertissem com ela, por isso rezou fervorosamente e pediu intercessão de Deus – pigarreou. – E conseguiu: um santo ou um anjo a salvou das mãos dos seus agressores.

– Como assim um santo? – O bispo se levantou e rodeou a mesa, parando ao lado do seu convidado. – Explique-se melhor, irmão.

– Bem... – o deão respirou fundo para recuperar a calma. – Ela disse que um homem, alto, bonito e muito branco, surgiu do nada, simplesmente apareceu na clareira, e matou todos os seus agressores, com as mãos nuas. Contou, inclusive, que ele teve uma adaga cravada nas suas costas, mas não parecia sentir dor. E assim como apareceu, sumiu no meio da mata. Por isso ela o chamou santo. Um enviado de Deus, nas palavras dela.

– E o que mais ela falou sobre o tal *santo*? – o bispo desdenhou. – Sobre o anjo que desceu à terra e arrebentou os seus algozes.

– Bem, ela me contou que eles mal conversaram, mas que ele lhe disse o seu nome – o deão Orsini enxugou o suor da testa.

– E qual é o honroso nome do pretenso santo? – O bispo pegou algumas nozes e começou a mastigá-las ruidosamente. – São Pedro? Santo Agostinho? São Bonifácio? Em seu devaneio por ter sido violada e machucada, quem ela vislumbrou salvá-la?

– Ela disse que o nome do seu salvador era Harold Stonecross, Lord Robert – o deão pegou a caneca com cerveja e esvaziou-a num só gole.

O bispo Wyvil arregalou os olhos, deu uns passos para trás, boquiaberto, e desabou na cadeira, que rangeu sob o seu peso, quase tombando. Os cães arfaram e aproveitaram para disputar vorazmente o queijo que caiu no chão.

Harold Stonecross... Esse nome aparecera por diversas vezes nos relatos do cardeal Stephen Langton, que outrora fora arcebispo de Canterbury. Era um dos tais *demônios* que assolaram a Inglaterra no seu tempo.

– Como pode ser? – O bispo Wyvil levou as mãos ao rosto. – Depois de tantos anos. Tem certeza que o nome era esse?

– Tenho, meu senhor – o deão tremia. – Ela repetiu-o várias vezes e eu o gravei bem na mente, afinal é um tanto quanto incomum. Pediu-me para rezar em agradecimento à sua intercessão. Aliás, ela me perguntou se ele era um santo ou um anjo, mas eu não soube o que dizer... Ainda bem que ela seguiu logo o seu caminho.

– Harold Stonecross... – Massageou as têmporas, os olhos fechados e os lábios murmurando palavras inaudíveis. Parecia não se importar mais com a presença do deão. Era como se estivesse sozinho, imerso em pensamentos obscuros. – Harold Stonecross...

Reynold Orsini respeitou esse momento e permaneceu calado, pensando em algumas rezas, tentando entender tudo aquilo.

– É só isso que tem para me contar? – O bispo pareceu despertar subitamente, o semblante cansado.

– Eu iria contar agora a confissão...

– Ah, sim, o nosso moribundo! – Lord Robert sorriu, tenso. – O melhor sempre fica para final, não é?

– Sim, Vossa Excelência Reverendíssima – sua voz mal saía. – O mais importante ainda está por vir.

– Então fale, homem de Deus! – O bispo se irritou, pois de certa forma já sabia o desfecho da história.

– Depois do encontro com a mulher, fui atrás do bando que a capturou – fechou os olhos por um instante antes de prosseguir o seu relato. – Eles não estavam longe. Andamos pouco pela mata, até encontrar uma clareira, provavelmente usada por caçadores para montar acampamento.

Fechou os olhos novamente e cerrou os dentes, como se a lembrança o incomodasse demais.

O bispo arranhava o tampo da mesa com as unhas, irritado, impaciente. Aos seus pés os cães tigrados dormitavam tranquilos, até um gato cinza passar perto da porta, fazendo-os acordar subitamente e sair em disparada, quase derrubando Reynold Orsini da sua cadeira.

– Desculpe-me, Lord Robert, acho que me distraí.

O bispo fez um gesto e o deão prosseguiu:

– Chegando à clareira, vi os mortos... – engoliu em seco. – Na verdade, três deles mortos e um prestes a partir desse mundo. Felizmente tive tempo de lhe perdoar os pecados e...

– Poupe-me desses detalhes, Reynold – o bispo socou a mesa. – Vamos logo ao que interessa.

– Bem, ele estava muito fraco, o ferimento na sua barriga havia atingido o estômago – inspirou fundo e ignorou o bispo revirando os olhos, enfadado. – Teve tempo de me contar o ocorrido e, ao contrário da mulher, que afirmou ter sido salva por um santo ou um anjo, ele jurou ter visto um demônio sedento por sangue.

– Harold Stonecross – o bispo rosnou.

– Sim, Lord Robert... Bem, o moribundo não me disse o nome do demônio, mas suponho que seja o mesmo que salvou a mulher – o deão cruzou as mãos na frente da boca. – Ele matou todos aqueles homens, irmãos, aliás. E o pior: bebeu o sangue deles! Será que estamos lidando com um ser vindo do inferno ou apenas com um louco assassino?

O bispo Wyvil permaneceu em silêncio, ponderava se podia confiar no deão. Esfregou a testa, bebeu um pouco mais de cerveja, levantou-se e ordenou que Reynold o acompanhasse.

– Vamos voltar à Catedral, cavalgue comigo. – Ele saiu e pediu para o seu criado trazer os cavalos.

.

.

.

– O que eu irei lhe dizer, irmão Orsini, é confidencial e secreto – o bispo falou, pausadamente, assim que passaram pela pequena ponte de madeira sobre o riacho que cortava a sua fazenda. Lá embaixo um casal de lontras mergulhou e se escondeu debaixo do tronco oco. A fêmea espreitou um peixe e, com um bote certeiro, agarrou-o e saiu da água pelo barranco pedregoso. O macho veio e dividiram, não muito amigavelmente, a refeição. – Preciso que jure não repassar essas informações para ninguém sem a minha autorização.

– Eu juro pela Virgem Maria – o deão fitou o bispo nos olhos. Preferia de todo o seu coração não ter de se envolver com assuntos de tal gravidade, contudo sabia: depois do que ouvira da mulher e do moribundo, não havia mais volta. – O senhor pode confiar totalmente em mim.

– Pois bem... – o bispo encarou-o e não conseguiu enxergar falsidade nos seus olhos. Havia anos que o conhecia e sabia que era fiel, principalmente porque o temia.

Robert Wyvil contou o que lera nos relatos do arcebispo Langton, falou sobre os murmúrios dos padres e do povo sobre os ataques dos servos de Satã e sobre uma jovem que fora presa por ser acusada de abrigar e proteger uma mulher-demônio, que conseguiu escapar inexplicavelmente do seu cárcere e castigos.

O deão ouviu tudo com muita atenção, interrompendo algumas vezes para esclarecer algum fato. O bispo não queria ter compartilhado essa história com mais ninguém, mas agora se sentia, de certa forma, aliviado por poder dividir o peso das responsabilidades.

Um fardo que nunca, mesmo em seus mais insanos devaneios, imaginou ter que carregar.

Liádan pousou suavemente no topo do pináculo da Catedral de Salisbury, o ponto mais alto de toda a região. Segurou-se na cruz, pois ventava muito. De lá de cima podia enxergar por milhas e mais milhas. O céu estava limpo e a lua brilhava majestosa.

Fechou os olhos e inspirou fundo. Sentiu os aromas das flores noturnas, misturado aos odores fedorentos da cidade. Em algum lugar um cão latiu e fora acompanhado por outros, que uivavam tais como uma matilha de lobos.

Liádan sentiu seu coração pesado. Sem ter um porquê, um cansaço dominou o seu corpo.

Fez uma oração à deusa Fódla, pois sentia algo *estranho* no ar. Era uma energia muito sutil, que nos últimos dias começara a ganhar força, tal como quando vários riachos que se juntam para formar um rio caudaloso. Sua intuição dizia que algo grande aconteceria, por isso partira, deixando Susan e os meninos. Precisava concentrar-se, pois seus presságios raramente estavam errados.

Olhou para o sul e sorriu. Sabia perfeitamente onde estava o seu amado Harold, mas ainda não era o momento de encontrá-lo. Tinha certeza que ele a procurava: em sonho, conversaram. Contudo, ele não tinha a mínima noção de onde ela estava.

Se Liádan limpasse a sua mente e se concentrasse, conseguiria até ver pelos seus olhos. Nunca usara esse artifício, porém tinha a consciência desse poder.

Apesar de Harold ter sido o seu criador, o seu salvador quando ela já atravessava os portões da morte, Liádan superava-o no domínio da percepção do mundo ao seu redor e dos poderes que dependiam da vontade. Ela havia se integrado completamente com a natureza, com a terra, a água e o ar, conseguia entender os bichos e eles a ela. Podia até transmutar-se em um, se preciso fosse.

Tinha certeza que a deusa, devido à sua fé e devoção, havia lhe aumentado a força que recebera do seu amado, potencializando suas habilidades anteriores, de quando era uma jovem mortal na Irlanda.

– Como você consegue voar? – Harold coçou a cabeça ao ver Liádan pairar junto à brisa da madrugada. – Eu consigo pular, mas voar tal como um colibri...

– Eu apenas me imagino leve como uma pluma carregada pelo

vento – a dama ruiva abriu os braços e subiu acima das árvores, descendo em seguida, numa queda veloz, parando a um palmo do chão. – Sinto como se o meu corpo não fosse mais feito de carne e osso. Eu *faço* parte do vento. Somos um só, entende?

– Não! – Harold saiu emburrado e foi esquecer as suas frustrações fartando-se de sangue.

Ele era a força, a arrogância e a luxúria. Ela era o equilíbrio, a serenidade e a comunhão. Por isso se completavam, por isso se amavam tanto.

Uma rajada de vento a despertou, fazendo-a franzir o cenho e olhar ao redor, preocupada, atenta tal como uma gata que pressente a chegada de um perigo. A cidade continuava adormecida logo abaixo, agonizante depois das centenas de mortes pela praga.

Liádan prendeu a respiração e tentou entender os murmúrios trazidos pelo vento. Eles soavam tal como uma canção antiga, incompreensível, rouca, mas poderosa, tão forte que anuviava a mente. Parecia ressoar dentro da sua cabeça, sem passar pelos ouvidos.

Sentiu o coração acelerar e suas pernas fraquejaram. Agarrou-se à cruz com mais força.

Ela não conseguia precisar de onde provinham tais vozes, se de perto ou de longe. Pareciam se cruzar vindas da terra e do céu. Sabia apenas que eram reais.

Uma revoada de estorninhos cruzou a Catedral, numa nuvem escura e viva, pulsante. Vieram do norte, dando rasantes perto do telhado. Liádan pôde sentir as pequenas asas roçarem seus cabelos esvoaçantes, e os piados a ensurdeceram enquanto as aves rodeavam o pináculo. Seguiram para o sul e sumiram na vastidão do céu.

Liádan teve certeza que essa fora uma mensagem da deusa. Algo sem precedentes estava para acontecer. E ela estaria envolvida nisso.

– Essas lebres salvaram a nossa vida – Leite Azedo lambeu os dedos oleosos.

– Meu amigo, elas serviram para acabar com o vazio dentro de mim – Bill bateu na barriga estufada. – Nunca caguei tanto em tão pouco tempo! Devo ter até perdido um pedaço das tripas.

– Se eu fosse você iria ver se o seu cu não caiu atrás da moita – Louis arrotou. – Pela força que você fazia ele deve ter pulado da sua bunda.

Os amigos riram.

Susan continuava quieta, sentada sobre uma pedra, os olhos vazios, um pedaço frio de carne na ponta do espeto. Logo adiante, uma raposa vermelha espreitava, silenciosa, escondida no mato alto. A paciência lhe traria uma bela refeição.

– Eu também estou muito triste, Susan – Louis sentou-se ao lado da jovem. – Mas como você mesmo disse, ela precisou partir.

– Eu sei, Louis – uma lágrima escorreu pela bochecha rosada. – Só espero vê-la novamente.

Ela abraçou o menino e chorou. Ao fundo, Bill apagou as brasas da fogueira e juntou as trouxas. Sabia que era melhor partirem. Os locais de despedida sempre deixavam dolorosas lembranças. Por isso nunca mais voltaria a Bincombe, nem à fazenda do velho Leonard, pois era lá que ficava a sua casa. E lá seus pais jaziam sob a terra.

Os três se afastaram lentamente da gruta, rumo à estrada. A raposa vermelha deu um passo à frente, tímida. Parou e farejou o ar enquanto as orelhas giravam tentando captar algum som. Espiou para os dois lados e avançou voraz nos nacos de carne de lebre que restaram. Logo atrás dela vieram dois filhotes saltitantes, que foram lamber a boca da mãe, buscando uma nutritiva regurgitada.

Conseguiram seu prêmio.

.

.

.

– Cuidado! – Susan berrou, mas não a tempo: Louis tomou a pancada seca do cavalo. Ele e Bill estavam apostando uma corrida e, por azar, o jovem francês saiu na estrada bem no instante que os cavaleiros vinham a galope.

O garoto caiu de cara no chão poeirento e permaneceu imóvel.

– *Nossinhora*! – Bill colocou as mãos sobre a cabeça.

Susan correu e subiu com um pouco de dificuldade o aclive que margeava a estrada. Ajoolhou-se ao lado de Louis e virou-o com delicadeza. O nariz e a boca sangravam profusamente. Ele, ainda desacordado, respirava com dificuldade, soltando gemidos baixos, quase como resmungos.

– Ele *tá* vivo, Bill – a jovem sorriu. – *Tá* respirando.

Bill parou ao lado do amigo e arregalou os olhos quando viu a poça vermelha se formar no chão de terra batida.

– Não foi minha culpa... – O deão olhava, atônito, a criança que acabara de atingir. – Ele saiu do nada e...

– Santo Deus! – O bispo era um misto de irritação e tristeza pela fatalidade. Desmontou seu palafrém e caminhou até o garoto ferido.

Reynold Orsini permaneceu montado, tremendo, o suor escorrendo pelo rosto e os olhos fixos em Louis. Murmurava algumas palavras inaudíveis enquanto os olhos se enchiam de lágrimas.

– Deixe-me vê-lo, garota – afastou Susan sem qualquer delicadeza. Olhou Leite Azedo com cuidado e mordeu os lábios finos ao constatar seu estado. – Vamos levá-lo à Catedral. Lá os enfermeiros cuidarão dele. Irmão Reynold, ajude-me a colocá-lo no cavalo.

O deão continuava abobalhado e sem se mover.

– Reynold! – o bispo gritou. – Anda logo!

Como se desperto de um pesadelo, Reynold Orsini desmontou e ajudou o bispo a colocá-lo de bruços no cavalo. Lord Robert montou em seguida, e ajeitou o menino um pouco melhor. O sangue manchava os pelos brancos do palafrém.

– Cavalgarei rápido até a Catedral, vocês dois seguirão com o irmão Orsini – o bispo instigou o cavalo, que começou a andar. – Quando chegarem lá ele já estará sendo cuidado. Procurem o seu amigo na enfermaria.

– Sim, Lord Robert – o deão assentiu abobalhado. – Irei com eles. Agora vá, por favor, antes que esse menino morra.

Só de pensar na possibilidade de ter matado uma criança, suas tripas se reviraram. Sentiu um gosto ácido na boca e engoliu com dificuldade.

O bispo avançou rápido pela estrada poeirenta. Bill pegou a trouxa do amigo, enquanto Susan permanecia ajoelhada no chão, o rosto baixo, as mãos frias como gelo e o coração explodindo no peito. E não estava assim por causa de Louis, mas por ter ouvido falar sobre a Catedral e o nome de Lord Robert. Nunca vira o bispo pessoalmente, contudo sabia que ele ordenara a sua prisão e fora conivente com as torturas que sofrera. Estava preocupada com o amigo, entretanto tinha medo de voltar até lá e ser descoberta. Tinha raiva pelo destino a ter colocado novamente no caminho desse homem.

– Senhor... – Susan respirou fundo e falou com convicção, controlando-se ao máximo. – O senhor pode retornar agora. Esqueci algumas coisas no nosso acampamento e preciso voltar para pegá-las. Eu sei onde fica a Catedral, iremos logo em seguida.

– Não prefere que eu os espere aqui, jovem? – O deão ajudou-a se levantar, apesar das suas próprias pernas fraquejarem.

– Não senhor, não precisa se atrasar por nós – ela limpou a poeira das vestes. – Estamos perto da Catedral e a estrada segue sem bifurcações, não há como nos perdemos, pode ir.

O deão hesitou por um instante. Logo fez uma mesura e montou no seu cavalo. Seguiu apressado rumo a Salisbury.

– Susan, eu mesmo recolhi todas as nossas coisas e não deixei nada para trás – Bill encarou-a desconfiado. Além de ser rápido com as pernas, tinha uma mente muito ágil.

– Eu sei, Bill... Não podia seguir com ele – a jovem olhou o deão se afastar até sumir em uma curva na estrada.

– Por quê?

Susan o encarou e contou a sua história. E as cicatrizes no seu corpo esguio pareceram latejar conforme ela se lembrava de cada açoite.

.

.

.

– Vista isso, Susan – Bill entregou-lhe um hábito que acabara de roubar de um varal.

A vestimenta ficou grande para a jovem, mas serviria bem como disfarce, principalmente quando ela puxou o capuz que cobria quase todo o seu rosto.

– Pronto! Agora você pode andar sem ser reconhecida, irmã Susan – Bill sorriu. – Vamos procurar a enfermaria para ver como está o Louis.

– Espero que ele esteja bem. – Inspirou fundo e seguiu o garoto, tropeçando na barra comprida demais do hábito.

Perguntaram para os transeuntes até achar o local que procuravam.

– Caramba, que igreja enorme – Bill olhou para cima, admirado com a imponência da Catedral. – Nunca vi uma tão grande.

– E eu nunca mais queria ver essa – Susan fechou os olhos e lembrou-se dos açoites e das humilhações sofridas. Sentiu na carne e na alma a dor latente.

Susan e Bill vagaram por entre as camas da enfermaria até encontrar Louis dormindo, o rosto inchado coberto por um emplastro de cheiro adocicado, que contrastava com o odor acre impregnado no local.

Mesmo vivendo em uma época de mortes fartas, Ligeiro sentiu um calafrio percorrer sua espinha ao ver tantos doentes. Respirou fundo e se controlou. Já se considerava um homem. Ainda mais ao lado da garota.

Susan pegou a mão de Louis, que não esboçou qualquer reação. Talvez estivesse até desmaiado.

– Ele está bem – um homem de cabelo tonsurado grisalho, barba bem-feita e olhos azuis como o céu da manhã se aproximou e tocou-lhe o ombro. – Quebrou o nariz e um dente, talvez uma costela, mas já providenciamos os curativos. Seu amigo vai sentir dor por uns dias, mas pela graça do bom Deus vai se recuperar logo. Essa é a vantagem das crianças: são flexíveis e resistentes, e têm a proteção dos anjos, claro.

Susan abaixou a cabeça, mantendo o seu rosto oculto pelo capuz.

– Obrigado, senhor. – Bill, esperto como uma doninha, meteu-se entre os dois. – O pobre do Peter – apontou para Susan com o polegar –, nasceu mudo e, para piorar, quando era pequeno, uma panela com óleo fervente caiu bem na sua cara, deixando tudo meio derretido, sabe? Por isso ele tem vergonha de mostrar o rosto. Ele diz que é um monstro.

– Pobre coitado – o monge balançou a cabeça, a expressão de clara condolência. – Não precisa ter vergonha, filho, para Deus a beleza está na nossa alma e nas bondades que fazemos. Vejo que ele é um noviço, mas nunca o vi por essas bandas.

– Ah, é que viemos de longe – Bill estalou os dedos. – Nós três estamos em peregrinação pela Inglaterra, passando por todas as catedrais que encontramos no nosso caminho.

– E qual o motivo da peregrinação? – O enfermeiro soergueu as grossas sobrancelhas que caíam sobre os cantos dos olhos.

– É para pedir a Deus, em todas as suas grandes casas, que ele cesse com essa peste – Bill juntou as mãos em prece.

Susan não aguentou e soltou uma risada, que saiu como um grunhido agudo. Levou as mãos ao rosto para não estragar o seu disfarce.

– O meu amigo sempre se emociona – Bill deu dois tapinhas nas costas de Susan. – Ele perdeu toda a sua família e muitos irmãos do seu mosteiro.

– E qual é o mosteiro? Onde fica? – O monge pigarreou.

Bill hesitou um momento, mas logo prosseguiu:

– O Priorado de Stansgate, em Steeple – ele estava orgulhoso da sua boa memória, pois se lembrou do local por causa de um mercador que encontrou durante as suas andanças.

– Meu nome é Edmund – o mercador repartira com Bill um pedaço de toucinho e lhe dera um copo de cerveja rançosa.

– Estou vindo de Steeple e as pessoas estão tão doentes por lá quanto por aqui, mesmo no Priorado de Stansgate, há muitos doentes. *Tô* na estrada há mais de quinze dias e não consegui vender merda nenhuma.

– Bem, se estão doentes, estão melhores que aqui – deu uma bela mordida no toucinho. – Nem perca o seu tempo descendo *pra* lá – apontou para as casas depois do rio. Só têm mortos e uns cachorros magricelas.

– Menino, se essa porra de praga não acabar logo estamos fodidos – arrotou.

– Fodidos mesmo – Bill agradeceu pela refeição e seguiu o seu caminho, descalço pela estrada pedregosa.

Susan continuou cabisbaixa, os dentes travados para tentar conter o riso que queria explodir pela garganta. Estava admirada com a esperteza do menino.

– Eu já ouvi falar nesse mosteiro – o enfermeiro coçou o cocuruto pelado. – Mas nunca estive por lá. Aliás, não tenho o hábito de viajar.

– É um local de muita paz – Bill respirou aliviado, pois sua farsa não seria descoberta tão cedo. – E logo ele vai ser reformado, aumentado, melhor dizendo. Boas doações foram feitas pelas boas almas dos nobres da cidade.

O enfermeiro sorriu. Ainda bem que, mesmo com a desolação, ainda havia pessoas que investiam na obra do Senhor. Mosteiros e igrejas sempre eram construídos e reformados na Inglaterra, sendo impossível precisar todos.

– É tocante o motivo da peregrinação de vocês, meus jovens – o monge afagou os cabelos desgrenhados de Ligeiro. – Tão novos e com tanta devoção. Certamente os santos e Deus irão interceder. Tenham fé. É uma pena que tenha acontecido esse imprevisto – balançou a cabeça.

– E o senhor acha que ele acorda quando? – Bill olhou para o amigo que dormia aparentemente tranquilo.

– É difícil dizer, meu jovem – o monge colocou a mão sobre a testa de Louis e constatou que não havia febre, um bom sinal. – Ele parece ser um menino forte, então deve acordar melhor pela manhã.

– Voltaremos amanhã então – Bill fez uma mesura e caminhou até a porta, seguido por Susan, que permanecia curvada.

– Até amanhã, jovens – o monge despediu-se e apressou-se para acudir uma mulher que vomitava em um balde.

Ela andou alguns passos e se debruçou no muro do poço. Riu de chorar, o rosto iluminado pelo sol. Bill se apaixonou por aquele sorriso.

Amou Susan a partir daquele instante.

– Mas que merda de cerveja, Ernst! – Neil cuspiu e limpou a boca na manga imunda da camisa. – Onde você comprou essa porcaria?

– Bem... – o soldado hesitou. – Comprei lá no Cicatriz.

– Então aquele veado *te* vendeu o mijo da avó dele. – Mordeu uma cebola para tirar o gosto ruim da boca. – E aposto que pagou caro, burro como é.

– Ele disse que, por causa da peste, muitos lavradores morreram, então a colheita da cevada atrasou, o que deixou os grãos maduros demais.

– E você engoliu essa idiotice, seu estúpido? – Deu um tapa na testa do soldado, que ficou vermelha. – Ele falou isso para lhe vender essa merda e...

Neil ficou quieto e franziu o cenho.

– Desculpe, você quer que eu vá...

– Cale a boca, Ernst – ralhou com o soldado.

Neil se levantou e seguiu em direção ao pátio externo da Catedral. Ernst permaneceu sentado, confuso.

O homem continuou a passos largos, quase correndo. Pegou nos cabelos de um jovem noviço.

– Veja só quem voltou! – Sorriu.

Susan arregalou os olhos e paralisou quando viu Neil, seu algoz. Gritou, esgoelando-se, e as pessoas ao redor olharam ressabiadas.

– Essa putinha é uma fugitiva da lei – rosnou. – Vão cuidar das suas vidas!

As pessoas, acostumadas a ver transgressores serem pegos, seguiram seus afazeres.

Bill mordeu o braço sebento do homem e levou uma bofetada com as costas da mão, caindo no chão, tonto.

Neil puxou a garota pelos cabelos, arrastando-a até onde estava Ernst.

– Me ajuda a amarrar essa cadela brava – tapou a boca dela para cessar os gritos. – Mundo pequeno esse, não é, gracinha!

Susan tentou cravar as unhas no rosto dele, mas não conseguiu.

O soldado tirou o cinto de couro da cintura e atou os pulsos finos da jovem atrás das costas. Susan esperneava, se debatia, então Neil pegou o jarro de barro com a cerveja e quebrou-o na cabeça da menina, que desmaiou.

– No fim essa merda serviu para algo – olhou os cacos no chão.

– Precisava disso, chefe? – Ernst arregalou os olhos. – É só uma garota.

– Essa daqui tem parte com o demônio e já fugiu uma vez, não posso perdê-la de novo – colocou-a sobre o ombro. – Vamos tentar achar Lord Robert.

Seguiram pelas ruas movimentadas, enquanto Bill permanecia no chão, o olho latejando e a cabeça girando. Levantou-se com dificuldade, precisava salvar a sua amiga. Cambaleou três passos e teve de se apoiar em uma carroça cheia de maçãs.

Foi escorraçado por uma velha gorducha que o ameaçou com um pedaço de pau: ela tinha certeza que era um truque para roubar suas frutas.

Bill seguiu, a cabeça rodando, a visão desfocada e uma vontade imensa de deitar e dormir. Desejava que Leite Azedo estivesse com ele. Estava sozinho.

Não sabia para onde levaram a sua amiga, mas tinha a certeza de que essa agressão só aconteceu por causa do maldito bispo.

Esfregou os olhos e aos poucos a sua visão foi se normalizando. Inspirou profundamente e sentiu o ódio brotar no peito.

Cruzou pelo canteiro de obras e, sem que os pedreiros percebessem, roubou um martelo que estava sobre uma bancada.

Ninguém pegaria a sua garota e sairia ileso.

– Pitton, Britford, Laverstock, vários vilarejos nos entornos do rio Bourne... – Lord Robert tinha um mapa à sua frente ponteado com marcações nos lugares onde havia relatos sobre os ataques dos demônios. – Tenho certeza que a maioria dos casos tem explicação plenamente racional, porém a loucura já se enraizou na mente das pessoas. O medo incapacita o raciocínio.

Reynold Orsini observava com os olhos espremidos, devido à sua vista fraca.

– Se fossem apenas camponeses ou vadios que estivessem bravateando sobre esse assunto, eu não precisaria perder o meu tempo. Mandaria alguém de minha confiança resolver isso – o bispo Wyvil molhou a pena na tinta e começou a escrever num pergaminho. – Mas padres, fazendeiros e importantes comerciantes estão queixosos. Muitos juraram pela Virgem

Maria e pelos santos que viram com os próprios olhos a tal mulher-demônio. Até mesmo o nobre William de Montacute, *Earl* de Salisbury, mandou-me uma mensagem dizendo que deseja uma audiência comigo amanhã.

– Pode ser que seja sobre outros assuntos, Lord Robert – o deão tentou sorrir, mas não conseguiu.

– Vossa Excelência Reverendíssima, solicito uma audiência para tratarmos de um assunto que muito me aflige, demônios andam livremente nas minhas terras e matam meus homens – pegou um dos pergaminhos sobre a sua mesa e leu-o em voz alta. – Antes de empregar armas, uma vez que meu exército está comprometido com o rei Eduardo, gostaria de entender melhor contra o que lutarei, por isso amanhã, dia 22 de setembro, Dia de São Maurício, durante as *laudes*, encontrá-lo-ei na Catedral.

– Por São George! – O deão se sentou. – O que fazer contra esse mal?

– Se eu soubesse, irmão Reynold – deixou a ponta da pena sobre o pergaminho, formando um borrão de tinta – eu simplesmente resolveria esse problema. Acontece que há séculos a igreja tenta combater esse mal e fracassa. Homens mais poderosos do que eu, cardeais, papas, todos falharam, muitos morreram! Nunca há a resolução final, há apenas poeira varrida para debaixo dos tapetes.

– Que cruz teremos que carregar! – O deão apertou os braços da cadeira, tenso.

– E cada vez nos afundamos mais nessa lama – o bispo Wyvil deixou os braços caírem pesadamente sobre a mesa. – Começaram rumores de que a praga que dizima a população da Europa iniciou-se por causa dos demônios. Um cônego agostiniano, um tal de John Wood de Driffield, muito respeitado em Yorkshire e tido por muitos como um homem santo, está em peregrinação e diz ter visões em que seres infernais que se alimentam da vida dos homens viriam junto às sombras, causando a doença, a destruição e milhares de mortes.

– E isso aconteceu mesmo – o deão levou a mão à boca.

– Aconteceu, mas não tenho certeza se é por causa dos demônios – Lord Robert tapou uma das narinas com o dedão e assoou forte, fazendo o catarro voar e cair próximo do pé de Reynold Orsini. – Segundo os irmãos enfermeiros a peste se alastra sem controle por causa da nossa imundície e dos ratos.

– Será? – O deão franziu o cenho.

– Não sei, e também não importa – o bispo esfregou a testa. – Obviamente o povo vai ouvir esse tal cônego e, junto com os boatos e relatos que temos sobre os demônios, tudo vai se potencializar até a situação ficar insustentável. Sempre é mais fácil culpar o sobrenatural. Mas o problema maior não é esse: logo tudo isso chegará aos ouvidos do rei, do papa, de todos eles. E eu serei convocado a dar explicações. Desejo lá do fundo da minha alma não ter que passar por isso. Como os demais, queria ter um enorme tapete para poder varrer essa sujeira para baixo dele.

Robert Wyvil fechou os olhos e viu os rostos alvos dos demônios dos seus pesadelos, lindos, perfeitos, sedutores. Eram claramente ardis de Satanás para seduzir os fracos. Ele não era fraco, contudo não sabia se resistiria ao se encontrar com tais criaturas. Havia várias semanas que, noite após noite, sonhava com eles. Sabia estar longe de ser um *santo* como John Wood; contudo, depois de tudo o que vira e passara, tinha certeza que também recebera um sinal de Deus. Só não sabia o que fazer para acabar com o mal.

Capítulo V – Dias escuros

– Senhor, ele está acordando – o baixinho se afastou, temeroso. – Jogo água nele?

James de Groundewell assentiu com a cabeça, apoiando-se na porta de ferro fundido da cripta de Ivychurch, o coração acelerado e as pernas moles. Suava, mesmo estando frio, na boca um gosto amargo como se tivesse acabado de vomitar. Já havia lido sobre esses demônios, mas estar frente a frente com um era totalmente diferente.

Olhou escada acima para confirmar que os guardas permaneciam a postos, arcos nas mãos, espadas nas cinturas. Todas as precauções foram tomadas. Conhecia o poder daquele ser, não podia vacilar, pois ele era capaz de trucidar a todos. E com facilidade, segundo os relatos.

Fez o sinal da cruz, mais por costume, pois sabia que isso não o protegeria.

O baixinho pegou com uma cuia um pouco da água limosa de um balde, os respingos caíram sobre uma ratazana preta que correu e se espremeu num pequeno vão entre as pedras da parede. O homenzinho veio, tremendo como um galho ao vento, derrubando o líquido no caminho. Parou e atirou a água no rosto do seu prisioneiro.

Meu rosto.

Abri os olhos, estava tonto, fraco. Vi vultos dançando por causa da claridade de um archote na parede. Ouvi respirações ásperas e corações altos como tambores. E o tilintar das grossas correntes que me prendiam.

– *De novo essa merda!* – pensei, lembrando-me da outra vez que também fiquei encarcerado a mando do estúpido bispo Alain de Malermont. Esses homens de deus, tão seguros das suas bravatas ao pregar aos fiéis, tão medrosos quando algo desafia tudo aquilo que vendem.

Tentei falar, a voz saiu como um chiado, senti uma dor aguda na garganta, a respiração difícil. Engoli e a madeira raspou-me por dentro. A maldita flecha ainda estava fincada em mim.

Estava fraco demais, mal conseguia erguer os braços para arrancar aquela porcaria do meu pescoço.

Pisquei algumas vezes e a minha visão se estabilizou. Vi o baixinho num canto segurando um porrete e um homem, um padre ou qualquer bosta que o valha, meio escondido atrás da estreita porta. Eles exalavam medo. E, apesar de estar acorrentado e com pesados grilhões ferindo meus tornozelos e pulsos, eram meus algozes que agiam como animais acuados.

O padre tomou coragem e entrou totalmente na cripta, pé ante pé, pisadas sem qualquer convicção. Se eu assoprasse, ele sairia correndo como um coelhinho que vê uma raposa. Pena que eu não conseguiria fazer isso.

Ele me olhava com medo, admiração e até mesmo um pouco de desejo. Que me idolatrasse enquanto pudesse. Eu me fartaria do seu sangue assim que me libertasse.

– Gostaria de falar com você... Com o senhor... Com – gaguejou. – Mas vai ser impossível, com essa flecha na sua garganta. Podemos tirá-la de você?

Eu queria mandá-lo se foder, ou melhor, eu desejava arrancar a haste do meu pescoço e enfiar com toda força no seu rabo magro, queria arrebentar essas correntes e massacrá-lo, tamanha raiva que eu sentia. Principalmente por estar impotente.

.

.

.

Depois de um longo e rancoroso silêncio, assenti com a cabeça, meus olhos fixos no religioso.

– Se o Tobias se aproximar, você vai fazer mal a ele? – O homem apontou para o baixinho, que me olhava ressabiado. – Promete não atacá-lo?

Assenti com a cabeça sem me preocupar com o desfecho dessa permissão.

– Senhor Ja-James – o baixinho começou a suar. – Não é melhor chamar um dos soldados para fazer isso? Não sei se eu teria forças e...

– Vá lá e arranque a flecha – o homem ralhou com ele,

recuperando a postura. – E faça com cuidado, pois não desejo que o nosso *hóspede* sinta mais dor que o necessário.

O homenzinho veio e segurou a flecha, perto das penas brancas da asa de um ganso.

– Posso puxar? – Fechou um dos olhos numa careta estranha.

Sorri, mesmo sabendo que doeria muito. Talvez eu desmaiasse novamente, mas no fim eu me curaria como sempre e poderia falar, trocar umas palavras de amor com eles.

O baixinho respirou fundo, colocou a mão esquerda na minha cabeça, e com a direita, deu um puxão vigoroso, arrancando a flecha, pele e uns pedaços de carne.

Retesei todos os músculos do corpo. Berrei de dor. Pelo menos tive essa sensação. Vi meu sangue quase negro empapar a minha camisa e escorrer denso, tal como um creme, pelo meu corpo, pingando no chão de pedra.

– Agora acho que ele morre, senhor James – a voz do baixinho ecoou na minha mente semiconsciente. – Olha o buraco que ficou.

– Ele vai sobreviver – respondeu o outro, com convicção. Fechei os olhos, não suportava mantê-los abertos. A luz dos archotes ofuscava. – Ele é um amaldiçoado e não pode morrer. Esse infeliz...

Silêncio.

Um vazio dominou a minha mente e o meu corpo perdeu todo o peso. Eu não sentia mais dor, não sentia as frias correntes, não sentia mais nada.

Apaguei sem saber o desfecho da conversa.

Três pancadas na porta assustaram Lord Robert, totalmente atento ao mapa de Dorset aberto na mesa. Por pouco não derrubara sobre ele o frasco de tinta. Nos últimos tempos, vivia irritadiço e preocupado. Mascava regularmente raízes amargas de valeriana e nem assim conseguia diminuir a ansiedade. Segundo o enfermeiro, se isso não adiantasse, apelaria para um preparado mais forte com as flores e cascas de tília.

– Mas isso vai deixá-lo sonolento durante todo o dia – o enfermeiro olhou para o bispo Wyvil enquanto limpava as pústulas fétidas de um dos enfermos da peste. – Não duvido que você durma durante a missa!

– No estado em que eu me encontro, meu amigo, é possível que eu beba jarros dessa infusão e continue com meu coração explodindo no peito – tapou o nariz e quase vomitou ao ver o pus escorrer pelo rosto do garotinho.

– Então eu recomendo você buscar ajuda espiritual – colocou os panos sujos dentro de um balde de estanho. Eles seriam levados para junto de outras roupas contaminadas e queimados. – Você precisa acalmar o seu espírito. O que posso fazer é equilibrar seus humores, mas não sei se sou o mais indicado para ajudá-lo nas questões da alma.

O enfermeiro acariciou os cabelos encaracolados do menininho que definhava. Lembrava muito o seu irmão que morrera de febre quando ele ainda era um noviço. A cada dia que passava, conforme as mortes abundavam, mais zangado ficava com Deus.

– Eu precisava mesmo é de um milagre... – o bispo afastou-se sem dar explicações. Olhou ao redor e viu moribundos e mortos, viu a dor e a paz da morte. Olhou para cima e esperou algum sinal.

Admirou o belo teto da Catedral, grandioso, sólido. Uma obra magnífica, que custara muito dinheiro e algumas vidas. Uma casa digna de Deus.

– Tanto fazemos pelo Senhor e não temos nenhum retorno – arrependeu-se no mesmo instante. Os tempos negros enrijeceram o seu coração. Mancharam a sua alma que nunca duvidara antes dos desígnios do Senhor.

Tempos negros.

Peste negra.

Sombras negras que escondem a morte pálida, que se alimenta de sangue.

Foi até o altar e prostrou-se de joelhos diante da grande cruz e da imagem dos santos. Rezou. Esperava reencontrar a sua fé. Mas o Espírito Santo não se fez presente.

– Entre – Robert Wyvil balançou a cabeça para reorganizar a sua mente. Ajeitou-se na cadeira e fez um sinal para o deão guardar o mapa.

A porta se abriu lentamente. As dobradiças recém-oleadas se moveram silenciosas. Uma lufada de ar fresco vindo do corredor fez alguns papéis levantarem, mas sem cair no chão.

– Lord Robert – o diácono Maurice, um dos seus assistentes pessoais, fez uma mesura e entrou no recinto ao ser convidado. – Há dois homens querendo falar com o senhor.

– Diga para voltarem depois – o bispo estalou os dedos.

– Melhor se for na próxima semana, pois nessa tenho meus dias cheios.

– Um dos homens, Neil, o nome dele, insistiu em falar agora – pigarreou. – Disse que era sobre uma tal Susan. Ah, e disse que o senhor saberia do que se tratava.

Robert Wyvil arregalou os olhos e apertou com força os braços da cadeira. No seu estômago, uma sensação desagradável, tal como se tivesse engolido neve.

– Que ele entre, então – tocou na cruz de ouro no seu peito.

O diácono fez outra mesura e saiu. Instantes depois surgiu com Neil e outro soldado, ambos trazendo um cheiro pungente de cerveja azeda e suor, comum entre esses homens.

Neil aproximou-se e beijou a mão do bispo, deixando um filete de baba ao se levantar. O soldado repetiu o gesto. Assim que os cumprimentos acabaram, Robert Wyvil limpou os dedos e o anel num pano sujo de tinta.

– Obrigado, irmão Maurice. Pode fechar a porta quando sair? – Lord Robert cruzou as mãos sobre a mesa.

O diácono obedeceu prontamente.

– Neil, Neil – o bispo balançava o pé freneticamente. – Diga-me que tem boas-novas.

O guarda sorriu, os dentes tortos, assim como o nariz que fora quebrado em uma briga.

– Tenho sim, Lord Robert – olhou para o bispo e para Ernst. – Recuperei a garota Susan.

– A que abrigava a mulher-demônio – Reynold Orsini se intrometeu na conversa, quase gritando.

O bispo colocou a mão sobre o seu braço e proferiu:

– Caro irmão, eu preferia que esse assunto continuasse restrito, o que será impossível se não abaixar o tom da sua voz.

O deão corou e se afundou na sua cadeira, fingindo continuar a analisar o mapa.

– É ela mesma – o bispo soltou o braço do deão. – É a menina que *perdemos* na noite em que George foi assassinado.

– Pela mulher-demônio? – Dessa vez Reynold praticamente sussurrou.

– Talvez – o bispo tamborilou os dedos na mesa de madeira maciça. – Presumimos que sim, mas quem sabe?

– Eu tenho certeza que foi a filha de Satã! – Neil franziu o cenho. – Aposto o meu soldo.

– Que não vale quase nada – o soldado cutucou o guarda com o cotovelo e recebeu em retribuição uma carranca de reprovação. Continuou sorrindo e olhou para o bispo e o deão, mas estes também estavam sérios. Engoliu em seco e olhou para a tapeçaria ao seu lado, envergonhado.

– Onde ela está agora? – Lord Robert levantou-se da cadeira. – Quero ir logo falar com a fujona.

– Bem...

– Fale, homem! – O bispo deu um tapa na mesa.

– Na minha casa – Neil abaixou a cabeça.

– E por que, em nome de Deus, ela está na sua casa? – O bispo Wyvil sentiu as veias da testa pulsarem. – Convidou-a para o almoço?

– É que ela estava desmaiada... – o soldado se adiantou.

– Ai minha Santa Edith de Wilton – olhou para a imagem na prateleira ao lado da porta. – O que você fez, Neil?

– Ela estava nervosa, gritando – uma espuma amarelada se formou no canto da boca do guarda. – As pessoas iriam se juntar para ver o que acontecia, iriam perguntar quem era ela... Daí quebrei o jarro de cerveja na cabeça dela. *Tava* trazendo ela *pra cá,* mas a putinha acordou berrando, daí apertei o seu pescoço e ela apagou novamente. E daí...

O bispo deu um tapa na testa, enquanto o deão balançava a cabeça.

– Por favor, Neil – falou com uma falsa calma. – Vamos até a sua casa.

– Sim, Lord Robert – o guarda concordou. – A minha mulher ficou cuidando dela. Você vai gostar da minha Mary, vou pedir para ela fazer uns bolinhos de nozes. São deliciosos, de lamber os beiços. Se tivermos mel, melhor ainda.

O bispo não ouviu nada que o homem disse. Queria encontrar logo a menina – se não estivesse morta ou abobalhada depois da pancada – e fazer-lhe perguntas. Precisava saber a verdade sobre a mulher-demônio. E queria interrogá-la enquanto era dia, pois nem por cem moedas de ouro ficaria perto da garota quando anoitecesse.

Ainda tinha alguma fé em Deus, mas sabia que os bebedores de sangue não respeitavam qualquer devoção.

Louis estava no mar, navegando com seu pai e tios num grande navio construído por eles. Sentia o vento úmido pulverizar sua face e o sol queimar suas costas. Rodeando-os, um bando de golfinhos singrava as ondas e saltava sobre a água azul, fazendo os gracejos comuns entre esses bichos.

Estava feliz, tinha sido responsável por calafetar todo o casco com estopas embebidas em alcatrão. Fizera um serviço perfeito, pois, mesmo com grandes ondas rebentando na madeira, a vedação permanecia intacta.

– Lá vem uma das grandes! – Seu pai sorria, feliz por ter um filho tão competente.

Louis segurou-se numas das grossas cordas e sentiu a onda quebrar na proa, encharcando-o.

Acordou, engasgado, com um copo de água que Ligeiro acabara de verter sobre o seu rosto.

– Ô merda, por que você fez isso? – Leite Azedo ainda recuperava o fôlego. – Eu estava sonhando com o meu pai e meus tios e...

– Pegaram a Susan – Ligeiro segurou na mão do amigo, o desespero gritando no seu rosto.

– O quê? – Louis ainda estava confuso, o coração pulando no peito e as ventas cheias de água, sangue e catarro. – Quem pegou?

– O filho da puta do guarda pegou a Susan, bateu nela e levou-a para a sua casa, eu acho – Ligeiro estava desesperado. – Filho da puta...

Leite Azedo se levantou com dificuldade, o nariz latejando, o beiço inchado.

– Eu perdi um dente? – Passou a língua no vão recém-formado. – Porra, eu perdi um dente!

– E quebrou o seu nariz de fresco – Ligeiro pegou no pulso do amigo e puxou-o para fora da enfermaria. – Vai ficar mais feio do que já é, mas vai sobreviver. Agora precisamos ajudar a nossa amiga.

Louis estava tonto, fraco, mal se lembrava da pancada no cavalo. Foi guiado pelo amigo, o peito doendo por causa das respirações forçadas. A língua, teimosa, no vão aberto entre os dentes, e os pés descalços pisando sem jeito no chão de pedras.

Só quando pararam Louis reparou: o amigo carregava um pesado martelo, daqueles usados nas construções.

– *Que cê* vai fazer com isso? – apontou para a ferramenta.

– Vou arrebentar o homem que machucou a minha garota – sentiu o refluxo subir pela garganta, a acidez queimando-o por dentro. Cuspiu. O gosto amargo na língua, o ódio inflamando seu peito.

– Sua garota? – Louis franziu o cenho e seu nariz doeu. – Desde quando ela é a sua garota?

Bill olhou-o de soslaio e nada disse. Avançou em direção à casa do guarda, mas estacou assim que viu Neil, um soldado e o bispo de Salisbury chegando. Escondeu-se atrás de uma bétula, o tronco esbranquiçado meio torto pelo vento. Louis sentou-se no chão, a cabeça confusa e o corpo fraco.

Os amigos não foram vistos e os homens entraram na casa do guarda.

– E agora? – Leite Azedo falou assim que o amigo se aproximou.

Ligeiro não tinha certeza do que fazer. Queria entrar lá e arrebentar todos aqueles veados, mas sabia que não daria conta.

Sentou-se no chão ao lado do amigo e começou a chorar tal como um bebê quando a mãe se afasta. Leite Azedo envolveu seu pescoço com o braço e nada disse. Deixou o amigo extravasar. Lembrava-se de sua mãezinha acalentando-o da mesma maneira.

Estavam impotentes. Contudo iriam pensar em algo. Susan não ficaria novamente à mercê dos carrascos. Fechou os olhos e desejou do fundo do seu coração que Liádan ainda estivesse com eles.

Mas o sol brilhava forte no céu e as sombras sufocavam seu pequeno coração.

.

.

.

– Eles estão saindo – Bill acordou o amigo, que dormia recostado numa pedra. – Parece que só o guarda vai ficar.

Louis bocejou sem ter despertado por completo. Acordou de vez quando tocou no nariz quebrado e sentiu uma dor aguda. A língua imediatamente se aninhou no vão do dente que faltava.

Bill pegou um pedaço de pão e uma enguia defumada e entregou ao amigo, que arregalou os olhos e mordeu o primeiro bocado, com cuidado e meio de lado. Estava com fome, faminto, aliás, e, ao ver o alimento, seu estômago começou a resmungar.

– Onde você arranjou isso? – fez uma careta quando uma casca de pão raspou na sua gengiva ferida.

– Roubei – piscou. – Não me chamo Ligeiro à toa.

– O que a gente vai fazer? – Leite Azedo mordeu a enguia e engoliu rápido demais, engasgando. – Olha lá, parece que estão partindo – viu o guarda se despedir dos seus convidados.

– Você vai ficar aqui fora de vigia – Bill levantou-se e puxou o pesado martelo. – Você está fraco e só iria me atrapalhar, mas pode assoviar se vir alguém se aproximando.

– Será que ainda consigo? – Louis engoliu a maçaroca, fez um bico e assoprou. Teve de tentar umas quatro vezes até sair o som agudo.

– Não durma novamente, hein? – Ligeiro afastou-se devagar. – Eu preciso que fique alerta.

Louis continuou comendo. Sentiu-se melhor, mais forte. Foi até uma árvore próxima e escalou-a com dificuldade, pois seu peito doía. Sentou-se num galho de onde tinha uma visão completa da área. Preferia ter ido com Bill, mas sabia que seria um estorvo.

– *Eita*, ele entrou – Louis arregalou os olhos e enfiou o restante da enguia defumada na boca. – Espero que ele salve a Susan e consigam se safar.

Leite Azedo ouviu gritos e pancadas. Coisas caíram no chão e os berros se transformaram em um choro dolorido, arrastado.

– *Mon Dieu!* O que será que está acontecendo? – Louis pulou da árvore e se aproximou devagar. Esquecera completamente as suas dores.

Susan despontou na porta, o rosto vermelho, coberto de lágrimas, e os pulsos amarrados. Correu na direção de Louis assim que o viu. Logo em seguida veio Bill, suado, a mão que segurava o martelo pendendo ao lado do corpo.

– Vamos embora, rápido – Ligeiro ultrapassou os amigos e correu em direção ao bosque de pinheiros. – Precisamos sumir antes que ele acorde.

Susan e Louis o seguiram. A mulher do guarda apareceu na porta, berrando, o rosto contorcido numa careta.

– Por que você fez isso, seu desgraçado? – Ela olhou para as mãos cobertas de sangue. Ainda segurava uma pequena faca de estripar peixes. – Matou o meu marido!

O escândalo agiu como um chicote, fazendo-os correr mais rápido. Logo a casa do guarda estaria apinhada de curiosos e os soldados se juntariam para caçá-los. Precisariam estar bem longe quando isso acontecesse.

O sol morria no horizonte e logo eles poderiam contar com a proteção da noite. E, quem sabe, da linda mulher de cabelos vermelhos.

Era o que Louis mais desejava.

– Ele está acordando... – Tobias se afastou instintivamente.

James de Groundewell se mantinha agachado mão no queixo pontudo, olhos fixos no ferimento que se fechava, nos músculos sendo reconstruídos, na pele se juntando até não sobrar nenhuma cicatriz.

– Magnífico... – murmurou, mesmo sabendo que admirava

um ser demoníaco, inimigo antigo da sua igreja. Queria tocar o pescoço recém-refeito, mas não tinha coragem, conteve-se. – Agora você já pode falar?

Ergui os olhos. A visão ainda turva. Eu havia me curado, mas ao custo de muita energia despendida. Estava sedento, seco, ansiava muito pelo sangue que não teria. O maldito nunca me alimentaria e eu não tirava a sua razão, eu era o lobo que matava as suas ovelhas.

– Quem é você? – A minha voz saiu rouca, grosseira, a garganta coçou como se eu estivesse reaprendendo a falar.

– Oh, sim, desculpe a minha indelicadeza – o homem se manteve corajosamente agachado à minha frente. – Sou James de Groundewell, único sobrevivente de Ivychurch. Todos meus irmãos sucumbiram à peste.

– É uma pena – a voz saiu tal como um rosnado.

– Sim, eram bons homens, fiéis ao Senhor – balançou a cabeça.

– Não sinto por eles, sinto por você ainda estar vivo, verme – projetei meu corpo para frente, mas pouco me movi. Quem me prendera tinha feito um ótimo trabalho.

James caiu sentado, assustado, ofegante. O baixinho levantou o porrete, mas desistiu de me bater quando o encarei. Meus olhos deviam jorrar o ódio que eu sentia. Forcei mais uma vez as correntes que prendiam meus braços e elas continuavam bem fixas, chumbadas eficientemente na parede de pedras.

Novamente eu estava num buraco junto dos ratos da igreja. Novamente eu seria torturado, pressionado, desmaiaria, mas não me matariam. Ou será que havia chegado o momento do meu fim?

– Começamos mal, senhor Harold Stonecross – James se levantou e limpou a poeira do hábito. O medo deu lugar a um rosto austero, sulcado pelos anos e pelas preocupações.

– Como você sabe o meu nome? – Tirei a tensão dos meus músculos. Não adiantava lutar, era melhor poupar energias para o momento certo.

– Ah, senhor Harold – James sorriu. – Você é famoso! Há décadas o seu nome é relatado por irmãos da igreja e nobres. Inclusive foi por causa de uma descrição detalhada sua nos manuscritos do cardeal Langton que eu pude reconhecê-lo.

– Stephen Langton, aquele velho pilantra... – sorri.

Confesso a vaidade por saber que eu era conhecido e comentado pelos homens de alta importância da Inglaterra. Eu estava fodido e mesmo assim me deliciava com a fama.

– Eu estudo demônios desde que entrei para a igreja há

duas décadas e confesso que você sempre foi o meu preferido. Principalmente porque é real.

– Façamos assim então: você me solta, eu deixo você me chupar e está tudo certo – sorri. – Eu lhe concedo essa honra.

O baixinho lá atrás não se conteve e soltou uma gargalhada debochada.

– Saia daqui, Tobias – James olhou para trás e foi obedecido imediatamente. – Ah, que espírito! – voltou-se novamente para mim. – Tão sagaz quanto meus irmãos relataram. Discurso bem articulado, pensamento rápido...

– E um pau lindo – instiguei. – Vamos, eu sei o que você quer, me solta e prometo que não o matarei.

– Harold, Harold – agachou-se à minha frente, mas mais distante do que da vez anterior. – Bem que eu gostaria de soltá-lo e conversar com você. Deve ter experiências maravilhosas para contar depois desses séculos de vida. Quantos lugares conheceu, quantos eventos presenciou. Tantas pessoas passaram pela sua vida – inspirou profundamente. – Mas nós dois sabemos que se eu fizer isso morrerei. E, mesmo que eu acreditasse na sua palavra, já mandei mensageiros para avisar a Senhora Catherine de Montacute, condessa de Salisbury.

– Nunca ouvi falar – menti.

– Logo irá conhecê-la – James se levantou, os joelhos estalaram. – É uma mulher muito importante, que também conhece a sua história, que também o acha, digamos, fascinante. Foi ela que me mandou os soldados que o capturaram. E por um pedido dela que você permanece vivo.

– Eu estou vivo porque você simplesmente não pode me matar – rosnei.

– Realmente eu não posso, mas, pelo que sei, o sol pode, não é? – James de Groundewell sorriu. – Agora descanse e recupere as suas forças. Creio que em breve a Senhora Catherine virá até aqui.

O homem foi embora e a pesada porta da cripta foi trancada. Ouvi-o dando ordens aos guardas para ficarem alerta.

O filho de uma porca manca sabia da minha fraqueza. Se havia algo em que a igreja era competente era na produção e manutenção de documentos e relatos. E ao que parecia a minha vida fora esmiuçada, contada e recontada dezenas de vezes. Eu era o alvo maior.

Senti meus olhos pesarem, devia estar amanhecendo. Meu corpo doía demais e eu estava fraco, sedento, exausto.

Pensei em Liádan e Stella. Queria que elas viessem me salvar como fizeram outrora, mas não tinha certeza se seria agraciado duas vezes.

De fato, eu não era um *abençoado* para ter tamanha sorte.

Sei que o deus que me criou poderia me soltar facilmente, mas o safado amava a desordem e devia estar se divertindo onde quer que estivesse.

Dessa vez eu estava sozinho.

E muito fodido.

– Sinto presenças tão poderosas e antigas como se os próprios deuses estivessem caminhando novamente por essas terras – Liádan pousou sobre uma grande faia, o peso do seu corpo praticamente nulo, sequer envergando os galhos. Fechou os olhos e perscrutou a noite.

O vento...

Um riacho...

Os animais...

E, então o chamado: *venha!*

Era como se mil vozes ressoassem na sua cabeça, tão potentes como sinos de bronze de uma Catedral. A dama ruiva perdeu o equilíbrio e despencou no chão, zonza. Nem quando a deusa falava com ela tinha sentido tamanha vertigem.

Ficou prostrada por um tempo, a cabeça confusa, as mãos trêmulas. Levantou-se, as costas doendo, talvez algumas vértebras quebradas que logo se curariam. Tirou as folhas secas do vestido verde e novamente pôs-se a escutar a noite.

– *Venha!*

O chamado atravessou seu corpo, fazendo Liádan ofegar.

– Quanta força, quanta disposição – murmurou. – Quem tem tanto poder?

– *Venha!*

Ela não tinha alternativa senão obedecer. Viu na sua mente para onde deveria ir, tal como se alguém lhe transmitisse o caminho. Deixou seu corpo flutuar e, com certo receio, seguiu junto à brisa fria e úmida que soprava para o norte.

.

.

.

Depois de vencer algumas milhas, Liádan pousou. Parara de ouvir o chamado, entretanto tinha certeza de que aquele era o local certo. No centro do círculo de pedras, pôde sentir uma energia ancestral, revigorante, saída do centro da terra.

Fechou os olhos e inspirou fundo. Seu peito se encheu com o ar frio da madrugada, impregnado pelo aroma de flores silvestres.

– Aqui é um lugar bem acolhedor, não é? – A voz ecoou por entre as pedras suspensas.

Liádan se virou e viu uma mulher trajando uma cota de malha muito bem polida, refletindo a luz da lua e das estrelas, uma espada presa à cintura e botas de couro reforçadas com ferro. Parecia pronta para a batalha.

– Sim, é muito acolhedor – Liádan sorriu. – É como se as pedras canalizassem o poder da terra e nos abraçassem, nos convidando a comungar com a natureza.

– Elas fazem a junção das energias do céu e da terra – a mulher prosseguiu, olhando as estrelas, a pele branca quase cintilando. – Esse círculo foi criado quando os deuses ainda caminhavam junto aos homens, como uma prova de amizade. Como uma ferramenta que trazia nela um conhecimento havia muito tempo perdido.

– Deve ter sido uma época de ouro, um privilégio para os povos daquele tempo – a dama ruiva tocou numa das pedras, áspera, sentiu um arrepio que começou na ponta dos dedos e percorreu todo o seu corpo.

– Sim, foi uma época de fartura, aprendizado e harmonia – a mulher se aproximou, os elos tilintando a cada passo. – Mas os homens, como sempre tolos e arrogantes, não souberam aproveitar, esqueceram-se de honrar os deuses e eles se afastaram. Hoje os deuses estão adormecidos, como se hibernassem esperando o momento certo para voltar, Liádan.

– Como você sabe o meu nome? – Encarou-a, os olhos verdes fixos.

– Ah, minha criança – a mulher riu, passando a mão nos cabelos quase tão vermelhos quanto de Liádan, bem trançados com tiras de couro entrelaçadas por ossinhos de falanges humanas. – Conheço todos os que andam pelas terras que protejo. Mortais e imortais.

– E quem é você? – Liádan não sentia qualquer hostilidade emanando da mulher, apenas um grande poder.

– Eu sou a rainha Buddug, filha da deusa Andraste, flagelo dos romanos – ela levantou as mãos aos céus. Era um palmo mais alta que Liádan, mas parecia muito maior, imponente.

– Você não se envenenou? Ou se matou ao ver seus homens tombarem? – Liádan franziu o cenho, lembrando-se dos relatos que havia lido em documentos encontrados em igrejas e castelos, cujos proprietários serviram para saciar a sua sede. Depois do seu renascimento, também se tornara voraz pelo conhecimento. Lera tomos e mais tomos sobre os mais diversos assuntos. De botânica à história antiga, de mitologia à culinária. Consumira e aprendera, nutrindo-se com cada palavra, cada relato ou canção transcritos em pergaminhos carcomidos ou caros velinos preservados com todo o cuidado. E nunca se esquecia de nada.

Buddug gargalhou.

Uma lebre saiu da toca e se aproximou, as orelhas para lá e para cá, captando os ruídos e o nariz farejando tudo. A rainha pegou-a no colo e começou a acariciar seu pelo marrom.

– Esses escribas e historiadores só relatam aquilo que seus mestres ordenam. Suas penas trabalham conforme o ouro que ganham. Muitos deles não são diferentes dos bardos pagos para exaltar os feitos dos seus senhores. Alguns nem fazem por mal: têm apenas a visão parcial dos acontecidos, a maioria sequer já esteve num campo de batalha. – beijou a lebre. – De fato eu fui muito ferida em *Viroconium Cornoviorum*, a maldita cidade romana que hoje se chama Wroxeter.

– Aguentem, homens – o velho guerreiro jogara seu escudo de tília revestido por couro no chão, pois não conseguia tirar um pilo fincado nele, bem no meio do seu emblema, uma lebre. – Não deixem esses cães avançarem. Logo será noite e a rainha virá banhar-se de sangue.

Milhares de bretões haviam tombado. Apenas algumas centenas de romanos pereceram. No campo de batalha havia mais mortos do que vivos e ainda faltava certo tempo para o sol se pôr.

– Lutem, cães! *– Bradán, o Vermelho, berrou, o corpo coberto de sangue, a lâmina do machado cheia de fissuras. – Tragam-me a cabeça de Suetonius, honrem os deuses, honrem a rainha!*

Sua coragem era inabalável, a dos outros guerreiros nem tanto. Muitos fugiam em debandada, desordenados e em pânico, tais como galinhas ao verem a raposa. Estavam sendo massacrados pela cavalaria bem organizada dos romanos.

– Vocês desonram seus antepassados, vermes – o Vermelho cravou o machado no elmo de um soldado que caiu de joelhos, o sangue escorrendo pelos ouvidos e pela boca. Largou a arma

presa no morto e pegou o seu gládio. – Se não lutarem eu os matarei nem que precise voltar do outro mundo – cuspiu. – Tenho nojo da sua covardia!

Seu filho, Suibhne, estava logo atrás, atirando uma flecha atrás da outra com seu arco de caça. Seis inimigos tombaram com olhos, pescoços e peitos perfurados. Desde criança ele tinha uma mira excepcional. Podia acertar um veado a 100 passos de distância.

Todos os homens e muitas mulheres do clã de Bradán seguiam firmes. Iriam morrer, mas não se envergonhariam ao chegarem junto dos seus ancestrais, lutariam até o fim.

Mathghamhain, o druida, tão velho que sua pele escurecida se assemelhava à casca de um carvalho, contorcia-se no chão, os olhos revirados, a boca soltando uma espuma amarela. Ele balbuciava algo e se estapeava com as mãos sujas da lama formada pelo sangue, mijo e merda dos guerreiros. Levantou-se de súbito, pegou uma lança caída no chão e correu aos berros em direção aos soldados que vinham coesos em uma parede de escudos bem montada. Matou um deles, perfurando-lhe o nariz, e aleijou outro cravando a lâmina no joelho desprotegido antes de ser espetado três vezes, estrebuchar e cair.

Os icenos morriam aos montes, esmagados pela força sólida de Roma, e os que sobreviviam estavam sendo encurralados. A batalha estava perdida, mas eles nunca se renderiam.

As flechas de Suibhne acabaram e o garoto, contrariando o pai, pegou a espada de um morto e postou-se ao lado de Bradán.

– Vá embora, moleque! – Pegou um pilo e atirou-o de volta, acertando o peito de um cavaleiro, que tombou, puxando as rédeas, fazendo o grande animal se virar e se chocar com o cavalo do lado, causando quedas e mortes entre os invasores. – Vá e leve sua mãe e os seus irmãos para longe daqui.

Suibhne não teve tempo de responder. Morreu da mesma maneira que o seu pai matara o cavaleiro, trespassado por um arremesso certeiro.

Do alto da colina, Suetonius sorria.

Acabara com a maior ameaça contra Roma e não perdera nem quinhentos homens.

– Esqueçam a pilhagem. Acabem logo com a batalha e terão tudo – Suetonius falou para o legatus ao seu lado. – Ordene aos centuriões que controlem seus homens. Massacrem esses selvagens e eu prometo recompensas fartas.

Lá embaixo o barulho dos gritos e do metal contra metal

havia diminuído. Apenas o som constante do pranto dos moribundos continuava. Menos de seiscentos homens da Britannia ainda resistiam, feridos, exaustos.

Foi quando o sol se pôs no horizonte.

– A rainha vai despertar! – Bradán gritou e o ânimo dos guerreiros se reacendeu. Buddug nunca lhes faltara. Ela era filha de Andraste, deusa da Guerra, que agora se tornara protetora daquelas terras, alimentando-se do sangue dos inimigos.

E assim foi...

Eu surgi montada em Trovoada, minha égua preta como a noite. Tamanha tristeza tomou conta do meu peito quando vi o mar de mortos, meus irmãos, meus amigos, o meu povo. E do outro lado os malditos invasores praticamente incólumes.

Desembainhei a minha espada, pedi forças à deusa e desci a colina a galope, desviando dos fugitivos covardes e dos feridos. Quando me viram, meus homens gritaram o meu nome. E eu confrontei os romanos. No primeiro ataque mandei uma dúzia para o outro mundo. Eles me furavam, cortavam as minhas carnes, eu sarava antes de receber o próximo golpe.

Alguns fugiram, não queriam enfrentar a deusa de sangue, como me chamavam nos acampamentos. De um boato na boca dos ébrios passei a ser um perigo real. Preferiam enfrentar a ira dos seus superiores do que as minhas presas.

Mas mesmo com a debandada eles eram muitos. Cega pela fúria e pela dor de ver o meu povo perecer, matei uma centena de bastardos, talvez mais. Então tombei, exausta, ferida ao extremo, praticamente sem sangue nas minhas veias.

Achei que naquela noite eu encontraria a deusa.

Fechei os olhos e parei de sentir dor, apesar de saber que os homens continuavam a me castigar.

Então, algo fantástico aconteceu, um feito que deveria ser cantado pelos bardos até o fim dos tempos.

Bradán, ferido, sofrendo a morte do seu primogênito, reuniu o que restou dos seus homens e investiu contra os meus algozes. Tais como lobos que lutam pela fêmea da matilha, eles me salvaram, à custa de dezenas de vidas.

Colocaram-me sobre a minha égua e Luigsech, uma das minhas servas, me levou para longe. Galopou tendo parte da cavalaria romana no seu encalço. Mas ela conhecia a floresta como a palma da sua mão. Embrenhou-se entre as árvores e despistou-os na negritude da noite sem lua.

Meus fiéis guerreiros deram suas vidas para me salvar.

Mas ainda haveria uma última morte naquela noite: assim que me colocou na minha alcova, no coração da floresta, num lugar tão secreto que só ela e eu conhecíamos, Luigsech cortou o pulso e verteu seu sangue na minha boca. Quase morta, com meu espírito prestes a abandonar o meu corpo, bebi vorazmente, sem ter plena consciência do que fazia.

Matei-a para sobreviver.

– Os romanos não souberam mais do meu paradeiro e, como viram meu povo ruir nos anos seguintes, acreditaram que a deusa de sangue havia morrido – Buddug soltou a lebre marrom, que correu pela grama alta e sumiu. – Mas eles não queriam deixar se formar o mito de uma heroína caída em batalha depois de destroçar centenas de soldados do exército mais poderoso do mundo. Isso daria esperança aos descendentes dos que tombaram, que lutariam por amor a mim ou pela raiva contra os invasores. Então tentaram me imputar fraquezas e uma morte nada digna pelo envenenamento, ou o suicídio pela espada. Contudo, os poucos sobreviventes sabiam que isso era mentira e continuaram cantando os feitos da rainha. Hoje, depois de séculos e do sangue do meu povo ter se diluído tanto entre tantos outros invasores, a história se transformou em lenda.

– Mas seu nome será conhecido para sempre, Buddug – Liádan se aproximou e tocou o ombro da rainha.

– Será – inspirou fundo. – Como aquela que falhou ao expulsar os romanos da Britannia.

– Esse fardo não deve ser seu – a dama ruiva encarou-a, os olhos verdes sinceros. – Você agiu com bravura e dignidade, mas nem nós, imortais, somos invencíveis.

Buddug ficou em silêncio, mas as palavras de Liádan diminuíram o peso no seu coração. Sentiu-se menos amarga.

– E onde você estava durante todo esse tempo? – Liádan se afastou e colheu uma florzinha branca, colocando-a nos cabelos.

– Eu estava *dormindo* – Buddug fechou os olhos. – Fui mortalmente ferida na batalha, como já lhe contei, e mesmo bebendo o sangue da minha querida Luigsech não me recuperei imediatamente. Estava fraca, meu corpo destroçado, a minha mente tão machucada quanto. Então uma letargia tomou conta de mim e, mesmo querendo voltar para lutar e morrer como o meu povo, eu adormeci. E por séculos permaneci assim, não por causa dos ferimentos, que se curaram já nos primeiros anos, mas talvez pela tristeza por ter perdido a todos, por acreditarem em mim e eu fracassar. Eu não desejava mais voltar ao mundo dos vivos. Queria com toda a minha vontade que a terra se abrisse e me acolhesse e eu fizesse parte dela. Permaneci nesse sono semiconsciente, sentindo as plantas crescerem ao redor do meu corpo, as raízes me envolverem tal como um casulo e a terra e as folhagens trazidas pelo vento me encobrirem por completo. O tempo não importava, perdi totalmente a consciência dele. E, enfim, acreditei que alcançaria a paz, que a terra havia me aceitado e logo eu deixaria de existir para fazer parte do todo.

Liádan sequer piscava, impressionada.

– Mas então houve o chamado – Buddug prosseguiu. – Imortais muito mais antigos do que eu haviam chegado à Britannia emanando energias poderosas e repletas de fúria. E, como se um sopro de vida tivesse entrado nas minhas narinas, eu despertei. Havia me tornado uma caveira recoberta por pele ressecada, os cabelos esfarelando ao toque e as minhas juntas tão rígidas que cada movimento doía como se houvesse agulhas dentro de mim – a rainha olhou as mãos pálidas, agora normais.

A dama ruiva sentia o coração apertado, absorvendo a dor nas palavras da rainha.

– Por semanas lutei para me desvencilhar das raízes, grossas como troncos, dos vermes e das formigas que teimavam em entrar pelo meu nariz e ouvidos, e sair da minha cova. Os dedos em carne viva, as minhas unhas quebradas de tanto cavar – Buddug esfregou as mãos como se lembrasse da dor. – Quando senti o ar fresco no rosto, foi como se eu tivesse renascido. Eu mal tinha forças para andar e a sede me alucinava, arrastei-me pelas heras que me espinhavam e me arranhavam. É engraçado como, mesmo sendo imortal e tendo todo o tempo do mundo, senti a urgência de me libertar, de recomeçar. Porém Andraste acudiu-me: naquele exato momento, um pastor de ovelhas levava seus animais de volta para o curral. Pelas minhas roupas em trapos, praticamente inexistentes, e pela minha pele enrugada e suja, tomou-me por uma velha em apuros.

– A senhora está bem? – O jovem se aproximou, espremendo os olhos para poder enxergar direito.

Tentei falar, soltei um rosnado rouco.

– A senhora está perdida? Está machucada? Precisa de ajuda? – Ele se agachou ao meu lado.

Não respondi, avancei e mordi o seu pescoço, sugando com voracidade, a sede retornou e o sangue fresco me trouxe novamente à vida.

– Não gostava de matar inocentes, nunca gostei – Buddug virou-se de costas e olhou para o horizonte além das pedras. – Contudo eu precisava daquele sangue. Ah, como precisava! De muito mais, aliás. Saí para caçar, agora um pouco mais forte, mas ainda assim pele e osso. Tinha me transformado no demônio que os homens da igreja tanto pregam.

– Imagino como deve ser enlouquecedora a vontade de beber depois de tanto tempo – Liádan juntou as mãos à frente do corpo.

– Excruciante, minha jovem – Buddug sorriu. – Então, trajando as roupas puídas do pastor de ovelhas, fui até o vilarejo mais próximo e me espantei. Tudo estava diferente. As construções, as pessoas e até mesmo o cheiro do ar. Senti o fedor da doença, da tal peste.

– Essa doença vem assolando a Inglaterra, matando ricos e pobres, novos e velhos – o orvalho molhando os cabelos vermelhos. – Muitos dizem que é castigo divino e há rumores de que as chagas são causadas pelos demônios. Por nós!

– Bebi da meia dúzia de sobreviventes, alguns deles já com a doença se alastrando em suas veias, mas eu ainda tinha sede – a rainha ignorou Liádan, virou-se e sua cota de malhas tilintou. – Precisei de muito sangue para me recuperar, para sentir de fato a vida inundando as minhas veias. Entretanto, depois que o desespero da sede passou, escolhi criteriosamente as minhas vítimas: ladrões, padres e doentes me fortaleceram. E agora estou aqui, com você, como uma mensageira.

– Uma mensageira? – Liádan tirou da frente do rosto os cabelos molhados.

– Como sou a mais antiga imortal da Britannia, filha de Andraste, outros filhos de deuses me despertaram do meu sono e me incumbiram da missão de convocá-los.

– E quem são esses filhos de deuses? – A dama ruiva estava curiosa, pois sentia fortes energias que não podia identificar. – Quem mais será convocado? Não compreendo...

– Você irá conhecê-los, Liádan – Buddug olhou para o leste e viu que o céu clareava. – Você e Harold. Em sete dias nos reencontraremos aqui.

– Há muito tempo eu não vejo o meu amor – Liádan encarou a rainha. – Estranho... Antes eu sabia onde ele estava, mas parece que a sua presença se dissipou. Será...

– Ele está bem, criança – Buddug caminhou para fora do círculo de pedras. – Ele virá até você e vocês virão até nós no sétimo dia.

– Como você tem tanta certeza? – Liádan percebera os poderes da rainha, mas ainda assim seu coração estava incerto.

Não teve resposta: do mesmo jeito que aparecera, sumira sem deixar quaisquer rastros.

Liádan, aproveitando a energia dentro do círculo, fechou os olhos e invocou a proteção de Fódla. Esperava que a deusa das suas terras conseguisse ouvi-la e tivesse algum poder longe de casa.

– Nunca corri tanto na minha vida – Louis estava deitado no chão, ainda recuperando o fôlego. Sentou-se e fez uma careta quando suas costelas doeram. Começou a tirar uns espinhos dos pés e viu alguns pingos de sangue caírem do seu nariz quebrado.

– *Quelle merde!* – Rasgou um pedaço da calça velha e enfiou no nariz, fazendo uma rolha.

Susan estava ao seu lado, suada, a cabeça latejando por causa da pancada que tomara do maldito guarda, os pulsos esfolados pela corda que ainda a prendia e os olhos bem vermelhos.

Os três amigos avançaram um bocado floresta adentro e só pararam quando deixaram de ouvir os sons da cidade. Não usaram as trilhas, pois sabiam que os homens seguiriam por elas. Contavam com a proteção das árvores para se esconder e para despistar os perseguidores.

– Tomara que não tragam cães – Leite Azedo achou uma pedra chata, que usou para cortar a amarra grosseira que prendia sua amiga. Demorou bastante, pois a lasca não era afiada o suficiente. Levou tanto tempo que Bill tombou de lado, a mão na barriga, a camisa puída manchada de vermelho vivo e o rosto tão pálido que dava para ver as veias azuladas sob a pele.

– Ligeiro! – Louis correu e ajoelhou-se ao lado do amigo. – Você tá machucado... Deus do céu! Por que não falou, seu idiota?

Susan se desvencilhou dos últimos fiapos que atavam seus pulsos e também se prostrou ao lado do menino, que respirava com dificuldade.

– E-eu não fui rápido... – A voz do Ligeiro saía baixinha, chiada. – A mulher dele me pegou de jeito. Cadela vaga...

– Shhh – Susan colocou a mão sobre os lábios arroxeados e trêmulos do menino. – Você precisa ficar quieto. Deve resguardar suas forças.

Louis tentava segurar o choro, mas não conseguia. As lágrimas se misturavam ao ranho e à terra impregnados no seu rosto, traçando linhas difusas, formando uma máscara de lama sobre a sua face.

– Eu vou procurar algumas ervas para fazer um emplastro – Susan se levantou. – Mantenha a cabeça dele um pouco erguida. Volto logo.

– Não demora! – Louis gritou ao ver a amiga se embrenhar na mata. Sentou-se e colocou a cabeça do amigo sobre o seu colo.

– Eu arrebentei a cabeça daquele merda – Bill sorriu, os olhos piscando lentamente, opacos. – Os miolos dele espirraram para todos os lados.

– Você foi um herói como os das histórias que a gente ouve nas tavernas – Louis fungou.

– Eu salvei a... – fez uma careta de dor. – Salvei a donzela das mãos do bandido.

– Foi mesmo.

– Louis? – Um filete de sangue escorreu pelo canto da sua boca e uma lágrima solitária do seu olho esquerdo. – Quando a Susan voltar, vou perguntar se ela quer ser a minha mulher. Você acha que ela aceita?

– Claro que aceita – Louis mordeu o lábio para conter o choro. – Ela sabe o quanto você é esperto e corajoso.

– Que bom! – Bill inspirou fundo e tossiu sangue. – Você pode morar com a gente se quiser. Vou construir uma casa na... – novamente fez uma careta de dor –, floresta. Ou pegar uma dessas vazias.

– Irei sim – fungou. – Somos um trio de respeito. E pode deixar que eu *te* ajudo a fazer uma casa boa.

– Agora acho que vou dormir um pouco, estou cansado – fechou os olhos. – Me acorda quando ela voltar, *tá* bem?

– Não se preocupe, meu amigo.

Ligeiro, que tinha o rosto contorcido pela dor, suspirou e seu semblante serenou enquanto seu corpo amolecia. Louis não soltou o amigo e continuou com ele no colo, ninando-o inconscientemente.

Susan voltou e chorou ao ver o garoto com os braços

largados ao lado do corpo. Ajoelhou-se e acariciou seus cabelos desgrenhados. Beijou-lhe a testa e fez uma oração aos espíritos da floresta, pedindo que ajudassem a sua alma a encontrar o caminho.

.

.

.

Eles demoraram a fazer a cova. Não tinham pás, apenas as mãos e os galhos das árvores. Puseram o corpo do amigo no buraco raso e cobriram-no com a terra úmida.

Louis pensava em como a vida era engraçada. Ligeiro era o apelido do seu amigo e, como um vento rápido, ele surgiu e partiu, deixando apenas boas lembranças e saudade. Enxugou as lágrimas com as mãos sujas de terra e se afastou. Pegou o martelo e colocou-o na cabeceira da cova, no lugar onde deveria ir uma cruz.

– Deus nos abandonou, Susan – segurou a mão da garota. – Se Ele ainda estivesse aqui, não deixaria o Bill morrer.

A menina nada disse, apenas seguiu com Louis pela floresta, sem rumo. Estava triste demais para falar.

Mas também pensou naquela terra amaldiçoada.

Na qual tudo o que era bom desaparecia.

– Da próxima vez jogue água morna, seu bosta! – Encarei o soldado que havia jogado um balde de água fria para me despertar.

– Da próxima vez eu jogo um balde de mijo, princesa – o soldado alto como uma árvore e forte como um touro se aproximou sem qualquer receio e rasgou as minhas roupas, deixando-me nu.

– Já entendi, esperou todos saírem para que eu dê um trato nesse seu rabo sujo, não é, seu veado? – sorri mostrando as presas salientes. – É só me soltar que não vai se arrepender.

O soldado nada disse, apenas assoviou como se chamasse um cão. Mais dois homens desceram as escadas, atabalhoados, meio hesitantes, trazendo escovões e baldes com água e sabão.

– Esfreguem esse diabo – o soldado se recostou na parede de pedra à minha frente e cruzou os braços. – Não quero ver nenhuma sujeira. Deixem esse branquelo mais brilhante que a lua.

Os dois molharam os escovões na espuma e me esfregaram com força, nas pernas, nos braços, na minha cara. Eu sentia a pele arder, mas não era de todo ruim me livrar do sangue seco e das imundícies. Agradeceria até, se eles fossem mais delicados.

Os dois perderam o medo e agora se divertiam com a tarefa. Deviam estar imaginando me torturar a cada esfregada ou apenas sentindo desejos pelo meu corpo perfeito.

– Lava o saco dele – o de lábio fendido falou para o outro. – Ali vai precisar estar bem limpinho.

O careca riu. Eu não entendi direito a insinuação, mas também não tive muito tempo para pensar: uma dor aguda envolveu meus ovos e se expandiu pela virilha. Rosnei e estiquei os braços, que se moveram um pouco para a frente até serem contidos pelas correntes. Mas foi o suficiente para assustar os dois bastardos, que instintivamente recuaram.

– Agora enxaguem esse cão – o soldado ordenou.

Eles pegaram os baldes e me lavaram com a água gelada, tão fria que doía nos ossos.

– Agora vão me trazer roupas limpas? – Cuspi para tirar um pouco do gosto de sabão da boca.

– Claro, princesa, traremos um belo vestido – o soldado grandalhão riu, atirou-me um calção puído que tirou de um bolso do seu casaco e saiu da cripta trancando a pesada porta de ferro. Os três subiram as escadas zombando e rindo.

– Filhos da puta – eu tremia enquanto a água escorria pelas frestas no chão de pedras. – Como eu odeio soldados!

Forcei novamente meus grilhões. Nada. Eu ainda estava fraco e sedento. E com muita raiva. Dessa vez parecia que iria ficar preso por muito tempo, pois estava à mercê do tal James de Groundewell. E ele não parecia nada tolo, principalmente pelas precauções que teve ao me aprisionar. Com os relatos dos tempos passados ele havia se munido de todas as artimanhas para me manter de mãos atadas. Literalmente.

– Por que esses merdas da igreja não vivem suas vidas patéticas e me deixam em paz? – A voz saiu tremida pelo frio que eu passava. – Como podem passar os dias sendo tão chatos e irritantes? Ao invés de procurar uma boceta para foder ou o cu de um noviço, preferem gastar o seu tempo me fodendo.

– Ah, eu me esqueci – o soldado reabriu a porta. – O seu jantar.

Ele me atirou um pão duro e carunchento.

– Eu não comerei essa merda!

– Eu sei disso – gargalhou, fechou a porta e subiu assoviando.

– Mais essa...

Uma ratazana apareceu, cheirou o pão velho e voltou para

a sua toca, espremendo-se para entrar na cavidade da parede. E eu fiquei me imaginando cravando as minhas presas na sua barriga gorda e sugando o parco e quente sangue, os pelinhos cinzentos fazendo cócegas nos meus lábios.

No meu estado, qualquer gota já serviria.

A ratazana seria uma iguaria.

Adormeci, dominado por uma letargia dolorosa causada pela minha fraqueza.

E sonhei com ratazanas do tamanho de leitões.

– Por Cristo! – Robert Wyvil colocou as duas mãos no rosto. – Como assim ele está morto?

– Um moleque louco invadiu a casa e deu uma martelada na cabeça dele enquanto ele tomava sopa – Ernst estava suado, pois viera correndo contar a desgraça ao bispo. – Ele veio para buscar a tal de Susan, a ajudante da mulher-demônio.

– Ai, minha Virgem Maria! – Lord Robert balançava a cabeça e andava para lá e para cá. – Essa garota realmente deve ter parte com Satanás.

– O moleque entrou e acertou ele bem no meio da nuca – Ernst enxugou a testa na manga da camisa. – Mas o peste não saiu ileso. A mulher do Neil disse que deu uma facada na barriga dele.

– Ai, minha santa Bertha! – O bispo Wyvil desabou na cadeira. – A mulher esfaqueou uma criança?

– Ela tinha acabado de ver os miolos do marido vazarem pelo rombo no seu crânio, enquanto ele sufocava com a cara enfiada na sopa. – Puxou o ar com força pelo nariz e engoliu o catarro. – Daí ficou assustada e meteu a faca no infeliz. O senhor faria a mesma coisa.

Lord Robert encarou Ernst, que abaixou a cabeça, percebendo a bobagem que acabara de dizer.

– E o garoto morreu? – O bispo Wyvil tamborilava o pé no chão.

– Bem, não sei – Ernst coçou a cabeça, arrancando uma casquinha de ferida com a unha. – Ele tomou uma bela facada no bucho, então se não morreu está quase lá.

– Que Deus permita que ele sobreviva – Lord Robert juntou as mãos em prece.

– Um traste desses tem é que ir para o inferno – o guarda se exasperou.

Robert Wyvil novamente o encarou, dessa vez mais sério, e o homenzarrão se encolheu no canto, intimidado.

– Vou providenciar um padre para rezar pela alma de Neil – o bispo se levantou e apontou a saída para Ernst.

– Eu irei com alguns homens atrás dos garotos e da Susan – o guarda passou pela porta e virou-se de súbito.

– Vá, mas não prolongue a busca caso eles já estejam longe – o bispo massageou o pescoço enrijecido. – Tenho certeza que eles nunca mais retornarão a Salisbury.

– Mas Lord Robert, não é melhor...

– São minhas ordens. Alguma dúvida?

– Não, se-senhor.

– Perfeito – Lord Robert deu um sorriso seco, voltou ao recinto e trancou a porta. Praguejou e socou a mesa de madeira, ferindo a mão delicada.

– Por que está me provando, Senhor? – Prostrou-se de joelhos, olhando para o vigamento de madeira escurecida do teto. – Não sei mais o que fazer contra o mal. Por que esses dias escuros têm que ser os meus?

Uma pomba apareceu na pequena janela. Não era branca, mas de um bege mesclado com cinza, bonito, brilhante.

Lord Robert sorriu pelo sinal de Deus, pelo bom presságio. A pomba arrulhou, abriu as asas, virou-se de costas e deu uma bela cagada sobre a capa de couro da sua bíblia. Voou deixando umas penugens flutuando no ar.

O bispo desabou no chão, segurou os joelhos junto ao peito e chorou como nunca chorara antes.

Capítulo VI – Êxtase

– Então você é o grande Harold Stonecross. – Despertei quando ouvi as trancas da porta de ferro sendo destravadas, mas a minha visão demorou a desembaçar, era como se houvesse névoa nos meus olhos. Sabia que era uma voz feminina, doce e ao mesmo tempo ansiosa. – Há tempos eu queria conhecê-lo.

Pisquei um bocado até conseguir clarear as vistas. Sentia-me zonzo pela fraqueza, minha cabeça latejava e eu desejava fechar novamente os olhos e dormir. Meu corpo havia esgotado muito das suas energias com a cura dos ferimentos. Eu precisava de sangue e ouvia o coração dela pulsar debaixo dos seios pequenos.

– A senhora tem certeza que deseja ficar a sós com ele? – James de Groundewell tinha o rosto tenso, as rugas sulcadas na sua testa. Ao seu lado, uma belíssima jovem mulher sorria, despreocupada.

– Tenho – ela estava convicta. – E pode trancar a porta. Bato quando quiser sair.

– Minha senhora! É perigoso e... – James tinha as mãos cruzadas como numa prece.

– Agradeço pela sua preocupação, mas pode seguir as minhas ordens – a mulher colocou as mãos na cintura. – Suba agora.

James de Groundewell fez uma mesura, olhou-me desconfiado e se retirou. O baixinho asqueroso que sempre o acompanhava trancou a pesada porta.

Eles subiram as escadas com passos lentos, como se relutassem em deixar o recinto.

– Devo temê-lo? – A bela senhora se aproximou e se agachou ficando a dois palmos do meu rosto, os olhos azuis curiosos, a boca fina e bem desenhada e os cabelos amarelos como os raios do Sol, cuidadosamente penteados em duas tranças. Confesso que a achei linda, apesar da idade já cobrar seu preço, pondo-lhe algumas rugas ao redor dos olhos e da boca.

– Depende de quanto mal deseja me fazer – dei um meio-sorriso. Delineei as veias do seu pescoço e a sede fez as minhas presas crescerem um pouco.

A senhora gargalhou.

– Esse é o espírito que falta na maioria dos homens de hoje – ela tocou o meu nariz com a ponta do dedo. – Uns foram cegados pela Igreja, outros pelo rei, alguns pela guerra. Você, ao contrário, é livre.

– E gostaria de continuar assim, Catherine – ergui um pouco os braços e olhei para os meus grilhões.

Ela gargalhou novamente.

– Então já sabe quem eu sou? – Catherine se levantou e andou pela cripta, olhando as inscrições em alguns túmulos, tocando nas úmidas pedras das paredes.

– Sua fama a precede, minha senhora – ajeitei-me como pude e cruzei os braços sobre os joelhos, fazendo as correntes tilintarem, o som agudo ecoando entre as colunas. – O tal James já me falou da sua importância.

– O James é apenas um bobalhão que me bajula porque deseja se tornar prior daqui. Ele é como a maioria dos homens: finge se preocupar comigo, mas apenas se importa com a minha influência, com os poderes da minha família – ela pegou um archote na parede e acendeu os outros dois que estavam apagados. – Melhor assim. Gosto de claridade.

– Eu costumava gostar também, mas, como já deve saber, não posso mais sair cantarolando e comemorando nas manhãs de verão. Sobraram somente as lembranças distantes – tirei as mechas dos meus cabelos ensebados que caíam sobre o meu rosto. – Então você é uma senhora casada? É uma pena...

– Ah, Harold, o galanteador! – Catherine veio e se ajoelhou na minha frente. – Eu fui casada, não por amor, mas pelas circunstâncias, se é que me entende – deu uma piscadela. – Nós, da nobreza, não somos tão livres quanto desejamos. É um preço que pagamos para continuarmos no poder. Você mesmo é filho de um *earl*, certo?

– Na minha outra vida, antes do meu renascimento, eu fui – olhei-a fixamente. – Agora sou filho de um deus, de Loki, o Pai da Mentira. Alguns já me chamaram de Príncipe das Trevas, outros de Rei do Mal. Acho que evoluí, não é?

Catherine bateu palmas e riu, levantando a cabeça, expondo ainda mais seu alvo pescoço. Senti vontade de agarrá-la e me fartar com ela, foi muito difícil me controlar, mas matá-la seria estupidez. Eu adiantaria a minha morte. Estava curioso para saber os motivos da sua visita.

– Realmente fiz a escolha certa ao vir escondida até aqui. – Ela colocou as mãos sobre as coxas. – Arrisquei-me, mas algumas moedas de prata são mais eficientes do que cortar a língua das pessoas.

– Por que queria tanto me ver, Catherine? – Estiquei a mão, ela hesitou, mas logo estendeu a sua e entrelaçou os dedos nos meus. Tão previsível.

– Você é tão frio... – franziu o cenho e mesmo assim sua beleza imponente não deixou de irradiar. – Sinto estar tocando num morto.

– Isso a incomoda? – Puxei a mão levemente, ela não permitiu que nos soltássemos.

– Não – Catherine sorriu. – Pela primeira vez em muitos meses não me sinto incomodada. Ao contrário, sinto-me muito bem, feliz. E o meu coração bate mais forte.

– Eu posso ouvi-lo daqui – acariciei as costas da sua mão com o polegar e pude ver os pelos do seu braço se eriçarem. – Só que ainda não sei o que a grande Catherine de Montacute deseja comigo.

– Queria vê-lo, conhecê-lo – ela encarou-me com os olhos azuis que refletiam as chamas, deixando-os mais instigantes. – Não é sempre que um imortal com a sua reputação aparece por essas terras.

– Não sei qual é a minha reputação. Eu apenas desejo viver a minha vida tranquilamente, mas sempre sou pego para Cristo por alguém – ri. – Desculpe-me, não aguentei o trocadilho.

– Você causa temor neles – Catherine sussurrou no meu ouvido, e foi a minha vez de ficar arrepiado. – Enquanto eles pregam um Deus que nunca ninguém viu, que é apenas representado por esculturas e pinturas mortas, você é real, imortal, poderoso e belo. Você veio para profanar tudo aquilo que eles pregavam como imutável, verdadeiro e sagrado. Você pode causar a ruína da Igreja!

– Eu não ligaria de vê-la ruir – fechei os olhos. – Gostaria que cada maldita catedral, ou abadia, ou até mesmo as mais simples capelas virassem escombros e pó.

– Esse é um jogo perigoso, Harold – Catherine passou os

dedos quentes pelo meu peito. Eu estava completamente nu, apenas o calção puído cobria precariamente minha intimidade, pois eu não consegui sequer vesti-lo. Minhas correntes eram curtas demais. – Para o bem e para o mal eles trouxeram um pouco de ordem para esse mundo.

– Vivemos milênios sem essa ordem – rosnei. – Eles tornaram o mundo um lugar mais chato.

– Tanta paixão, mesmo depois de séculos de vida – ela continuou delineando meu peito com os dedos, descendo-os despreocupadamente pela minha barriga. – Como você mantém esse fogo?

– Eu apenas continuo alimentando as brasas, minha querida – puxei-a para mim e beijei-a. Senti seus lábios trêmulos e seu peito subir e descer pela respiração ofegante. Ela me envolveu com um abraço e eu mordisquei seu pescoço, contendo-me para não sugá-lo. Ainda era cedo.

Catherine de Montacute gemia e me apertava com vigor enquanto sua boca sugava os meus lábios e língua com uma voracidade que poucas vezes senti. Havia um turbilhão dentro da minha boca. Desde o início da nossa conversa eu sabia que ela me cobiçava. Primeiro veio com curiosidade, querendo conhecer o imortal que assustava o seu povo. O ser eterno sobre o qual lera relatos, o demônio que enfeitiçava donzelas com sua beleza. Depois, ao chegar à cripta e me ver amarrado, impotente e nu, algo se inflamou dentro dela. Todas as trocas de palavras que vieram a seguir foram apenas joguetes de sedução. Ela me estudou e, quando dei o bote, entregou-se completamente.

Não havia como resistir a mim.

Meio desajeitado, tirei a faixa de pano que envolvia a cintura do seu vestido cor de vinho. Ela, sem parar de me beijar, desamarrou habilmente os laços, puxando suas vestes para baixo, exibindo os seios bem formados, os mamilos rosados e intumescidos.

Beijei-os, brinquei com eles com a ponta da língua. A condessa soltou gritinhos agudos e revirou os olhos. Eu achava tudo aquilo magnífico e, assim como ela se aproveitava de mim, eu me deleitei com ela. Éramos cúmplices no prazer.

– Quero você dentro de mim – despiu-se por completo. – Agora!

– Eu também queria você dentro de mim – sorri, ela não percebeu a ironia, a mente nublada pela volúpia.

Apesar de fraco, sedento e exausto, eu não negaria fogo. Quando a senhora de Montacute retirou o calção velho de sobre o meu colo, meu bom garoto já estava em riste.

Catherine sorriu, pegou-o com delicadeza, massageando-o, acariciando-o de uma maneira maravilhosa, hábil e experiente. Ela parou de me beijar, olhou-me fixamente, devorando-me. Apoiou as mãos nos meus ombros ossudos e montou em mim com habilidade, ajeitando-se devagar até o encaixe perfeito, quente e úmido.

Gemeu.

Jogou a cabeça para trás, os cabelos amarelos dançando no ritmo do seu corpo esguio, meu olhar vidrado nos seios que balançavam graciosamente para cima e para baixo, primeiro num movimento suave, depois vigoroso.

Ela sabia o que queria, sabia o que fazia e por três vezes extasiou-se de prazer, arranhando a minha pele, mordendo o meu pescoço, espremendo-me lá embaixo de um modo enlouquecedor, enquanto suas coxas tremiam e deslizavam para a frente e para trás.

A danadinha sabia das coisas.

Continuamos assim, gemendo, rosnando como animais, nos entregando completamente ao prazer. Por um momento eu deixei de pensar que era prisioneiro em uma cripta úmida. A única umidade que me interessava era a dela, a que envolvia a minha língua com beijos famintos e a que envolvia meu pau, com o gozo fácil. Séculos de experiência e treino me transformaram em um mestre nessa arte.

Pensei em Liádan e em Stella, jocosas do meu convencimento depois de se satisfazerem comigo até me deixarem morto sobre a cama. Onde estariam minhas amadas imortais?

– Goze comigo – Catherine falou no meu ouvido e em seguida apertou-se ainda mais contra o meu corpo, entrelaçando suas pernas em mim, permitindo-me entrar mais fundo.

Não resisti e estoquei com força, fazendo-a pular, transformando os gemidos em gritos, permitindo-lhe se aproximar dos deuses pela quarta vez, enquanto eu também urrava e doava um pouco de mim para ela com jatos fortes a cada contração da pelve.

Ficamos abraçados, ela compartilhando seu calor comigo, eu semimorto pelo esforço. Ela não saiu, até que eu amolecesse por completo. Afastou-se devagar, os olhos semicerrados, o semblante reluzente, a respiração calma e profunda.

– Simplesmente divino – abriu os olhos azuis, agora serenos.

– Todas dizem isso – passei meu dedo nas gotas de suor que se formavam por entre os seios.

– Não vou negar, Harold Stonecross, o amante imortal

– puxou o ar com o nariz e o soltou lentamente pela boca, seu corpo agora relaxado sobre o meu. – Nunca tive um prazer tão... Tão...

– Magnífico?

– Sim, essa é a palavra: magnífico! – Catherine apertou os seios e desceu as mãos lentamente pelo seu corpo, pousando-as sobre as coxas.

– Eu nunca poderia desapontar uma senhora tão importante – pus minhas mãos sobre as suas, as correntes esticadas ao máximo. – E precisava fazer jus à minha fama.

– Obrigado, Harry – ela me deu um beijo na testa e se levantou devagar.

– Não precisa agradecer, o prazer também foi meu – sentia meu corpo leve e a mente tranquila.

Catherine de Montacute começou a se vestir. E eu peguei o velho calção e coloquei sobre meu grande parceiro.

– Você poderia pedir para o velhaco me soltar – encostei a cabeça na parede de pedras.

– Você sabe que não posso – a condessa colocou a faixa de pano sobre as vestes. – Não tenho esse poder, apesar de ter essa vontade.

– Não custava tentar – sorri.

– É...

Catherine bateu três vezes na porta de ferro da cripta e logo um dos guardas veio e abriu as trancas, limpando a mão na lateral da calça. O infeliz se divertira sozinho nos ouvindo trepar.

– Nos veremos novamente? – Encarei Catherine antes de ela sair da cripta.

A condessa deu os ombros e saiu sem olhar para trás.

– Essa cova acabou de ser feita – Pigarro agachou-se e apontou para o chão. – A terra ainda está fofa. Olá lá os galhos que eles usaram para cavar o buraco.

– Estou vendo. Eles devem ter saído daqui há pouco tempo – Ernst coçou a cabeça. – E veja o martelo que o merdinha usou para matar o Neil.

– Eu devia ter trazido o meu cão Pulga – Rudolf, o velho caçador, observava as pegadas indo mata adentro. – Ele acharia o rastro deles de olhos fechados.

– O que fazemos agora? Desenterramos o corpo e levamos ao bispo? Seguimos os outros dois? – Pigarro tossiu e escarrou no chão.

– Vamos voltar – Ernst falou para o grupo de cinco homens que estava com ele. – O fedelho está morto, já teve a sua punição. Os outros dois se embrenharam na mata. A floresta vai dar um jeito neles.

– Ou a peste – Douglas, um dos sobreviventes da praga, piscou o único olho que possuía.

– Sim – Ernst deu as costas e tomou o caminho de volta. – Seja como for, os dois vão precisar de muita sorte para sobreviver.

– Você vai nos pagar mesmo assim, não é? – Miúdo, um lenhador grandalhão segurou o ombro do soldado. – Porque por mim eu ia até lá e trazia os bostinhas pelos cabelos.

– Vou, seu idiota – Ernst se desvencilhou e seguiu. – E hoje a cerveja é por conta do bispo. – Bateu na bolsinha de moedas presa ao seu cinto. Ganhara uma boa quantia do arcediago para prosseguir com a *caçada*. E para contratar homens que sabiam ficar com a boca calada.

O bando comemorou e riu como se não tivesse acabado de ver o túmulo de uma criança assassinada.

– Santo Deus! – O bispo Wyvil acordou ensopado de suor. – Sentou-se na cama e começou a chorar, desesperado. Sonhara novamente com os seres de pele de mármore, bocas manchadas de sangue, que o encaravam sem nada dizer, como se pudessem desnudar a sua alma. Agora havia mais deles, homens e mulheres que se juntavam para decidir o destino da humanidade. O seu destino. Como plateia, dezenas de crianças mortas pela peste e pelas decisões erradas que tomara.

Desabou no chão batendo dolorosamente os joelhos e começou a rezar, ou melhor, a balbuciar algo incompreensível. Estava apavorado, podia-os sentir próximos, como se estivessem *dentro* do seu corpo, como se dominassem completamente seus pensamentos. Sabia que podiam estraçalhá-lo com apenas a força da sua vontade.

Vomitou.

Sentia-se sufocado, como se uma mão invisível lhe apertasse a garganta.

– Estou ficando louco? – Estapeou o rosto. – Ou realmente o mal está aqui? Por que não recebo nenhum sinal? Por que estou sozinho?

Ainda de joelhos, chorou e sentiu vergonha por tamanha fraqueza. Era um homem notório, importante. Era o bispo de Salisbury, temido, amado e com centenas de pessoas sob o seu comando. Tinha o poder sobre a vida e morte de muitos, inclusive de nobres, por isso não sabia como lidar com essa situação inédita. Ele se tornara o cordeiro.

Aos poucos Lord Robert retomou a calma. Pegou uma toalha e limpou o melhor que pôde o vômito sobre o tapete. Atirou-a na lareira e vê-la queimar lhe fez bem. Ao seu lado sua criada continuava dormindo, exausta pelo sexo, bêbada pelo excesso de cerveja.

– Sou um pecador! – olhou os seios descobertos e sentiu desejo, mesmo depois do trauma do pesadelo. – Estou tendo essas provações porque sou um pecador – estapeou-se novamente, mas mesmo assim lambeu os dois mamilos da mulher.

Sentou-se na cama, cuspiu para tirar os resquícios de vômito da boca, limpou as lágrimas do rosto com as costas das mãos e deitou-se novamente. A criada virou-se para o lado, descobrindo-se por completo, exibindo as ancas largas e a bunda bem-feita, convidativa. Sentiu seu membro se enrijecer. Primeiro relutou, depois deixou os instintos aflorarem por completo: levantou o camisolão de lã e abraçou-a por trás, tentando se encaixar da melhor maneira possível.

– Sou mesmo um pecador. Um filho da puta de um pecador – repetia enquanto apertava os seios fartos e beijava-lhe a nuca. Lá embaixo encontrou seu espaço e começou a dançar solitário enquanto a moça ainda dormitava. – Ah, como eu peco... Ah, que delícia... Ah!

Seus problemas deixaram de existir e ele se tornou o homem mais feliz do mundo.

– Espero que o bispo não tenha se esquecido do nosso compromisso – William de Montacute, *Earl* de Salisbury, balançava as pernas impaciente. – Ele sabe o quão precioso é o meu tempo, ainda mais com as agruras pelas quais estamos passando: a peste que dizima o nosso povo e a guerra na França que arruína nossas riquezas – bebeu mais cerveja. – E claro que, para nos atolar ainda mais na merda, temos os tais demônios.

Reynold Orsini apenas assentiu com a cabeça. Ele suava apesar de estar frio e suas tripas resmungavam alto. Conhecia a fama de ranzinza e mal-humorado do *Earl*, por isso mandara um dos noviços ir procurar Lord Robert na sua propriedade.

.
.
.

– Sou um idiota mesmo – Lord Robert se desesperou. Vestiu-se com pressa e logo montou seu palafrém branco. – Vou ter que aguentar a rabugice do William.

Cavalgou veloz, deixando o noviço muito para trás. Ignorou até mesmo um grupo de monges que acenou ao vê-lo. Por sorte não morava longe da Catedral, mas sabia que estava bem atrasado. E, mesmo sendo um bispo de renome e muito importante, não desejava naquele momento irritar um nobre. Ainda mais aquele que era o responsável pelos mais polpudos pagamentos e contribuições à sua diocese.

Pensava em todas as desculpas possíveis, mas nenhuma era boa o suficiente. Cogitara até mesmo falar a verdade e contar sobre a deliciosa foda que tivera com a criada. Montacute era conhecido apreciador de orgias, talvez se solidarizasse. Talvez até sorrisse e o cumprimentasse por tal aventura.

Desistiu e partiu para a mais simples.

– Perdoe o meu atraso, *Earl* William – fez uma mesura assim que entrou na saleta, abrindo a porta de supetão. – Devo ter comido algo estragado no jantar e hoje acordei com uma diarreia de virar as tripas do avesso. Desde antes do nascer do Sol devo ter me aliviado umas cinco vezes.

O *Earl* fez uma careta, levantou-se e beijou o anel do bispo com falso respeito.

– Por favor, sente-se – Lord Robert apontou para a cadeira de madeira escura.

William desabou sobre o assento e esticou as pernas mostrando as solas das botas incrustadas de lama seca e merda de cavalo.

– Vou direto ao assunto, bispo Wyvil – aprumou-se e estalou o pescoço. – Desculpe o meu linguajar, mas estamos nos fodendo com esses demônios, não estamos?

– Infelizmente não posso discordar – Lord Robert colocou os braços atrás da cabeça. – Temos *alguns* problemas com eles.

– Alguns? – o *Earl* inclinou-se para a frente, intimidador. Até mesmo Reynold Orsini, que estava parado num canto, tal como uma estátua, assustou-se. – Todos os dias morrem pessoas nessas terras.

– Mas nem todas são vítimas dos demônios – agora foi a vez do bispo levantar a voz, mais por autodefesa do que por coragem.

– Concordo – William de Montacute recuou. – A maioria morre porque tem que morrer. Ou por causa da peste. Perdi primos, tios e até mesmo um bastardinho que tive com uma das criadas. O problema é que agora o povo acredita que a doença tem sido causada pelos tais demônios. Aliás, não é só o povo, muitos fazendeiros, abades e mesmo alguns lordes afirmam que o mal começou depois que encontraram corpos exangues nas suas terras. Ainda mais depois que o tal de John Wood de Driffield começou a peregrinar e a pregar essa ideia.

– O santo que vive... – Lord Robert fez um muxoxo.

– Um filho de uma cadela manca que veio para revirar ainda mais a merda na qual estamos atolados até as narinas – deu tapa na coxa. – Que fizesse seus discursos afrescalhados nas suas terras, mas não, resolveu se tornar um peregrino.

– Nem sempre conseguimos entender os desígnios de Deus – o bispo massageou as têmporas. – Há momentos em que Ele fala pela boca dos escolhidos.

William rosnou, mas se conteve.

– O bispo tem alguma ideia para acabarmos com esses tais demônios? – o *Earl* tossiu. – Aliás, eles são mesmo demônios?

Robert Wyvil olhou de soslaio para Reynold Orsini e assentiu.

– São bebedores de sangue, imortais, ainda não sabemos como chamar essas bestas – seu semblante era um misto de cansaço e derrota. – É um mal antigo que nos assola há séculos e que ressurge de tempos em tempos para atazanar os homens.

– E por que aqui e agora? – O *Earl* se levantou e começou a caminhar pela sala.

– Essa é a pergunta que me faço todos os dias – o bispo também se levantou e parou diante do nobre. – E não tenho quaisquer respostas.

– E o que podemos fazer para matar esses demônios? – William de Montacute tocou o punho da sua espada.

– Acho que precisamos esperar um milagre! – O bispo Wyvil olhou para a janela e viu o céu encoberto por densas nuvens negras. E teve a certeza que Deus não estava entre eles.

– Cadê você, meu amor? – Liádan caminhava pela estreita estrada de terra onde sentira a presença de Harold pela última vez.

Tinham-se passado três dias do encontro com Buddug e ela não conseguia mais captar a energia do seu amado. Ou ele estava fraco demais, ou...

– Não pode ser – balançou a cabeça, com lágrimas nos olhos. – Ele é esperto demais...

Agachou-se e viu uma mancha preta na terra batida. O sangue seco podia passar despercebido pelos homens, contudo seu faro aguçado não podia ser enganado. Harold sangrara naquele lugar.

Olhou ao redor, mas não conseguia descobrir para onde ele fora levado. Havia marcas de cascos, rodas e pegadas em ambas as direções. Pensou em seguir até a Catedral, mas o seu instinto lhe dizia que ele não estava lá.

Sentou-se no chão, perdida e desolada.

Um raio cortou o céu e uma rajada de vento levantou a poeira do chão. As árvores gemiam e as folhas secas caíam em revoada.

Trovejou.

Um temporal se formava acima da sua cabeça e outro no seu coração.

– Onde está você? – gritou, e fez um bando de estorninhos voar, rodopiar ao longo da estrada e pousar novamente nas árvores ao redor. Um grande corvo pousou num galho e grasnou alto antes de subir aos céus em círculos amplos.

Os primeiros pingos grossos tamborilaram no chão e nas folhas, intensificando o ritmo, até começar a cair um aguaceiro como não era visto havia muito tempo.

Liádan olhou para a mancha de sangue seco sendo lavada da terra, e com ela sumiu o último rastro do seu amado.

– Começou um temporal daqueles – James de Groundewell abriu a porta da cripta, fazendo o vento zunir pela escadaria. A lufada de ar fresco trouxe o agradável cheiro de terra molhada. Era um pequeno alívio para os meus pulmões inflados somente com o ar viciado daquele lugar.

Eu estava acordado, ou, melhor dizendo, estava de olhos abertos. Desde o meu encontro com Catherine, ninguém mais apareceu no meu *buraco*, a não ser a gorda ratazana que, de tempos em tempos, vinha me sondar para confirmar se eu já havia morrido.

Não sei ao certo quantos dias se passaram. Dois, três, vinte... A sede me consumia e eu sentia meu corpo entrar numa letargia como se quisesse apagar de vez. A minha mente estava lenta e confusa e eu não conseguia perceber com clareza quando estava acordado ou sonhando.

– Ainda bem que aqui dentro é relativamente seco – a minha voz saiu como o grasnar de um pato, tão ressecada estava a minha garganta.

Tobias, o asqueroso *acompanhante* de James, desceu as escadas rindo.

– Ele ainda não sabe, senhor – o baixinho falou com a voz anasalada. – Ele ainda não sabe!

Começou a rir e o som lembrava um porco comendo a sua lavagem.

– Não sei o quê, infeliz? – projetei-me para a frente, mas as correntes continuavam presas aos meus pulsos, a essa altura reduzidos a pele e osso.

– Bem... – James de Groundewell fungou. – A nossa pobre igreja tem um grave problema, que pretendo sanar assim que tiver mais, digamos, *influência* e, claro, recursos financeiros.

– Fale logo, cão – eu não estava com paciência para divagações.

– Continuando... – James apenas ignorou a minha ira, enquanto Tobias soltava risinhos abafados. – Quando chove muito, torrencialmente, aliás, o rio que passa aqui aos fundos transborda e a água se infiltra aqui na cripta. Não enche até o teto, fica mais ou menos por aqui – apontou a altura do próprio peito. – Um palmo e meio acima da sua cabeça, eu acredito.

Tobias não aguentou e ganiu como uma raposa velha, limpando as lágrimas dos olhos. O filho da puta estava se divertindo.

– Como sabe, ainda não posso libertá-lo – James prosseguiu. – Você é perigoso e faz muito mal às pessoas.

– Eu as mato, assim como vocês, bastardos da Igreja, os reis ou uma diarreia – recostei-me à parede de pedras. – A morte existe desde que a vida surgiu.

– A morte natural, as guerras e as doenças, como você mesmo citou – um trovão explodiu lá fora e ecoou dentro da cripta. – Todas elas são previstas. Agora você é uma aberração, um ser vindo do inferno e...

– Eu não aguento mais essa história de inferno! – berrei. – Em todos esses séculos nunca vi um anjo, ou a porra de um demônio, tampouco deus ou o diabo. Conheço outros como eu e lhe afirmo sem hesitar que nenhum deles nasceu do tal Satanás ou de qualquer outro ser infernal que vocês tanto prezam.

James de Groundewell ficou em silêncio, encarando-me. Até Tobias calou a boca e franziu a testa, inclinando um pouco a cabeça, como os cães fazem enquanto estão pensando.

– Se não está com Deus não é digno. E alguém que se alimenta da vida dos homens definitivamente não foi criado pelo nosso Senhor – sua voz saiu baixa, quase como um sussurro. – Não me importa o que disse, mas vejo o mal nos seus olhos e sei todo o sofrimento e dor que vem causando. Hoje o nosso Senhor me agraciou com a oportunidade de terminar o que meus antecessores não conseguiram. E se o fizer várias portas se abrirão.

O maldito escancarou um sorriso, os lábios finos tremendo de satisfação.

– Já fui queimado, furado, cortado, envenenado – foi a minha vez de sorrir. – Já fizeram de tudo comigo. Todos estão mortos. Eu permaneço. Mesmo se me deixar preso aqui por décadas, ainda sobreviverei e, quando você se descuidar, suas carnes podres estarão entre os meus dentes.

– Ah sim, bem lembrado – James estalou os dedos. – Não pretendo deixá-lo aqui por décadas. Como eu lhe contava, toda essa parte de baixo da nossa igreja fica cheia de água quando chove muito, e, pelo que os camponeses estão falando, virá um aguaceiro daqueles. Os mais velhos dizem que a chuvarada pode durar por dias até. Sei que tentaram de tudo para matá-lo, eu mesmo tinha a esperança de vê-lo morto com uma flecha trespassada no seu pescoço – sorriu. – Sei que você sobreviveu aos piores suplícios, mas não me lembro de ter lido nenhum relato sobre afogamento. Não custa tentar.

– Quem sabe ele não consegue virar um peixe, senhor! – Tobias riu novamente.

– Eu vou sobreviver – cuspi.

– Rezarei ao bom Deus para que não – James se afastou, passando pela porta da cripta. – E tenho certeza que dessa vez ele atenderá às súplicas do Seu filho.

Os dois saíram. Os trovões ribombavam lá fora.

Thor estava zangado.

Thor sempre estava zangado.

E ou estava cansado demais. Olhei as paredes e não vi nenhum vazamento. Talvez fosse apenas um blefe do imbecil. Talvez a chuva fosse cessar antes de o rio transbordar. Talvez a água entrasse e apenas molhasse o meu rabo.

Eu estava cansado demais, não me importava com o que aconteceria.

Não queria fugir ou lutar, desejava apenas fechar os olhos e apagar. E acordar dali a cem anos. Dali a mil anos.

As minhas pálpebras pesaram e a escuridão me envolveu no seu abraço amargurado.

.
.
.

Frio.
Vazio.
Sufocamento.
Morte.

Despertei de súbito, o coração disparado e a água jorrando por entre os vãos da parede de pedras. A ratazana gorda saiu da sua toca, atravessou a cripta chapinhando na água e entrou em outro buraco.

Eu não sentia os dedos dos pés já encobertos. Lá fora os trovões ribombavam.

– O filho da puta falou a verdade – forcei as correntes com todas as minhas forças. Sequer rangeram. O pedreiro que as fixara fizera um excelente trabalho. – Que o merda seja corno dez vezes – praguejei.

Olhei ao redor, não encontrei nada que pudesse me ajudar a me safar, mesmo porque mal conseguia me mover.

Agora a parede parecia uma pequena cascata e a água subia rapidamente.

– Não é assim que quero morrer – tentei me levantar, mas eu só conseguia ficar de joelhos. – Eu não posso ir para o outro mundo desse jeito patético.

Eu tremia de frio e de medo. O pânico começava a me dominar, irracional, instintivo, como havia muito tempo eu não sentia. Eu estava completamente vulnerável e impotente.

Gritei.

Mas ninguém viria em meu socorro. Prendi a respiração e forcei o máximo que pude as correntes. Apenas deixei os pulsos em carne viva.

A água estava na altura do meu umbigo e, pela força com a qual invadia a cripta, não pararia de subir tão cedo.

Os malditos trovões continuavam, como se o filho de Odin se regozijasse pelo meu fim, como se sua mágoa pela minha escolha há mais de trezentos anos culminasse em uma derradeira vingança. A felicidade amarga de um deus esquecido, trocado por um filho de carpinteiro, franzino, mortal.

– Comemore mesmo, maldito – eu estava tonto, fraco. – Em breve nos encontraremos e quero ver se você pode me encarar frente a frente, covarde!

Desespero.

Dor.

Desgraça.

A água ultrapassara o meu peito, chegando ao pescoço. Meu corpo inteiro estava formigando e minha cabeça doía como se houvesse vespas me picando por dentro.

Eu estava fodido. Gostaria de poder ver Liádan e Stella pela última vez, mas tinha certeza que não seria salvo novamente por elas. Sequer sabia do paradeiro das minhas amantes imortais desde que nos separamos em Canterbury.

– Fiquem bem, meus amores – murmurei, a voz trêmula. – Hoje será o meu fim. Uma morte nada gloriosa. Partirei dessa vida como um prisioneiro qualquer, trancafiado como um cão sarnento.

Senti as lágrimas frias escorrerem pelo meu rosto, limpei-as manchando minhas mãos de vermelho. Então como se um raio caísse em mim, tive um lampejo na mente, uma ideia para sobreviver. A ideia de um ser que, desesperado, agarra-se a qualquer esperança.

Mesmo a mais absurda e ínfima.

Respirei fundo. Fechei os olhos por um instante para tomar coragem, a água batendo no queixo.

– É agora!

Mordi a base do polegar da mão direita com força, e, tal como um lobo que arranca vorazmente um naco de carne da sua presa, extirpei o meu dedo. A dor aguda percorreu o meu braço, fazendo-me berrar.

Outro trovão ribombou.

Consegui passar a mão pelo grilhão.

Faltava a esquerda.

E essa foi ainda pior.

Prevendo a agonia, não consegui arrancar o dedo com uma única mordida, não fui forte o suficiente, tive de roer os pedaços como uma doninha ao comer a coxa de uma lebre. A água já encobria o meu rosto quando terminei meu autoflagelo. E só consegui porque estava me afogando.

O desespero é o pai das façanhas.

Adiei a minha morte.

Emergi, sufocando, cuspindo água e sangue amargo, a dor lancinante nas mãos escurecendo as vistas, querendo me fazer desmaiar, o líquido escuro e denso escorrendo como lava pelos buracos abertos, quando todo o meu corpo tremia.

Respirei fundo várias vezes até retomar o fôlego, até as vistas clarearem.

Ganhei uma sobrevida, mas meu suplício estava longe de acabar, pois parece que James errara na sua previsão: a água continuava a subir e, se eu não me libertasse dos grilhões nos tornozelos, morreria submerso do mesmo jeito.

Inspirei fundo e mergulhei. Tentei puxar o pino que prendia a haste de ferro, mas sem o polegar não consegui.

– Merda... – Subi quase sem ar. – Sempre tem que acontecer algo para me foder!

Se eu estivesse bem *alimentado*, meus dedos já teriam se curado. Se bem que nunca havia perdido uma parte de mim antes, então não tinha tanta certeza que eles *brotariam* novamente nas minhas mãos. Entretanto, esse era um problema menos urgente.

Outra vez me vi com a água no pescoço. O frio comprimia o meu peito e a cada respiração era como se levasse uma facada no tórax.

Novamente tive que pensar rápido para sobreviver. Mergulhei e, completamente sem jeito, puxei o pino do tornozelo esquerdo com os dentes e forcei o pé para libertá-lo, rasgando a pele. Um humano nunca conseguiria, pois tive que usar todo o poder dos músculos para alargar um pouco o ferro maciço.

Faltava o direito e eu já havia bebido um bocado de água.

Esse deu muito mais trabalho, pois o pino estava enferrujado. Tive de mergulhar três vezes até conseguir arrancá-lo, contudo meu pé saiu sem tantos estragos.

Ao contrário dos grilhões dos meus pulsos, os idiotas que me prenderam se esqueceram de martelar os pinos, entortando-os, por isso pude puxá-los. Se não fosse esse pequeno deslize, seria o meu fim.

– Eu consegui – rosnei. – Vocês não podem me matar, seus inúteis.

Nadei ou melhor, chafurdei até o outro lado da cripta e agarrei-me no suporte de um dos archotes há muito tempo sem fogo. O vão entre a água e o teto da cripta tinha apenas uns quatro palmos quando ela parou de subir.

Eu não sentia meus pés e as minhas mãos. Na verdade, todo o meu corpo estava estranho, como se vários espinhos estivessem fincados na pele. Eu havia perdido muito sangue e a água gelada sugara o último resquício de força.

Lutei contra o desmaio.

Perdi.

Abracei-me ao suporte e depois disso não me lembro de mais nada.

– Amanhã é a noite em que encontraremos os antigos imortais – Liádan sentia a presença deles cada vez mais envolvente e intensa. – Porém até agora não consigo saber onde ele está.

O vento zunia em um resmungo doloroso.

– Será que a rainha errou na sua previsão? – Liádan abrigava-se num casebre de um camponês do qual acabara de se alimentar. Batera na sua porta e o velhote quase cego a abriu sem hesitar.

– Está perdida? O que faz sozinha de noite e debaixo desse temporal?

– Quero apenas sair da chuva – Liádan tocou no braço do homem, que escancarou a porta.

– Entre, entre – ele sorriu. – Sente-se perto do fogo para se secar e se aquecer. Gostaria de ter uma sopa para lhe servir, mas tenho apenas um pedaço de queijo duro e uma ou duas cebolas.

– Só preciso do seu sangue para me esquentar.

O velhote franziu a testa, mas não teve tempo de reagir: a dama ruiva avançou e mordeu seu pescoço, sugando devagar, com delicadeza. Ele não sentiu qualquer dor, apenas uma sonolência e depois o fim. Fora gentil com ela e ela retribuiu dando-lhe uma boa morte. Melhor do que aquela que teria com a peste. Liádan sentiu a doença no seu sangue, no seu cheiro.

Estava saciada e quente, mas não estava feliz, bebera apenas porque precisava se alimentar, não teve qualquer prazer dessa vez.

Lá fora a tempestade diminuíra um pouco e o vento frio que soprava do sul agora era uma brisa fraca que mal balançava os galhos das árvores.

Fez uma prece rápida a Fódla, pedindo um sinal. Todas as pistas do paradeiro de Harold Stonecross haviam se apagado e a dama ruiva não tinha a mínima ideia de onde ele se encontrava.

Queria que Stella estivesse ao seu lado, com toda a sua perspicácia e apoio. Sentia falta até mesmo dos momentos ranzinzas e mal-humorados dela.

– Como ele consegue acordar cantando? – Stella tinha os olhos fundos por causa das olheiras. – Por que esse filho de uma porca não se levanta quieto e vai caçar?

– Você já devia estar acostumada depois de tantos anos – Liádan espreguiçou.

– Isso mesmo! – Stella bufou. – Depois de tantos anos o que há para nos fazer felizes? Qual é o motivo para cantar? Ainda mais quando ainda há pessoas dormindo. Chiudi il becco, cazzo!

A dama ruiva riu e também acabou sendo xingada. Stella levantou-se pisando duro, preparou um banho quente na tina de madeira e por lá ficou até a lua estar alta no céu.

– Harold e eu iremos ao banquete que Lord Hugh Bigod está dando no castelo de Orford – Liádan se perfumava com uma essência *de sândalo vinda do oriente, comprada de um mercador de pele escura e sotaque engraçado. – Ele disse que deseja beber um pouco de sangue nobre essa noite. Você vem?*

Ela sequer respondeu. Continuou inerte dentro da água fumegante, linda, os cabelos negros, a pele âmbar sob a luz dos candelabros, a boca carnuda entreaberta.

Harold apareceu trajado como um príncipe.

– Stella va... – Liádan colocou a mão sobre seus lábios e ele entendeu o recado. Admirou-a em silêncio.

Partimos, deixando-a em sua solidão.

Sabia que, com Stella ao seu lado, tudo seria mais fácil de suportar.

Mas estava sozinha.

Não por muito tempo.

A dama ruiva olhou pela porta aberta do casebre e viu três cavaleiros com tochas nas mãos se aproximarem.

– É ela! – Um dos homens gritou. – É a prostituta do demônio.

Os três desmontaram e sacaram as espadas. Homens com medo se apegam à falsa sensação de poder proporcionada pelas suas armas. E ela sabia se aproveitar disso.

Liádan permanecera tranquila dentro do casebre.

– Venha até aqui, noiva de Satã – um grandalhão de barba trançada deu um passo à frente e apontou a espada para Liádan.

– Estou bem aqui dentro, senhor – Liádan sentou-se num banquinho de madeira. – E, para o seu próprio bem, sugiro que volte pelo mesmo caminho que veio.

– Vaca insolente! – O grandalhão olhou para os dois companheiros que o instigaram a avançar. – Você não parece tão poderosa assim. Acho que essas histórias que estão contando por aí devem estar furadas.

– Vou reafirmar o que eu disse – Liádan colocou as mãos

sobre as pernas e inspirou tranquilamente. – É melhor os senhores irem embora. Não preciso de mais sangue hoje.

– E se a gente brincasse com ela antes, chefe? – Um magricela careca e de queixo torto lambeu os beiços. – A gente dá uma trepadinha e depois *entrega ela* lá em Ivychurch.

– Eu concordo – o outro companheiro, de nariz fino como o bico de uma águia, bateu no ombro do magricela. – Vamos nos divertir. Depois dessa semana de merda a gente merece gozar um pouco.

– Eu vou primeiro – o chefe embainhou a espada e entrou no casebre. – Prometo deixar um pouco dela para vocês.

Liádan permaneceu sentada, serena. O grandalhão olhou para o lado e viu o velhote morto. Rosnou e parou em frente à dama ruiva.

– Cadela! – Levantou a mão e baixou-a com força para estapeá-la. Liádan segurou no seu pulso e conteve o golpe com facilidade.

Cravou as unhas e fê-lo berrar de dor enquanto o sangue escorria profusamente. Com a outra mão, puxou-lhe a barba e sussurrou no seu ouvido:

– Eu disse para ir embora...

Mordeu o pescoço suarento e sentiu o líquido quente esguichar no céu da boca, escorrendo pela sua garganta, sendo sorvido com longos goles. Ao contrário do velho camponês, o tal chefe sentia muita dor e agonizava com o beijo da dama ruiva.

Assim ela desejava. Assim acontecia.

– Me-me ajudem, seus bostas – esbugalhou os olhos e pediu socorro aos capangas, que hesitaram. – Co-covardes...

Liádan soltou-o, deixando-o moribundo no chão, segurando os furos no pescoço, o sangue escorrendo por entre os dedos.

Ela não queria uma matança. Tarde demais.

Saiu do casebre, o vento esvoaçando os cabelos ondulados. Na escuridão da noite o vermelho parecia negro.

O magricela fez um sinal e avançou junto com o companheiro narigudo. Não ousariam enfrentar a mulher-demônio um de cada vez. Golpearam quase que simultaneamente com suas espadas.

Então Liádan, em êxtase, começou a dançar.

– Lord Robert, com a sua licença – Reynold Orsini bateu duas vezes na porta entreaberta. – Gostaria de falar com o senhor.

O bispo fez sinal para que o deão entrasse. Acabou de despachar alguns documentos com o seu secretário e o dispensou.

Estalou os dedos, massageou o pescoço e bocejou. Levantou-se e sentiu os joelhos doerem; estava sentado havia muito tempo. Caminhou um pouco pela biblioteca, o deão seguindo-o calado, os monges copistas trabalhando concentrados, aproveitando a última claridade do dia.

Nas janelas as pombas arrulhavam e limpavam as penas com os bicos. Abaixo delas, as penas molhadas nos tinteiros concretizavam orações, histórias e lendas.

Mais ao fundo, dois irmãos esquentavam ferros na brasa para marcar ilustrações e caracteres nas capas de couro dos livros. O cheiro pungente da fumaça impregnava todo o local, misturado ao das velas e das ervas aromáticas.

– Pode falar, irmão Reynold – o bispo parou para admirar alguns tomos recém-ilustrados.

– Seria mais prudente se pudéssemos conversar de forma mais privada.

– Entendo – o bispo se dirigiu à saída. – O que acha de darmos uma volta lá fora? Parou de chover e eu preciso respirar um pouco de ar puro.

Reynold Orsini assentiu e eles saíram, cruzando com irmãos e trabalhadores que levavam suas vidas como sempre. O bispo Wyvil os invejou. Gostaria de não ter tantas preocupações, mesmo que, para isso, precisasse abdicar do cargo e do poder. Não tinha coragem para dar esse passo. Sentiu uma pressão na cabeça, seu corpo pesava e a cada dia ele andava mais curvado, cansado, derrotado.

– Espero que sejam boas-novas, Reynold – Robert Wyvil parou, arrancou uma maçãzinha do galho e mordeu-a. Gostava do azedume desses pequenos frutos.

– Acho que são, Lord Robert – o deão ensaiou um sorriso, mas engasgou com a própria saliva. – Pelo menos são bons indícios.

– Então fale, preciso muito de um pouco de luz. – Um cachorro veio abanando o rabo, as orelhas baixas, e cheirou-lhe o hábito. O bispo acariciou a sua cabeça e ganhou umas lambidas em retribuição. – Os cães sempre sabem o que precisamos.

– Um mensageiro de James de Groundewell, de Ivychurch, veio procurá-lo hoje cedo. Como eu sabia que o senhor estaria ocupado com os despachos, não o tirei das suas obrigações – pegou um pergaminho de dentro do hábito.

Lord Robert abriu-o e leu a mensagem, primeiro franzindo o cenho depois arregalando os olhos.

– Você já viu o que está escrito aqui, certo? – Enrolou o pergaminho e prendeu-o novamente com a tira de couro.

– Sim, senhor – abaixou a cabeça, envergonhado. – Fiz mal?

– Não importa – o bispo pegou mais uma maçãzinha. – Preciso ir a Ivychurch amanhã cedo. E você vem comigo.

– Claro, Lord Robert – o deão também pegou um dos frutos e fez careta pelo azedume.

O bispo riu.

Despediram-se e cada um foi cuidar dos seus afazeres.

O cão continuou sentado sob a macieira, lambendo o saco, mordendo algumas pulgas e bocejando enquanto via os homens lavorarem a terra e cuidarem dos animais. Umas mulheres lavavam roupas num riacho e outras pisoavam a lã num engenho um pouco adiante.

Uma criança se aproximou e jogou-lhe um osso da costela de um carneiro, com um pouco de cartilagens ainda incrustadas nele. O cão agarrou a iguaria e começou a roê-la devagar, lambendo a gordura e tutano que se impregnavam nas suas patas.

Tinha tudo o que precisava para ser feliz.

– Pelo amor de Deus, eu falo o que quiser! – O homem narigudo babava e tinha espasmos pelo rosto suado. Ele estava deitado de costas no chão, com a coluna fraturada por uma joelhada precisa desferida pela dama ruiva enquanto ela *dançava* com eles. Se o infeliz sobrevivesse ele nunca mais andaria.

Liádan estava sentada no banquinho que trouxera de dentro do casebre. Estava empanturrada, o vestido de linho cru manchado de sangue. À sua frente o chefe do trio acabara de morrer depois de estrebuchar como um peixe fora d'água, sufocando, o coração disparando para depois cessar de vez os batimentos.

O magricela agonizava pressionando as mãos num rombo aberto pelas unhas afiadas fincadas na sua barriga. Revirava os olhos e balbuciava suas últimas preces, enquanto suas tripas teimavam em querer sair pelo buraco.

O narigudo tremia da cintura para cima, os dedos cravados na terra molhada, as pernas imóveis envoltas no mijo.

Ela dançara bem. Fizera os movimentos certos e, com uma graça mortal, destruíra seus agressores. Não perdera a serenidade em nenhum momento, pensando com lucidez, acabando com quaisquer chances de sucesso dos seus oponentes.

Ela era a morte graciosa.

– Eu ouvi o seu amigo dizer que iriam me entregar em Ivychurch. Por quê? – Liádan pegou a espada do chefe e passou o dedo pelo gume não muito bem afiado.

– Eu não sinto as minhas pernas... Eu não consigo me levantar, está doendo – o magricela começou a chorar, algo parecido com o balir de um carneirinho. – Santo Agostinho me ajude.

– *Shhh.* Tenha calma – Liádan se levantou e sentou-se ao lado do homem. Enxugou as lágrimas com a manga do vestido e acariciou seus cabelos amarelos, engalfinhando seus dedos nos cachos duros. – Converse comigo e tudo ficará bem, meu querido, eu lhe prometo.

Começou a cantarolar uma cantiga da sua terra natal.

E quando a noite cai
Ele procura a bela donzela
Colhe flores e vai
Ligeiro à casa dela

De longe ele chama
"Venha cá meu amor"
De lá ela clama
"venha cá o senhor"

Ah, felizes eles estão!
Sorrindo sob o luar
Beijam-se com paixão
Vivem para se amar.

– O padre... – ele piscou lentamente, agora mais calmo e extasiado com a linda voz da ruiva. Já não sentia tanta dor e o desespero no seu peito diminuíra. – O padre nos pagou para achar você – inspirou fundo –, daí procuramos aqui e acolá, fomos de vilarejo em vilarejo. Estávamos sem esperança de conseguir cumprir o acordo, mas um menino disse que viu você vindo para cá.

– Como ele sabia da minha existência? O que ele quer comigo? – Encarou-o com os olhos verdes resolutos.

– Ele quer prender todos os demônios em Ivychurch para poder virar prior. Vai levar os cadáveres aos nobres e aos bispos. Até mesmo ao rei se for preciso. Já tem um lá – tossiu.

– Harold – Liádan rosnou. – Ele está... Vivo?

– Harold... Sim, parece que esse é o nome dele mesmo – engoliu em seco. – Disseram que ele era muito forte, perigoso, mas até que foi fácil capturá-lo. Algumas flechas bem atiradas resolveram rapidinho o problema.

Ensaiou um sorriso.

– Ele está vivo? – Liádan insistiu.

– Estava – o homem soluçou. – Agora deve estar morto... Afogado. Sim, não há como escapar.

Liádan se assustou. Por isso não conseguia mais sentir a energia do seu amado.

– Harold... Morto?

Levantou-se e levou a mão à boca. Será que os vermes da Igreja enfim haviam descoberto como matar Harold Stonecross? Falharam antes quando tentaram com ferro, veneno e fogo. Água realmente era algo novo.

– Como ele foi afogado? – Agachou-se ao lado do homem.

– Ele estava acorrentado na cripta. Bem machucado, bem preso com ferros fortes – tentou se sentar, mas desistiu. – E ela ficou inundada depois da enchente.

– Enchente?

– Lá atrás da igreja passa um rio. Quando chove muito, aliás, quando cai um temporal, ele enche e inunda a cripta. É raro acontecer. Uma vez a cada cinco anos? – Franziu a sobrancelha. – Talvez a cada seis. Não importa. O senhor James disse que os santos nos ajudaram e mandaram o aguaceiro no dia certo. Disse que era um verdadeiro milagre.

– Por quanto tempo ficou inundada? – a dama ruiva se desesperou.

– Um dia, ou dois – fez uma careta de dor. – Eu não sei ao certo. A gente saiu de lá antes de tudo terminar. Se bem que não é preciso ficar muito tempo debaixo d'água para se afogar. Não é?

Ele riu.

Liádan fechou a mão. Queria socar o merda até destruir o seu rosto. Conteve-se, pois precisava de mais informações. No seu coração não sentia que Harold estava morto, apesar de não conseguir mais captá-lo.

– Nós ficaríamos ricos e Deus perdoaria todos os nossos pecados se a gente conseguisse cumprir a missão – o homem prosseguiu. – Essa seria a nossa Cruzada, a nossa redenção. James nos disse que vários homens estão dispostos a se sacrificar para destruir os infiéis e espalhar a palavra do Senhor pelo mundo. Essa era a nossa chance e...

– Vocês não passam de ovelhas estúpidas! – Liádan rosnou.

O homem se calou, com medo.

– Onde fica Ivychurch? – Liádan prosseguiu.

– Para lá – o narigudo apontou para a direita. – Siga a estrada, não há como errar. Não é muito longe.

Liádan se levantou e começou a correr.

– Ei espere – o moribundo falou com a voz espremida. – Você prometeu me ajudar.

Liádan estacou, voltou e quebrou-lhe o pescoço com uma torção violenta.

Ele não sofreria mais.

Capítulo VII – Tempo

Portsmouth, na noite da grande tempestade.

– Eu juro por São Pedro, padroeiro dos pescadores e fundador da Sagrada Igreja, que nunca mais entro no mar – abrigou-se sob o alpendre de um casarão. Vomitou em jorros intensos. – É a segunda vez que naufrago e preciso vir nadando até a praia. Meus olhos ardem, bebi muita água salgada e...

– Pare de reclamar – a jovem ao seu lado cuspiu. – Você parece uma mocinha naqueles dias. Pelo menos estamos vivos. Já os outros infelizes que vieram conosco no barco já devem ter virado comida de peixe.

– Não sei por que eu ainda caio na sua lábia. Somos amigos, claro, mas mesmo os bons confrades precisam ter juízo e não aceitar de pronto todas as *aventuras* loucas que lhe propõem. – o homem passou a mão no rosto para tirar os últimos restos de areia. – *Venha comigo para a Inglaterra. Eu ouvi um chamado e agora estou indo para lá* – afinou a voz tentando imitar a garota. – Eu estava muito bem abrigado na igreja de Santa Maria de Dompno com...

– Ai *porca puttana*! – A jovem deu um tapa na testa. – Passam as décadas e você continua chato demais. Se quiser pode ficar aqui choramingando. Senta no chão e começa a chupar o dedão como um bebezinho de bunda suja – começou a se afastar. – Eu vou roubar um cavalo e seguir Inglaterra adentro.

O homem hesitou, mas logo a seguiu até o estábulo. O vento era tão forte que os fazia andar inclinados, a areia castigando os olhos.

– Bebezinho de bunda suja... Posso com uma coisa dessas? – bufou. – E para onde nós vamos?

– Não sei direito – a menina abriu a portinhola e montou

numa égua preta baixinha e peluda, que a aceitou prontamente. – Eu ouvi um chamado e agora sinto energias poderosas, presenças que me envolvem. Você não sente?

– Eu sinto é frio! E sede. – Montou num cavalo malhado que relinchou e se agitou. Os outros três cavalos presos no estábulo relincharam e as cabras que se amontoavam num canto baliram assustadas. – Calma, garoto... Calma...

– Se o problema é só esse, resolvemos agora – a jovem apontou para dois homens que saíram do casarão para ver qual era o motivo da barulheira.

Um raio iluminou o céu e o trovão fez os ossos estremecerem. Ao ver que estavam sendo roubados, os homens sacaram facas dos cintos e correram.

A jovem olhou o companheiro de viagem e sorriu. Instigou a pequena égua e avançou, veloz. A cinco passos do seu alvo, ficou em pé no lombo do animal e pulou tal como um esquilo de um galho para outro. Derrubou o homem no chão e cravou os dentes no pescoço barbado.

O outro ficou paralisado. Não teve tempo de reagir: seu sangue também foi drenado sob o olhar maroto da jovem.

– Está melhor agora, mocinha? – A jovem limpou a boca com as costas da mão. Teve que falar bem alto, pois sob o aguaceiro quase não se ouvia nada.

Seu companheiro assentiu com a cabeça e deu um meio-sorriso. Roubou a capa curta de couro do morto e colocou o capuz sobre a cabeça. Fez uma breve oração agradecendo pelo alimento e pedindo a Deus que recebesse bem o espírito do morto. Fez o sinal da cruz e montou no seu cavalo, agora um pouco menos arredio.

Ela, ao ver o amigo rezar, balançou a cabeça e riu em deboche. Nunca se acostumaria a isso, mesmo que convivessem por mil anos. Montou a eguinha preta e juntos seguiram rumo ao noroeste, com os trovões e raios castigando os céus.

A jovem começou a cantarolar aos berros:

A viagem é longa
E o destino é incerto
Vamos sem delongas
Quero você por perto

Nós viajamos na escuridão
Sob a luz prateada da lua

Que mal ilumina o chão
Quem dirá uma viela ou rua

Agora já não temos fome
Porém ainda temos frio
No raiar do dia a gente dorme
Em qualquer buraco vazio

Mesmo que a chuva chegue
E os raios queimem o chão
A jovem romana segue
Na companhia do seu cão

– Agora é a hora de você latir, para acompanhar a canção! – A menina sardenta gargalhou, batendo a mão nos joelhos.

Ela olhou para o céu negro e uivou enquanto o aguaceiro caía pesado.

– Ainda não sei por que eu sigo essa doida – o homem falou, mas sua voz se perdeu no meio do ribombar de um trovão. – Acho que na verdade, mais doido sou eu.

– Então quer dizer que o prior Stephen de Mordon e outros doze irmãos de Ivychurch morreram por causa da peste? – Reynold Orsini não gostava de cavalgar, não se sentia confortável na sela e tinha medo de cair. Quando criança levara um tombo que o deixou desacordado por mais de uma semana. Depois disso, sempre que podia, evitava montar.

Fechou os olhos, inspirou profundamente e lembrou-se do menino sendo atingido pelo seu cavalo, caindo inconsciente, enquanto seus amigos corriam até ele desesperados.

– Sim – a resposta de Lord Robert fê-lo despertar dos seus devaneios. – Você está bem?

O deão assentiu com a cabeça.

O bispo olhou para trás e viu que os quatro soldados os seguiam a pouca distância. Escolhera ter escolta dessa vez, pois fora informado que a estrada estava apinhada de saqueadores.

– Sobrou somente um deles, o tal de James de Groundewell. Um sujeito meio estranho, confesso.

O chão estava barrento por causa das fortes chuvas, a terra riscada por sulcos profundos que formavam valas por onde a água ainda escorria. Alguns carroções haviam atolado, outros eram puxados com dificuldades por bois que patinavam na lama. Muitos pedintes, órfãos e retirantes imploravam aos transeuntes na esperança de ganhar alguma moeda ou comida. Infelizmente continuavam de mãos e estômagos vazios.

– O que será de nós, senhor bispo? – Uma velhota sentada no chão amparava uma criança com o rosto e os braços cobertos de escaras.

– É, o que será de nós? – Pessoas surgiam das margens, juntando-se, próximas aos viajantes.

– Por que Deus não nos ajuda? – Uma mulher agarrou as vestes do deão, que se assustou e quase se desequilibrou do cavalo. – Eu perdi o meu marido e meus cinco filhos.

Um dos soldados se adiantou, puxou-a pelos cabelos, atirando-a com violência sobre um arbusto na beira da estrada. As pessoas se revoltaram, xingando a pequena comitiva.

– Filhos da puta – um homem pegou uma pedra e atirou-a. Acertou nas costas de um dos soldados. Ele fez uma careta de dor, virou o cavalo e investiu contra seu atacante com a espada em punho.

– Volte, Willy! – O bispo berrou.

O soldado puxou a rédea e o cavalo travou as pernas, derrapando na lama. As narinas soltaram vapor a menos de um palmo do rosto do homem paralisado.

Mais pessoas pegaram pedras nas mãos. Outros empunhavam pedaços de pau. Uns poucos tinham foices, forcados e enxós. Em tempos como esse, de desgraça, fome e falta de esperança, nem o status de bispo, tampouco as ameaças em nome de Deus eram lacres invioláveis.

As regras do mundo estavam borradas.

– Todos estão sofrendo. Não vamos piorar ainda mais a vida deles – Lord Robert pegou uma bolsinha de couro de dentro do hábito e jogou-a para uma mulher. – Dividam.

Logo se formou a turba, tal como corvos sobre uma carcaça. Haveria brigas, talvez até mortes. Era a distração de que eles precisavam para seguir em frente incólumes. Quatro soldados não conteriam mais de cinquenta pessoas que se juntavam ao redor deles.

– Essa praga vai acabar com a Inglaterra! – Reynold fungou. Distanciaram-se algumas milhas. Ainda cruzavam com andarilhos, mas eles estavam dispersos. Alguns jaziam imóveis, exaustos pela caminhada sem alimentação.

Outros não veriam o próximo dia.

– Vai acabar com o mundo – Lord Robert prosseguiu. – Recebi

cartas da França, Alemanha, Itália e Escócia e em todos os lugares há mais mortes do que nascimentos. E... – hesitou.

– O que foi, senhor? – O deão fez o sinal da cruz quando passaram por um descampado que agora servia como cemitério. Dezenas de covas recém-cobertas adornavam a paisagem. O cheiro nauseabundo o fez tapar o nariz e ter ânsia de vômito.

– Nada... – O bispo Wyvil não aguentava mais a pressão de ter que lidar com os demônios. Como previra, as reclamações chegaram aos ouvidos do papa Clemente VI, que cobrara uma resolução imediata.

Não podemos deixar que os homens, tanto os incautos quanto os nobres percam a fé e a confiança na Igreja. Nós devemos ser a rocha e a luz. Vivemos tempos negros e perigosos, tempos de sangue. E qualquer falha no controle pode causar a nossa ruína. Nós somos os pilares da terra, a única moral que existe nesse mundo corrompido.

O mal voltou para nos desafiar. Os demônios de outrora já não se escondem nas sombras: querem ser vistos, temidos ou até mesmo admirados.

A Igreja não pode sucumbir. O nosso poder não pode esmorecer. Lord Robert, não importa como, apenas erradique essas ameaças da Inglaterra. Dou-lhe o prazo de um mês para isso e conto com seu empenho irrestrito.

O bispo se lembrava da carta recebida, principalmente desse trecho final, tal como se fosse um quadro pintado na sua mente. O tempo estava correndo e ele não sabia o que fazer. Se falhasse seria excomungado ou até mesmo perderia a vida.

Fracassar, definitivamente não era uma opção.

– *Eu fujo e vou viver escondido em uma cabana na floresta* – escarrou.

Um arrepio lhe subiu pela espinha, no mesmo momento que um gato cruzou a estrada com uma ratazana na boca. Era um presságio.

– *Sou eu o gato ou o rato? Esmagarei o mal ou ele simplesmente vai me devorar?*

– Estamos quase chegando – Reynold Orsini apontou para a torre de pedra, que despontava acima das copas das árvores.

Ao redor, poucos camponeses lavoravam na terra encharcada. Eles haviam perdido boa parte da colheita por causa da enchente. Um grupo recolhia as carcaças das ovelhas que morreram afogadas, outro juntava as galinhas empoleiradas nos galhos das árvores. As crianças brincavam tais como porquinhos chafurdando na lama.

Logo viria o inverno. E com ele a fome, o que agravaria ainda mais a situação.

– Senhor bispo, como pagaremos as nossas dívidas e os nossos impostos? O que comeremos? – Uma mulher se aproximou, as mãos em prece. – Veja o trigal arruinado! Veja os animais mortos!

A mulher desabou, afundando os joelhos na lama. Começou a chorar e foi acudida pelo marido, que a afastou da comitiva.

Lord Robert não respondeu. Apenas seguiu em frente. Sentia pelos problemas do povo, mas não tinha tempo para pequenezas. O futuro da Igreja naquele pedaço da Inglaterra estava em suas mãos. E o tempo não lhe era favorável.

– Eu preferia combater uma horda de dinamarqueses pagãos de outrora do que um único demônio – esbravejou.

– Desculpe, Lord Robert, não entendi o que disse – o deão franziu as sobrancelhas grisalhas.

– Nada, nada...

O céu estava encoberto e um vento frio e úmido fazia a pele do rosto arder. O coração do bispo estava gelado.

Espirrou.

A chuva havia passado, contudo sua destruição permaneceria por muitos dias. Os prejuízos não poderiam ter vindo em pior momento.

– *O mal nunca surge sozinho.*

Lá dentro da igreja, na cripta, seu destino seria selado. Esperava que a tempestade também tivesse sido inclemente com o filho de Satã. Sentiu um gosto amargo na boca. Cuspiu. Fez uma prece silenciosa pedindo que tudo desse certo. Tocou a cruz de ouro no seu peito, esfregando-a delicadamente com o dedão.

– *Quem sabe, dessa vez, somente dessa vez, Deus está ao meu lado.*

O bispo Wyvil sabia que James exigiria algo em troca. Estava disposto a pagar o que fosse necessário. Indicá-lo a prior, a abade, dar-lhe alguma relíquia que motivasse a peregrinação a Ivychurch e aumentasse seus rendimentos. O preço não importava: queria apenas uma boa-nova em meio a tanta lama.

– *Ele está morto!* – Soaria perfeito, pensou.

Iria esfregar os ossos do demônio na cara do arrogante William de Montacute, que saíra da reunião duvidando da sua capacidade, e levaria pessoalmente a cabeça ao papa. Seria congratulado e quando morresse talvez até virasse um santo.

– *São Robert de Salisbury...*

Sorriu.

Logo à frente um grupo de soldados jogava dados, rindo, zombando, bebendo cerveja escura. Tudo parecia normal nos arredores, como se o imortal Harold Stonecross sequer estivesse por lá.

– A ignorância é uma bênção – murmurou.

Fez o sinal da cruz para meia dúzia de trabalhadores e seguiu rumo à igreja. Sentia o coração querer sair bela boca. Inspirou fundo por três vezes para tentar se acalmar. Precisava manter a postura. Era o bispo de Salisbury, venerável, poderoso. E essa era a imagem que precisava manter, mesmo estando curioso como uma criança e temeroso como um coelho que se aproxima da toca da raposa.

– *Enfim cruzarei com o inimigo. Melhor se for somente o cadáver.*

Apeou e foi seguido pelo deão. Não havia ninguém para recebê-los ou para cuidar das montarias. Deu de ombros. Não queria se preocupar com protocolos. Queria ficar cara a cara com aquele que lhe causara tanto sofrimento. Mesmo que ele já estivesse no mundo dos mortos.

Pediu para os soldados cuidarem dos cavalos. O líder deles assentiu e começou a conversar com um mercador que vendia víveres para aqueles que ainda tinham algum dinheiro.

– Venho ter com James de Groundewell – falou para um noviço que apareceu para recepcioná-lo.

– Ele ficou esperando o senhor durante toda a manhã, Lord Robert – o jovem fez uma mesura e beijou-lhe o anel. – Contudo, precisou se ausentar. Um velho amigo padece e ele foi até a sua fazenda lhe dar a extrema-unção.

– Merda! – O bispo não se conteve, fazendo o deão e o noviço arregalarem os olhos. – Ele não poderia ter mandado outro? Eu sei que me atrasei, mas não foi por descaso. Obrigações urgentes e inesperadas me fizeram ficar preso na Catedral.

– Entendo, Lord Robert – o noviço sorriu. – Mas o senhor James também não poderia negar o último conforto a um velho amigo.

– Faz parte do nosso ofício – a voz do bispo saiu como um lamento.

– Enquanto isso, vamos até a cozinha. Devem estar com fome depois da viagem.

O bispo inspirou fundo e seguiu o noviço com passos

arrastados, a barra das suas vestes cheia de lama. Preferiu não perguntar sobre o demônio aprisionado na cripta. Não tinha certeza se o jovem sabia de algo ou fora designado apenas para recebê-los. Depois de tantas mortes, não sobrara praticamente ninguém em Ivychurch.

O deão caminhava em silêncio. Sentiu o cheiro da comida e salivou. Comer um pedaço de pão fumegante com manteiga de cabra ajudaria a aquecer o espírito. Seria melhor ir ver o tal Harold, ou o que sobrara dele, com a pança cheia.

Soltou um risinho pelo pensamento irônico. E torceu para que o tal James demorasse bastante junto ao moribundo.

– Como demora – o bispo batia os pés no chão de madeira escura, impaciente. – Daqui a pouco vai anoitecer.

– As minhas mais profundas desculpas, Lord Robert – James de Groundewell apareceu na despensa, um sorriso envergonhado no rosto, apesar de ter fogo no olhar.

Aproximou-se e, como de praxe, beijou o anel do bispo.

– Meu grande amigo, Adrian de Harnham, um exímio falcoeiro e homem muito generoso com as causas da Igreja, estava muito doente, sofrendo dos pulmões. Mal conseguia falar e cada inspiração lhe trazia uma imensa agonia – seus olhos marejaram. – Fui até ele para lhe dar o último consolo, mas me estendi demais. Ele morreu nos meus braços.

– Sinto muito pela sua perda, irmão – o bispo fez um gesto de condolência. – Mandarei rezar uma missa para ele na Catedral.

– Oh! – James levou a mão à boca. – Esse é um ato muito nobre, Lord Robert, e pelo qual eu serei muito grato.

O bispo deu dois tapinhas no ombro do homem, que enxugava o rosto num paninho.

– E me digam, já comeram? – Ele olhou para os dois, que assentiram ao mesmo tempo. – Se importam se eu comer algo? Passei o dia todo em jejum e agora sinto uma fraqueza danada nas pernas. Deve ser a idade.

O bispo não conseguiu disfarçar o semblante irritado.

– Peço desculpas novamente, Vossa Excelência Reverendíssima – fatiou um naco do lombo do porco que estava ao lado das chamas do forno. – Hoje foi um dia atípico, cheio de imprevistos. Um dia de muita dor para mim – enfiou a carne gordurosa na boca e mastigou ruidosamente, satisfeito. – Para não perdermos tempo, pedirei que *retirem* o corpo do tal Harold Stonecross da cripta. Assim, quem sabe eu não me redimo, não é?

Lambeu os dedos, arrancou um pedaço da pele crocante e enfiou-o na boca. Revirou os olhos ao degustar a iguaria.

O coração do bispo disparou, fazendo uma secura subir na garganta. O deão engasgou com a cerveja, cuspindo-a na mesa. Arregalou os olhos.

– Ele está mesmo morto? – Lord Robert inclinou o corpo para frente. – Morto de vez?

– Depois de ficar tanto tempo submerso, sem respirar, não há como sobreviver – James mastigava, triunfante. – Creio que até agora a água ainda o esteja encobrindo, pois, pelo que vi, o nível do rio continua muito alto. Se não morreu sufocado, morreu de frio. A não ser que ele tenha parentesco com uma baleia.

– Que Deus nos dê essa glória – o bispo juntou as mãos em prece.

– Amém – o deão e James responderam imediatamente.

– Por favor, traga aqui o Tobias – James de Groundewell olhou para o noviço que se aquecia ao lado do forno.

O jovem saiu com passos apressados. Escorregou no chão enlameado lá fora, caindo de bunda, esparramando-se de braços abertos, sujando toda a parte de trás do hábito e da nuca. Praguejou e seguiu bambeando até o local onde ficavam os casebres, em um vilarejo que crescera nos arredores da igreja.

Ficou vermelho quando viu as mulheres rindo e as crianças que brincavam no barro imitando-o.

Demorou até o noviço voltar com Tobias e mais dois guardas carrancudos. Eles traziam espadas nas bainhas e uma bolsa com ferramentas para soltar os grilhões.

– Tobias, estaremos rezando na igreja – James levantou-se. – Traga o cadáver até nós.

O baixinho assentiu e seguiu com os guardas.

Enquanto isso, James guiou seus ilustres convidados à igreja, com um sorriso triunfante estampado no rosto.

Acabara de sacramentar seu caminho ao topo da Igreja da Inglaterra.

O pregador sorria.

Seu rosto estava suado, os cabelos tonsurados pingavam e ele ainda recuperava o fôlego, cansado, mas muito satisfeito. Seu discurso para a plateia ensandecida fora intenso, cheio de movimentos e expressões faciais, tais como os de um ator.

Por diversas vezes, durante a sua infância e juventude, admirara-se quando uma companhia de teatro chegava a sua cidade. Adorava a música, a eloquência com a qual representavam batalhas ou mesmo os romances. Sempre se divertia quando via os rapazes vestidos de donzelas, os rostos pintados, as perucas desgrenhadas cobrindo as cabeças. Ria tanto que sentia a barriga doer depois de ouvir marmanjos tentando imitar as vozinhas finas nas moças, enquanto ninavam anões travestidos de bebês.

Desejava ser um deles. Queria mais do que tudo viajar de vilarejo em vilarejo e viver da sua capacidade de fazer as pessoas sentirem algo. Imaginava-se ganhando aplausos, comidas e o coração das meninas.

Iludiu-se.

Seu rigoroso pai dilacerou os seus sonhos e mandou-o a Oxford para completar os estudos. Com o tempo, o fogo da juventude virou brasa, que depois se tornou cinza. Entrou para a vida religiosa. Para um dia a dia de privações e poucos risos.

Estava domado, castrado, mas o teatro nunca abandonou completamente a sua vida. Entendeu que, quanto mais envolvesse o público, mais conseguiria definir-se como um respeitável homem de Deus, mais galgaria degraus até o topo da hierarquia da Igreja.

E nessa manhã ele alcançou a maestria. Tocou cada ouvinte diretamente na alma. Mais de cem pessoas riam, choravam, rezavam ou se abraçavam como se o próprio Cristo tivesse descido dos céus. Havia até uns no chão, estrebuchando, berrando coisas sem sentido, como se possuídos pelo Espírito Santo.

Na dose certa, causou-lhes medo e lhes deu esperança. Soube equilibrar os impactos e aflorou os sentimentos mais verdadeiros neles.

– *Eu teria sido um ator e tanto* – conteve o sorriso. Tinha vontade de gargalhar, mas vestiu a máscara da santidade, do desapego às simples ações humanas. Ele deveria ser superior a tudo isso.

John Wood de Driffield continuava com as mãos erguidas para o céu, apesar do cansaço nos braços e nos ombros. Sabia que cada pequeno sacrifício, cada detalhe era importante para envolver a multidão. O hábito novo, o cajado comprido de madeira clara, os pés sempre descalços. Tudo fazia parte da sua atuação.

Fechou os olhos e sentiu-se o protagonista de uma peça encenada por uma companhia de atores. Sabia que poderia se apresentar para o próprio rei que conseguiria envolvê-lo, tê-lo em suas mãos.

Abriu os olhos azuis e pela última vez encarou a plateia, olhando-os com piedade, o rosto levemente inclinado para a esquerda e as mãos unidas em prece. Pediu ajuda para descer da carroça que lhe servira de palco.

Uma menininha se aproximou e lhe ofereceu uma caneca de cerveja. Recusou. Outra lhe trouxe um pedaço de bolo. Declinou. Sua garganta estava seca e seu estômago se contorceu ao sentir o aroma de maçã e mel. Contudo um escolhido de Deus não tem fome ou sede. Poderia se empanturrar como um glutão e beber jarras e mais jarras na solidão do seu aposento. Agora não.

Agora ele era uma rocha, um mártir, aquele que guiaria o rebanho para a salvação.

Lembrou-se de um salmo davídico:

Bendito seja o Senhor, minha Rocha, que adestra minhas mãos para a guerra, meus dedos para as batalhas!

O pregador inspirou fundo e sentiu o corpo estremecer. Estava pronto para a luta. E era um guerreiro formidável.

Ele seria aquele que mandaria os demônios de volta ao inferno e livraria a Inglaterra da doença e das sombras.

– Enquanto a gente teve que comer aquele mingau de centeio sem gosto, os putos lá na despensa estavam se fartando com um leitão bem gordo – Gary lambeu os beiços. – Só de pensar no torresmo a minha boca se enche de água.

– Pelo menos o peixe defumado e a cerveja estavam bons – Tobias mascava um pedaço de mato. – E nos deram um pouco de doce de maçã.

– Mas eles tinham um leitão – o guarda gesticulava muito e sua voz esganiçada zumbia nos ouvidos. – Não custava nada eles mandarem um pedaço para a gente. Podia ser até a cabeça. Adoro aquelas bochechinhas macias.

– Cale a boca, Gary! – O grandalhão deu um tapa na nuca do outro guarda, que deu dois passos cambaleantes para se equilibrar. – Comida é comida. Você parece uma criancinha chorona que quer mamar um pouco mais na teta da mãe.

– Eu gosto de mamar na teta – Tobias deu uma risadinha chiada. – Ah, como adoro tetas!

O grandalhão olhou-o de soslaio, o semblante rígido como o de uma estátua. Continuou andando a passos largos, parando somente na escada que levava à cripta.

– Ei, chefe – Gary agachou e franziu a testa. – Acho que ainda está cheio de água lá dentro.

O grandalhão tirou uma bolota de carvalho de dentro de uma bolsinha de couro e jogou-a escada abaixo, ouvindo-a cair na água. Sorriu.

– Ótimo – estalou os dedos. – Com certeza aquele demoniozinho de merda está morto. Deve estar inchado como uma bexiga de carneiro.

– Ele reclamava tanto que tinha sede... – Tobias ria de um jeito estranho, roncando, o rosto vermelho. – Agora deve estar cheinho d'água.

O grandalhão fechou a mão para dar um murro no rosto do palerma. Conteve-se. Sabia que ele era protegido de James por ser seu sobrinho, filho de uma irmã bem mais velha que morrera no inverno passado.

– Gary, desça lá e destranque a porta – pegou uma tocha que trazia na mochila e acendeu-a num dos archotes na parede.

– Estou sem a chave, chefe – o guarda continuava agachado, pensando em como seria ruim ter que entrar na água fria.

– Está com você, Tobias? – Encarou o baixinho.

– Estava... – fez uma careta. – Mas ela ficou lá na mesinha.

O grandalhão sentiu as veias da testa pulsarem, travou os dentes e rosnou:

– Vai lá buscar.

– Bem que a gente poderia deixar para fazer isso amanhã – Tobias fungou. – A água vai ter baixado mais, o dia vai estar mais claro...

– Agora – Ryan falou devagar.

– Eu concordo com o Tobias, chefe – Gary levantou-se. – Se não chover mais, amanhã essa água vai estar nos nossos joelhos.

– Se o senhor James pediu o corpo hoje, levaremos o corpo hoje, entenderam? – Ele tirou a mochila e colocou-a no canto. – Agora, vá buscar a porra da chave.

Tobias saiu resmungando, arrastando os pés, tal como uma criança birrenta. Ryan começou a assoviar para se acalmar. Para ele, uma ordem dada deveria ser cumprida sem qualquer hesitação, mesmo que fosse melhor esperar.

Cumprimentou dois monges mendicantes que passaram por eles. E começou andar para lá e para cá, impaciente pela demora de Tobias. O dia estava quase no fim, o sino indicando as *vésperas* já havia sido tocado.

Gary sentou-se no chão, encostou-se na parede fria e fechou os olhos. Começou a roncar logo em seguida.

– Como esse puto consegue dormir num momento como esse?

Ryan sabia que o demônio estava morto, mas mesmo assim estava inquieto. Não queria encontrar o filho de Satanás durante a noite.

Tocou o punho da sua espada para se acalmar.

Balançou a cabeça para esmorecer a cisma.

Não havia mais um bebedor de sangue na cripta. Lá jazia submerso apenas um cadáver.

– Estou em Helheim? Fui amaldiçoado e enviado para o inferno dos cristãos? Vago pelo mundo como um espírito sem descanso? Para onde um ser como eu vai depois de morrer? Não importa onde estou, sei que é uma merda.

.

.

.

A minha consciência demorou a voltar. Não tinha certeza se estava sonhando, se estava acordado ou se, enfim, tinham conseguido me matar. Só sei que não estava gostando daquilo.

Despertei, abri lentamente os olhos, que pareciam feitos de pedra, a água fria ainda envolvendo meu corpo dormente. A minha pele formigava e respirar estava cada vez mais difícil. Eu sentia meus lábios repuxados e um gosto de bosta na boca. Minhas mãos estavam rijas: eu continuava pendurado no suporte do archote, tal como um peixe preso no anzol.

A água baixara apenas um ou dois palmos. Estava fria demais, mas pelo menos eu havia sobrevivido. Continuava com os dedos mutilados, uma dor constante pulsava começando nos cotovelos, seguindo até os pulsos. Não havia sangramento, entretanto nada indicava que eles iriam crescer novamente.

Eu estava fraco, cansado – exausto, aliás – como se tivesse corrido por uma noite inteira. Não sabia quanto tempo havia se passado, só tinha a certeza que fazia muitas noites que eu não bebia uma gota sequer e agora meu corpo suplicava por alimento. Será que eu poderia morrer de fome? Ou ficar tão fraco a ponto de sequer conseguir me mexer?

Pelo jeito logo eu iria descobrir.

.

.

.

Adormeci novamente sem perceber. Despertei com um falatório ecoando escada acima. Os filhos da puta vieram confirmar a minha morte.

A ratazana gorda passou nadando ao meu lado com um pedaço de comida na boca. Seguiu direto para o fundo da cripta e sumiu em algum vão.

Ouvi alguém descendo devagar, hesitante, degrau por degrau, reclamando que não queria se molhar. Parou no meio da escada e tomou uma bronca. Ouvi o tilintar das chaves e a porta sendo destrancada.

Uma lufada de ar fresco entrou na cripta. E com ele o cheiro do medo.

Delicioso.

– É, está tudo inundado aqui – o brilho do fogo da tocha refletiu na água turva.

– E o demônio? – A voz vinda lá de cima era firme.

– Bem... – o homem deu uma espiadela dentro da cripta e espirrou. – Deve estar preso lá no fundo.

– Igual a um girino na poça – outra pessoa começou a rir lá em cima. Pela voz de parvo tinha certeza que era o tal Tobias.

– Então vá até ele e solte as porras das correntes. Traga o corpo para cá.

– Solte as porras das correntes... – o homem retrucou e entrou na cripta, a água quase no pescoço. – Que frio de congelar os bagos! – Colocou a tocha num dos suportes e checou as ferramentas na bolsa a tiracolo.

Ele passou por mim sem me enxergar. Eu estava imóvel no canto, mal respirava, tal como um predador à espreita. Só não tinha certeza se teria forças para abater a minha presa.

Esperaria que ele mergulhasse, não queria seus berros ecoando pela cripta.

– Solte as porras das correntes... – resmungou, remexendo na bolsa de couro até encontrar um alicate. – Tomara que os pinos ainda não tenham enferrujado, senão estou fodido para soltar essa merda.

Tomou fôlego e afundou. Larguei o meu apoio e, como uma serpente, fui ao seu encontro, meus caninos aguçados roçando os lábios.

Foi difícil segurá-lo submerso sem ter os dedões, mas mesmo debilitado a minha força era superior. Cravei as unhas nos seus ombros ossudos, rompendo músculos e nervos, e os dentes no seu pescoço. Senti o sangue quente jorrar na minha garganta enquanto ele soltava bolhas pela boca, esperneando, tentando desesperadamente se libertar e me acertar com o alicate. Suguei com uma voracidade parecida com aquela que tive na noite em que me tornei imortal. Eu estava sedento e o sangue espesso entorpeceu os meus sentidos.

Havia tempos não sentia tanto prazer.

Subi para respirar, ele afundou, morto.

Sorri. Eu continuava sendo um assassino competente.

Ainda precisava de muito sangue para recuperar a plena forma, mas foi um bom recomeço. Senti um pouco da minha energia retornar e a água fria já não incomodava tanto. Eu não estava mais oco como se feito de madeira podre.

– Por que esse estúpido demora tanto? – Alguém desceu três degraus.

Esgueirei-me para o canto oposto de onde estava a tocha acesa, tentando mover o menos possível a água. As sombras me ocultavam completamente. Passei a língua pelos dentes pontudos e esperei. Agora, novamente, o tempo estava ao meu lado.

Liádan farejou o ar, tal como um cão de caça. Ainda não havia anoitecido por completo, mas por sorte, ou por intervenção da deusa, nuvens pesadas formavam uma manta cinza-chumbo no céu. Mesmo assim sua pele alva ardia tal como se estivesse sob o sol a pino de um dia de verão. Mantinha os olhos verdes semicerrados por causa da parca claridade enquanto observava a igreja.

Sabia que Harold estava em algum lugar lá dentro, podia senti-lo novamente. Contudo sua presença não era nem de perto parecida com a de outrora. Ele devia estar fraco ou talvez mortalmente ferido.

Pelo menos agora tinha certeza que ele estava vivo.

Queria encontrá-lo logo, mas não achou prudente lutar contra as dezenas de soldados que zanzavam pelos arredores. Era melhor aguardar o momento certo, sem afobação ou desespero, sem chamar atenção.

Já havia esperado por um dia inteiro, fora atrasada por um grupo de ladrões e saqueadores que encontrara na estrada na noite anterior. Todos os quinze desgraçados agora estavam mortos. Escolheram uma péssima noite para tentar se divertir com ela.

Liádan não gostava de massacres, mas esse foi uma exceção. Sentiu a fúria despertar no seu coração, quente, opressora. Dilacerou carnes, rompeu músculos, quebrou ossos e dentes.

Fez homenzarrões chorarem como bebês e outros sem qualquer fé implorarem a Deus e aos santos por misericórdia.

Não sentiu a dor das perfurações e cortes que fizeram no seu corpo. Andara milhas com uma pequena faca de estripar peixes cravada na parte de trás da sua coxa e sequer percebera. Arrancou-a com um puxão, uma dor aguda percorreu sua perna, mas imediatamente o corte cicatrizou.

Aqueles eram tempos de sangue.

Suas roupas estavam imundas, rasgadas, tingidas de vermelho-escuro e marrom, pois tivera que se abrigar num vão entre as raízes de uma grande nogueira e passar o dia encolhida tal como um bicho numa toca.

Não dormira bem, a chuva e a iminência de ser descoberta a fizeram ter um sono irrequieto, cheio de sobressaltos e pesadelos. Teria muito tempo para descansar depois de salvar Harold.

Agora precisava ficar atenta e completamente desperta.

Respirou fundo e pediu forças a Fódla.

– Aguente, meu amor – agachou-se ao lado de um freixo.

Os homens e mulheres que trabalhavam próximos não se deram conta da sua presença. E não a veriam se assim ela quisesse. Uma raposa de pelo tão vermelho quanto os seus cabelos sentou-se ao seu lado, imóvel, observando as galinhas que ciscavam na clareira.

Bocejou e esperou.

Liádan acariciou os pelos macios e foi recompensada com duas lambidas na mão.

A raposa se levantou e caminhou bem devagar alguns passos para a frente, silenciosa, as grandes orelhas pontudas girando para lá e para cá para captar os menores ruídos. Estacou por um instante, seu corpo totalmente imóvel, exceto pela ponta sinuosa do rabo felpudo. Sorrateira, investiu veloz contra as aves, abatendo com uma só mordida na cabeça uma galinha marrom. Fugiu mata adentro levando na boca a sua recompensa.

Liádan ouviu os ganidos distantes dos filhotes que esperavam pacientemente a refeição.

Tal como a raposa, ela esperou sem qualquer pressa. Também precisava ser sorrateira e mortal.

– Tobias, desça lá e ajude o imprestável do Gary – a ordem foi incisiva.

– Tudo eu. Mandar é fácil – resmungou, mas obedeceu prontamente. – Ninguém manda eu ir no...

Ouvi-o descer as escadas correndo, escorregar e deslizar pelos últimos degraus, indo parar diretamente no lago que se formara na cripta. A água o encobriu e ele chafurdou até conseguir retornar, cuspindo, guinchando, assoando o nariz.

Precisei segurar o riso ao ver aquele baixinho patético se debatendo para não se afogar.

– Eu não sei nadar e lá embaixo parece o mar – subiu as escadas tremendo pelo susto e pelo frio. – Se eu descer lá de novo, você vai ter que carregar dois mortos, grandão. Ou três, porque acho que o Gary se afogou também. Se fodeu com aquelas ferramentas pesadas na bolsa.

– Estranho... – a voz grave ecoou pela cripta. – Gary, seu bastardo, responda agora ou descerei aí para te dar uma sova.

– Ele tá morto – a voz do tal Tobias saiu tremida. – Se afogou. Deve ter tido câimbras, sei lá. Essa água gelada nos bagos faz um mal...

– Não tenho tanta certeza – o grandalhão desceu uma meia dúzia de degraus e parou um pouco antes da porta da cripta. – Ele tinha quase a minha altura e sabia nadar.

Tocou o punho da espada.

– São Wulfstan, me guie para que eu seja um instrumento para trazer a justiça do Senhor. Que o mal não me aflija e que possa eu ter forças para combater o demônio até a sua morte. Amém – fez o sinal da cruz e tocou as bolas quase encobertas pelas águas.

Sacou lentamente a espada da bainha e a luz das chamas se refletiu no metal bem polido. Entrou na cripta, a água batendo no seu peito, as veias do pescoço e da testa saltadas e os olhos praticamente cegos por causa da penumbra.

Seu rosto contorcido lembrava a carranca que ficava na proa dos barcos de guerra dos dinamarqueses.

– Nossa, que bicho feio! – eu me escondi atrás das pernas do meu pai, um pouco assustado.

– Ele serve para espantar os maus espíritos, Harold – ele acenou para aquele que parecia ser o chefe do bando, que respondeu levantando a espada. – E também para assustar os maricas que cruzam pelo caminho deles. – Você é um maricas?

Eu tinha uns cinco anos de idade.

Estava escuro lá dentro. O fogo da tocha não era suficiente para iluminar o local. O guarda apertou os olhos, procurando pelo corpo do seu companheiro.

Eu o via perfeitamente, as rugas na sua testa, as mandíbulas travadas e os olhos ainda tentando se adaptar à penumbra.

Andou até onde eu deveria estar preso, parou a uns dois passos do local.

Franziu as sobrancelhas e eu pude sentir o ar escapar dos seus pulmões, formando uma névoa que saia da sua boca arroxeada. Abaixou-se e puxou o corpo do homem, que estava branco como um verme recém-cagado por um cão.

Ouvi seu coração disparar e martelar dentro do peito.

Uma melodia deliciosa.

Sendo um soldado treinado, ele soltou o defunto, que afundou rapidamente, puxado pelas ferramentas na bolsa a tiracolo, e segurou a espada com as duas mãos firmes.

– Demônio dos infernos – rosnou.

Deu mais dois passos para a frente e com a ponta da bota sentiu as correntes soltas. Piscou lentamente, com pesar, engoliu em seco e proferiu:

– Você ainda está aqui, eu sei. Então seja homem e apareça.

Nunca fui um covarde, aliás, já briguei muito durante a minha longa vida. Centenas de vezes apenas para me divertir, outras devido às circunstâncias. Mesmo quando era mortal, sempre enfrentei as escaramuças de peito aberto. Podia estar me cagando de medo, mas a minha hombridade sempre me guiava.

Contudo, dessa vez, preferi a liberdade a me arriscar num embate com o grandalhão. Eu ainda estava muito fraco, sem todos os dedos nas mãos, e ele parecia bem hábil com a espada. No meu estado, um talho no pescoço poderia ser fatal.

Mergulhei devagar e, por baixo d'água tal como uma lontra, segui até a escadaria.

Estava a um passo da liberdade. Levantei-me e me preparei para correr, reunindo as poucas forças advindas do sangue do Gary.

Meu plano era simples, sair como vento que passa por uma porta recém-aberta e fugir como se a própria Hel estivesse no meu encalço.

Nada digno, mas funcionaria.

Se não houvesse uma lâmina no meio do caminho.

Testou o fio da lâmina na unha e deu-se por satisfeito. Ensaboou a barba grisalha e começou a raspar os pelos grossos, que caíam no chão e levavam consigo uns piolhos atrevidos. Uma coisa era ser um pregador peregrino, outra era ter a aparência de um mendigo.

Havia mais de seis meses, desde que iniciara as suas andanças, que não tomava um banho. A sujeira estava incrustada na sua pele, em cada poro, em cada ruga. Teve que se esfregar até quase ficar esfolado, ardido. Tivera uma visão na noite anterior em que o próprio Cristo lhe falara sobre a sua missão. Precisava purificar seu corpo, já que a alma, acreditava, estava limpa.

Fechou os olhos e lembrou-se perfeitamente das palavras do filho de Deus:

"John Wood, meu filho. Amanhã, enquanto o sol se põe e transforma o horizonte em sangue, vai encontrar uma menina de rosto salpicado de terra e um sorriso tão branco quanto as primeiras neves do inverno. Ela lhe parecerá pura, mas isso não passa de um disfarce do Pai da Mentira."

A princípio pensou se tratar de mais um sonho, mas sentiu seu coração quente e seu espírito leve, viu uma pomba branca arrulhar na pequena janela e teve certeza que era um sinal. Deus estava mesmo ao seu lado.

Terminou de raspar a barba, enxaguou-se mais uma vez com a água agora fria e cinza. Saiu da tina de madeira batendo em si mesmo com as mãos para se esquentar.

Vestiu seu hábito e calçou as sandálias de couro. Colocou no pescoço o cordão com a cruz de madeira, pegou o seu cajado e partiu antes mesmo do sol raiar. Seguiria sozinho a sua jornada, pelo menos era o que esperava ao sair do casebre. Contudo, quando ganhou a estrada, uma pequena multidão seguiu seus passos.

Para eles, John era um homem santo, uma luz em tempos de trevas. Ofereceram-lhe pão, frutas e cerveja aguada para o desjejum. Compartilharam com ele o pouco que tinham. A fé era muito mais forte que a fome.

– Para aonde estamos indo? – Uma mulher carregando uma trouxa amarrada às costas e duas crianças nos braços se aproximou.

– Não sei ao certo – o pregador repartiu o pão e entregou aos pequenos, que começaram a mascar a massa escura com as boquinhas molhadas. – Sinto que o caminho é esse e confio no Nosso Senhor para guiar os meus passos.

– Amém – aqueles que estavam mais próximos e ouviam a conversa responderam prontamente.

– E o que está indo fazer? – Um velho de olhos leitosos tocou-lhe o ombro.

– Confrontar o demônio – apertou o cajado com força.

Seus seguidores começaram os burburinhos, as divagações e as orações. Uns consolidaram sua fé no homem santo, outros hesitaram. Tiveram aqueles que entraram em desespero e tentaram dissuadi-lo da sua missão.

John Wood apertou o passo e andou por milhas e mais milhas sem qualquer pausa. Quando a tira da sua sandália arrebentou, ele continuou descalço, e, quando seus pés se feriram, ele prosseguiu mancando.

Muitos desistiram no caminho e apenas um punhado de gente ainda o seguia. Parou para descansar somente em Brockenhurst, uma cidade que conheceu nos tempos de noviço. Começou a duvidar da visão que tivera, pois o sol tímido entre as nuvens já baixava no horizonte e até agora não tinha cruzado com a tal demônio.

– *Será que estou no caminho certo?*

Sentou-se numa pedra debaixo de um carvalho. Bebeu a última gota de cerveja do odre que ganhara de um dos seus seguidores. Logo iria até a abadia de Netley buscar pousada para passar a noite.

– O senhor deseja comprar um queijo? – a vozinha tímida veio de trás. – Estão frescos e macios, a minha mãe fez hoje mais cedo.

John Wood se virou e viu uma menininha de cabelos alaranjados, rosto salpicado de sardas marrom-claras e um sorriso tão branco quanto o leite mais puro.

Lembrou-se imediatamente das palavras proferidas pelo Cristo:

"Amanhã, enquanto o sol se põe e transforma o horizonte em sangue, vai encontrar uma menina de rosto salpicado de terra e um sorriso tão branco quanto as primeiras neves do inverno".

Ela parecia pura, doce e ingênua, contudo já sabia se tratar de um sortilégio de Satanás. Cristo nunca o enganaria. Olhou para o céu e não viu o horizonte avermelhado, mas sim um cinza-claro típico do começo do inverno.

– Horizonte em sangue... – Murmurou. – Sangue... – Arregalou os olhos. – Agora tudo está tão claro para mim.

Uniu as mãos em prece e apertou o cabo do cajado entre elas.

– O senhor vai querer um queijo? – a menininha pegou um de dentro do cesto e cheirou-o. – O bom padre poderia comprar para me ajudar.

Sorriu novamente, mostrando os dentinhos brancos.

John Wood acertou a cabeça da pequena com o cajado,

abrindo um corte na sua testa, fazendo-a desmaiar. O cesto caiu no chão e três queijos redondos rolaram pela terra. Seu séquito levou a mão à boca e alguns proclamaram sua indignação.

Mas o pregador nada ouvia. Apenas observava a menina inerte no chão, o sangue escorrendo vívido do ferimento.

– Horizonte... Sangue...

Essa noite iria exorcizá-la e mandá-la novamente ao inferno.

.

.

.

John entrou na abadia carregando a menininha nos braços, o punhado de fiéis peregrinos seguiu-o cantarolando orações. Os monges os olharam, confusos, e um deles correu para chamar o abade William Deverel.

– O que está acontecendo aqui? – O velho homem parou na frente de John, barrando-lhe a passagem.

– Você não se lembra de mim, Reverendíssimo? – John fez uma mesura.

O abade espremeu os olhos e se aproximou. Sua vista estava cada vez mais fraca e o seu corpo cada vez mais curvado pela idade.

– John Wood de Driffield é você? – Franziu a testa pequena.

– Sim, senhor abade.

– Da última vez que o vi não passava de um rapazote que desejava ser papa – fungou.

– Faz muito tempo mesmo – a menininha gemeu e John a olhou, ressabiado.

– E quem é essa criança nos seus braços? – O velho abade tocou-lhe a testa e se espantou com o sangramento que lhe sujou a mão. – Ela está ferida, precisa de cuidados, vamos levá-la para a enfermaria.

– Vamos levá-la diretamente para o coro – o pregador deu um passo para o lado e seguiu em frente, os passos ecoando pela nave.

– Hoje você pode ser um pregador respeitado, tido como santo, pelo que ouvi falar – William Deverel seguiu-o com dificuldade. – Entretanto, nesta abadia, eu sou o superior e exijo respeito.

John parou e virou-se para o abade.

– Reverendíssimo, desculpe-me pela minha impulsividade – sentiu os braços fraquejarem por carregar a garotinha por tanto tempo. – É que temos um caso totalmente *inesperado*.

Essa menina pode ser a chave para acabar com a peste que nos assola.

Os monges que os cercavam começaram o falatório, os peregrinos repetiam *améns* e orações aprendidas nas missas de domingo.

– Chega! – William Deverel gritou e sua voz ecoou pela abadia. – Respeitem a casa de Deus.

Silêncio. Até um cão que roía um osso num canto cessou seu jantar.

O abade inspirou fundo para retomar o fôlego. Começou a desconfiar que o homem fosse somente mais um louco. Nos últimos tempos a Inglaterra estava cheia deles. Ponderou por uns instantes e achou mais prudente convidá-lo à sua casa, sem a turba barulhenta que o seguia. Ordenou ao irmão August que alimentasse os peregrinos e arrumasse pousada para eles descansarem.

.

.

.

– E você tem certeza que o próprio Cristo lhe apareceu enquanto dormia? – O abade bebeu mais um gole da infusão feita com agulhas de pinheiro.

– Eu juro pela Virgem Maria – o pregador olhava para fora pela janela, o céu cada vez mais escuro no horizonte, totalmente encoberto pelas densas nuvens de chuva. – Ele me descreveu perfeitamente essa garota, que cruzou o meu caminho sem que eu nunca a tivesse visto antes.

Repetiu de olhos fechados a fala do Nazareno:

"John Wood, meu filho. Amanhã, enquanto o sol se põe e transforma o horizonte em sangue, vai encontrar uma menina de rosto salpicado de terra e um sorriso tão branco quanto as primeiras neves do inverno. Ela lhe parecerá pura, mas isso não passa de um disfarce do Pai da Mentira."

A menininha ainda estava desmaiada sobre cama do abade. Ao seu lado, sua mãe chorava, tentando em vão despertar a filha.

– Por que você fez isso, seu corvo do diabo? – a mulher encarou John com os olhos vermelhos. – Ela é só uma menininha. Como pôde machucá-la? Como você afirma que ela é um demônio? Filho de uma cadela!

A menininha gemeu novamente e a mulher passou um pano úmido sobre o ferimento.

Lá fora todos os peregrinos aguardavam, assim como os

monges curiosos. Ninguém se afastou conforme fora ordenado. Eles queriam ver o desfecho da história.

– John Wood de Driffield, essa descrição que o *Cristo* lhe falou em sonho – o abade tentou não parecer zombeteiro – me pareceu muito vaga.

– Eu tenho certeza que é ela – o pregador levantou-se. – Não tenho quaisquer dúvidas.

– Eu conheço a mãe e filha e lhe afirmo que são pessoas boas. Assim como Charles, o pai dela, que morreu na guerra.

– Ela lhe parecerá pura, mas isso não passa de um disfarce do Pai da Mentira – John repetiu batendo o cajado no chão.

A mãe se levantou pronta para atacar o pregador com unhas e dentes, mas tomou uma pancada bem no estômago com a ponta do cajado e caiu sem ar no chão.

– Você é somente um louco! Ultrapassou todos os limites e não é digno de se apresentar como um homem da Igreja – William Deverel se levantou com dificuldade, babando pelos cantos da boca enrugada. – Saia agora da minha casa ou eu o entregarei ao bispo de Winchester, William Edington.

– Louco? Vocês simplesmente estão cegos pelo pecado e por isso a Inglaterra padece com a praga – John apontou o dedo para o velho abade. – Milhares de pessoas já morreram, inclusive nobres e irmãos importantes. E mesmo assim não aceitam que a causa é o demônio. Permitem que ele ande entre nós, livremente, sem qualquer embate. Será que todos devem apodrecer até que consigam enxergar a verdade?

Três batidas na porta interromperam o discurso do pregador.

– Vá embora, estamos ocupados – John respondeu, mesmo não sendo o anfitrião.

Mais três batidas, dessa vez mais fortes.

Ele pisou duro até a porta e escancarou-a. Levou um soco bem no olho esquerdo, fazendo-o cair para trás, desacordado.

A jovem passou pelo pregador e, logo em seguida, um homem trajando um hábito surrado entrou fechando a porta atrás de si.

– Quem são vocês? – O velho abade estava confuso, um pouco assustado até.

– Eu sou Tita – a jovem de cabelos cor de cenoura e o rosto salpicado de sardas fez uma mesura exagerada e sorriu, os dentes brancos como a neve, os caninos aguçados. – E esse esquisito aqui é o meu amigo Alessio.

O pregador se levantou ainda zonzo, cambaleou até a garota

e ameaçou proferir alguma reclamação. Tita socou-lhe o outro olho, fazendo-o desabar novamente no chão.

– Tita, contenha-se! – Alessio agachou-se ao lado de John e viu que ainda respirava.

– Eu não tenho paciência com esses falastrões de merda! – Tita puxou uma cadeira e se sentou. – O pessoal lá fora me contou que ele é um santo, um iluminado. Para mim não passa de um bosta de bode que bate em garotinhas indefesas.

Alessio ajudou a mãe da menina a se levantar e colocou-a sentada sobre um baú de madeira. Ela respirava com dificuldade, pela falta de ar e pelo pranto incontido.

– O-obrigada – ela segurou a mão de Tita e beijou-a agradecida.

– Eu aposto que faria o mesmo se estivesse no meu lugar – a jovem piscou. – E você, seu velho torto, ao invés de impedir a injustiça, ou melhor, o crime contra essas duas, ficou olhando como uma raposa velha, sentindo tesão ao vê-las sofrer.

– Tita, não precisa exagerar, antes precisamos...

– Exagerar, Alessio? – Tita interrompeu-o. – Uma menininha sendo acusada de ser um demônio! A mãe, que tenta defendê-la, apanhando como uma cadela sarnenta! E, enquanto isso, o tal Reverendíssimo fica bebericando seu preparado de ervas! Vocês da Igreja não passam de doninhas covardes. Tenho nojo de vocês!

O velho abade levou a mão ao peito.

– Agora vai dizer que o seu coração puro não aguenta o tranco? Ouvir a verdade *te* machuca, velho desgraçado? – Tita se levantou e avançou devagar, sorrindo, gargalhando. – Para as atrocidades que vocês cometem ele estava impecável, batendo com força!

William Deverel começou a ofegar e uma espuma branca se formou no canto da boca murcha.

John Wood acordou. Sentou-se no chão, a cabeça doendo, os olhos em brasa. Olhou para a janela e viu o céu avermelhado. Tudo estava avermelhado, aliás, pois os socos bem desferidos pela menina romperam as pequenas veias dos olhos, deixando a vista turva.

Observou a jovem sardenta avançar sobre o abade, franzina, mas imponente. Tinha quantos anos? Quatorze, quinze? Sentiu o ar lhe faltar no peito quando sua cabeça se desanuviou.

– E-ela é a filha de Satã! Demônio! – Apontou tremendo para Tita. – O Cristo falou a verdade, eu apenas me confundi e...

Tita se virou e encarou o pregador, que se encolheu num

canto, acuado. O abade caiu da cadeira gemendo de dor e foi acudido por Alessio.

– Filha de Satã? Não... – Tita agachou-se ao lado de John Wood, cujas bochechas tremiam enquanto a postura de pregador invencível escorria pelo meio das pernas, formando uma poça amarela no chão de madeira. – Demônio? Talvez.

Com um puxão vigoroso ela rasgou as vestes dele, deixando-o completamente nu.

Alessio arregalou os olhos. Sabia que não adiantava tentar conter a fúria dela. Tita era fortíssima e, mesmo depois de séculos, seu poder estava muito aquém. Restou-lhe observar.

– O que você está fazendo, sua louca? – o pregador tentava se cobrir, em vão.

– Se eu te matar agora, você vira santo. E já temos santos demais – Tita se afastou, pegou uma faca sobre a mesa e colocou-a no meio da lenha na lareira. – Bem que eu gostaria de enfiar o dedo no seu cu e virar a sua pele do avesso. Gostaria de pendurá-lo pelo saco lá fora e deixar os corvos te comerem aos poucos.

John tentou falar, mas apenas soltou um miado choroso. A mãe da garota sorria, extasiada.

– Mas eu sou um demônio misericordioso – viu a lâmina ficar incandescente. Pegou a faca pelo cabo de madeira e se aproximou do padre.

– Pe-pelo amor de Deus – balbuciou ele, o ranho escorrendo pelo nariz, os olhos vermelhos e as pálpebras roxas pelas pancadas.

– *Shhh* – colocou o dedo sobre a boca dele. – Tem uma menininha que precisa descansar e então ficaremos quietinhos.

Tita tapou a boca do pregador com força, sentou-se sobre suas coxas e começou a passar a faca quente pelo seu peito magro, fazendo a pele chiar e um cheiro de carne queimada impregnar o ambiente. A mãe da garota chorou de alegria e Alessio fechou os olhos fazendo uma oração. O velho abade viu somente o início do trabalho, pois seu coração não aguentou.

John Wood chorava, mas não se debatia, não tinha mais forças. A garota colocou a faca no chão, sorriu e beijou-lhe a testa. Levantou-se e admirou seu nome gravado para sempre na pele branca.

Alessio abriu os olhos e balançou a cabeça com pesar.

Tita foi até a garotinha e murmurou algo no seu ouvido. Logo ela despertou e sorriu.

– Eu te vi no meu sonho – sentou-se na cama. – Eu sabia que você estaria aqui quando eu acordasse.

Tita pegou-a no colo e entregou-a para a mãe.

– Ela vai ficar boa – acariciou os cabelos cor de cenoura. – É uma menina forte – foi até o corpo de William Deverel, fuçou dentro do seu hábito e achou uma bolsinha de couro na parte interna de uma aba costurada na lã. – Pegue esse dinheiro e saia daqui. Vá para longe e não volte. Cuide da sua filhinha.

A mulher fez três mesuras e saiu da casa, deixando a porta aberta.

Tita aproveitou, pegou o padre pelos cabelos e arrastou-o para fora, nu, chorando, o peito marcado. Os poucos monges que sabiam ler pronunciaram o nome de Tita com o sotaque engraçado que soava típico aos ouvidos da romana.

A garota colocou o pregador de pé e chutou-lhe a bunda, fazendo-o cair no chão enlameado.

– Volte para as suas terras, seu bosta! – Cuspiu. – Saibam que esse homem não é santo, é apenas um parvo que acredita que garotinhas são demônios – olhou para a pequena multidão. – E ele enganou vocês direitinho, seus tontos.

Gargalhou.

John Wood de Driffield se levantou, humilhado, tentando esconder suas vergonhas. Não teve tempo para isso, pois a garota sardenta o escorraçou e fê-lo correr como se o próprio Diabo estivesse cutucando o seu rabo sujo.

Aos poucos a turba se desfez e cada um retomou o seu caminho. Alguns frustrados, outros desiludidos, um punhado se divertindo com o ocorrido.

– Destrua o líder e todo o bando se dispersa – a menina murmurou.

Alessio saiu da casa em silêncio, fez o sinal da cruz e trancou a porta.

Provavelmente só se lembrariam do abade mais tarde, ou mesmo no dia seguinte.

– O que foi? – Tita deu os ombros quando Alessio a encarou.

– Não precisava ser assim – sua voz saiu quase como um sussurro, quase como uma repreensão pela sua inutilidade. – Você exagerou.

– Do que você está reclamando? – Tita passou o braço sobre o ombro do amigo, que não se esquivou. – O velhote morreu do coração e o outro continua vivinho, correndo livre por aí. Não venha me culpar de nada, pois eu não matei ninguém.

Gargalhou.

É engraçado pensar: mesmo sendo imortal, o que eu menos tinha tido nas últimas noites fora tempo. Contei os instantes para não morrer afogado, apressei-me para fugir da cripta aproveitando a distração do guarda, senti meu coração bater rápido e forte quando pisei no primeiro degrau da escada que me levaria à liberdade.

Tudo muito urgente.

Somente uma tentativa para o sucesso ou o fracasso.

Tudo para ser feito num piscar de olhos.

Até que a lâmina fria fez o tempo parar.

Estava tão preocupado com o grandalhão que me esqueci completamente do tal Tobias. O covarde cravou seu punhal logo acima do meu estômago, fazendo uma dor aguda percorrer o meu corpo. Tentei agarrá-lo, mas ele subiu a escadaria, veloz como um coelho fugindo da raposa.

Arranquei o punhal com um puxão seco e o pouco sangue que havia dentro de mim começou a escorrer. Eu subi os degraus aos tropeços, e então, pela segunda vez, senti o frio metal entrar nas minhas carnes.

Ao perceber a minha fuga, Ryan atirou sua espada, e tal como uma lança ela se cravou nas minhas costas, enterrando-se profundamente nos meus pulmões.

A dor me fez berrar.

O estranho é que eu não ouvi o meu próprio grito, apenas senti o gosto de sangue amargo na garganta. Cuspi e caí de joelhos no degrau. Não havia como lutar, eu estava tão fodido que levaria uns bons sopapos até de uma criança.

Devo ter ficado prostrado ali pouquíssimo tempo, mas eu sentia tudo mais lento.

Ryan avançou escada acima como um touro enfurecido. Reuni as minhas últimas forças e corri.

– O demônio *tá* vivo – Tobias gritava lá fora, alertando os soldados. – O demônio *tá* fugindo.

– Merda – cada inspiração ardia como se eu estivesse aspirando fuligem quente.

Ao invés de seguir para a porta, bloqueada pelos soldados, adentrei ainda mais a maldita igreja, cruzando com alguns corvos vestidos com hábitos. Ainda bem que eram inofensivos.

As minhas vistas se escureciam e eu sentia que ia apagar. Meu sangue se esvaía pelo buraco feito pelo punhal e a espada continuava cravada nas costas.

– Merda – tentei abrir uma das portas, mas ela estava trancada.

Olhei para trás e vi os soldados vindo ao meu encontro. Segui cambaleante em direção aos padres que permaneciam ajoelhados e boquiabertos. Dei um tapa numa lamparina a óleo e o incêndio começou, tímido, quando o fogo tocou os panos que cobriam o altar.

Uma flecha se cravou no meu quadril, fazendo com que eu me dobrasse. Por sorte, a outra porta estava aberta e eu pude correr pela grama encharcada, afundando os pés a cada pisada. Mais uma flecha voou e passou rente à minha orelha.

– Merda – minhas vistas só viam vultos e eu mal enxergava o caminho. Estava prestes a apagar.

Atrás de mim os homens berravam tais como cães que farejaram o javali ferido. A flecha fincada no meu quadril devia ter rompido algum músculo, o que fez a minha perna direita perder a força. Arrastei-me alguns passos, quase cego, quase sem ar.

Caí em um barranco e senti a água fria me envolver. A corredeira me arrastou. Tentei lutar para me agarrar em algo, mas não tinha mais forças. Deixei o rio me levar. Ele seria a minha salvação ou a minha ruína. Duas flechas foram disparadas, não sei para onde foram, ou mesmo se me acertaram. Eu estava completamente cego agora e não sentia mais nada, nem dor, nem frio. Tampouco medo ou desespero.

Eu estava sereno e agora o tempo pareceu parar de vez.

Nos meus delírios lembrei-me de uns textos que li sobre um tal rio Aqueronte que levava a alma dos mortos para o outro mundo, algo que um povo antigo, os gregos, chamavam de Hades.

– Talvez tenha chegado o momento de eu ir para o outro mundo – murmurei engolindo água. – Talvez a minha jornada por essa terra tenha chegado ao fim.

Pensei em Liádan, em Stella. Pensei em todos aqueles que amei: Edred, Murron, meus filhos...

Será que os encontraria quando partisse desse mundo?

Será que me receberiam e guiariam o meu espírito?

Vi os seus rostos, ouvi suas vozes e sorri quando todos correram até mim e me abraçaram. Meus cães, os grandes mastiffs, vieram me receber e me derrubaram sobre a grama, lambendo-me com suas línguas imensas. Até o pequeno Crucifixo estava com eles, o rabinho abanando, os latidos agudos e incessantes.

Enfim a minha jornada havia se completado e eu estava feliz.

Então, um vazio me envolveu.

E os meus amores se dissiparam como névoa.

E eu fui tragado para nada.

Capítulo VIII – Poder ancestral

O fogo consumia o altar, fazendo a madeira estalar, tal como uma pira em homenagem aos deuses pagãos de outrora. Robert Wyvil, Reynold Orsini e James de Groundewell permaneciam ajoelhados, boquiabertos, as mãos unidas em prece, as mentes viajando, distantes, cada uma imaginando desfechos e consequências diferentes.

Quando os monges trouxeram baldes de água para apagar o incêndio eles se levantaram ainda atordoados: pelo sacrilégio que presenciaram e por acabar de ver o demônio Harold Stonecross passar por eles, nu, ferido, mas ainda assim ligeiro como uma lebre que escapa da bocarra da raposa.

– Somente para confirmar – o bispo engoliu em seco. – Aquele que fugiu por ali era o nosso cadáver?

– Sim, Lord Robert – James não acreditava nos seus olhos. – Aquele era o Harold Stonecross.

– Pela sagrada falange de Santo Oda de Canterbury! – O deão fez o sinal da cruz. – Ele não morreu. E agora?

– E agora, Reynold, estamos fodidos, frente e verso – o bispo perdeu a compostura. – William de Montacute, o rei, o papa, todos vão nos foder, você entende isso? Vão rasgar as nossas pregas sem dó, sem quaisquer carinhos. Perdemos a batalha, a guerra, a reputação! – Tossiu por causa da fumaça inalada. – Nós perdemos a chance de nos redimir, de mostrar a nossa capacidade de vencer o mal e conseguir recuperar a fé das pessoas.

– Por favor, Lord Robert, acalme-se – James suplicou. – Os homens ainda não retornaram, e, ferido como estava, ele pode ter sido pego. Não devemos perder a fé, foi apenas um contratempo e...

Ryan apareceu, ofegante, o rosto suado e vermelho. Atrás dele mais quatro soldados entraram, sem quaisquer indícios de que houvessem recapturado o demônio.

– Eu não disse, senhores, estamos todos completamente fodidos – o bispo Wyvil começou a rir, aquela gargalhada nervosa, estridente, que não pode ser contida. O deão estava na merda, o futuro prior também, entretanto a fatia maior das consequências recairia sobre o bispo. – Preparem seus cus e suas almas, porque dessa vez nos fodemos mesmo.

Lord Robert parecia possuído e gargalhou por bastante tempo até desabar no chão, sem fôlego, derrotado. Não sabia mais o que fazer e teve certeza: mesmo que cortassem a cabeça daquele maldito Harold, ele daria um jeito de sobreviver.

Ele fazia jus à alcunha de imortal.

Começou a chorar.

James de Groundewell ordenou que todos saíssem da igreja e trancassem as portas. Tentaria manter o último suspiro de dignidade do bispo. Não queria que mais gente o visse nesse momento de fraqueza.

– Satanás venceu – Lord Robert falava olhando para o que restou do altar. – Ele sobrepujou a Igreja, ele cuspiu na cara de Deus e tomou essa terra para si. Resta-nos adorá-lo e fundar templos em seu nome.

– Não diga essas bobagens, senhor – o deão indignou-se. – São tempos difíceis, mas não é preciso exagerar.

– Exagero? – Seus olhos estavam vermelhos. – Veja ao nosso redor. Respire fundo e só sentirá o cheiro de cadáveres apodrecendo. Estamos envoltos pela morte e nada podemos fazer. Satanás venceu. Só um idiota não percebe isso.

– Cristo nos ensinou que sempre devemos manter a nossa fé, independentemente das provações – o deão ignorou o xingamento e se aproximou. – Que devemos ter esperança e lutar com todas as nossas forças para manter a luz do Senhor acesa.

– Cristo – deu uma risadinha de escárnio. – O porcaria pregado na cruz? Onde ele está agora? Mesmo que descesse dos céus com um séquito de anjos, levaria uma sova dos imortais. Cristo não passa de um filhinho mimado de Deus.

O deão esbofeteou a cara do bispo por cinco vezes, até sua mão ficar vermelha e formigando. James observou tudo calado, as bochechas latejando, quentes pela vergonha. O bispo apanhou sem tentar revidar ou se defender. Cuspiu saliva misturada ao seu sangue. Colocou a cabeça entre os joelhos e chorou tal como uma criança travessa que acaba de ser punida pelo pai.

– *Patético* – pensou James de Groundewell.

Porém, derrotado ou não, Lord Robert ainda era um homem

poderoso, e, assim sendo, o sobrevivente de Ivychurch preferiu se manter calado.

O sucesso também era alcançado através do silêncio.

Silêncio...

Escuridão...

Paz.

Onde eu estava?

Sentia-me como se flutuasse, como se meu corpo não fosse mais feito de carne, mas sim de brumas. Perdi totalmente a noção do tempo. Não sabia se havia despertado havia poucos instantes ou se já se tinham passado dias, meses ou anos.

Tentei abrir os olhos – *ou eles já estavam abertos?* –, mas o negro era denso demais até para a minha visão felina. Tentei gritar. Nenhum som saiu da minha boca, nem a minha respiração fazia qualquer ruído.

Será que estava respirando?

Será que ainda tinha um rosto?

De fato, parecia que somente a minha mente e o meu espírito permaneceram. Talvez meu corpo tivesse sido destroçado nas corredeiras daquele rio. Talvez eu tivesse me afogado naquela cripta úmida e o restante da história, das minhas lembranças, fora apenas uma alucinação pré-morte.

Será que os abutres da igreja estavam festejando em volta do meu corpo?

Será que iriam me desmembrar e me decapitar e espalhar meus restos mortais por toda a Inglaterra?

Tanto fazia.

Já não me importava.

Essas preocupações não me afligiam mais.

Vivi a vida de dezenas de homens. Uma boníssima vida, aliás.

Diverti-me, tive muitos prazeres, tantos que não haveria como descrevê-los em apenas um livro. Seria necessário criar uma série para relatar todas as peripécias, todos os tempos de sangue, gozo e, claro, fúria. Já sofri maus bocados e me ferrei absurdamente. Porém, também aproveitei ao extremo as dádivas do meu renascimento.

Fui da dor à esbórnia num piscar de olhos. Não tinha do que me queixar.

Conheci vários homens que me idolatraram, que desejaram mais do que tudo ser como eu. Conheci alguns que negariam Deus e jogariam bosta na cruz para ter o meu poder.

Também encontrei um tolo que preferia continuar com sua antiga vidinha ridícula, mesmo tendo a sorte de se tornar imortal.

Mas nada disso importava mais.

Pensei em Liádan e Stella, meus amores imortais. Não consegui vê-las. Nenhuma imagem se formava na minha mente. Tampouco ouvia suas vozes ou os gemidos de prazer que tantas vezes inundaram os meus ouvidos.

Tudo permanecia negro e silencioso.

Vazio.

Estava em um lugar estranho.

E, talvez, essa seria a minha nova morada pela eternidade.

Pela primeira vez em séculos, eu estava verdadeiramente em paz.

– Vai ficar a noite inteira com essa cara de cu? – Raposa arrancou um graveto seco de uma árvore e começou a limpar a sujeira de baixo das unhas.

Alessio não respondeu. Continuava carrancudo, encarando a estrada do alto do seu cavalo.

– Eu sabia que devia ter vindo sozinha, mas a Parca Décima, aquela deusa fanfarrona, quis que nos encontrássemos e que eu convidasse você para me acompanhar – fez uma careta. – Era bem melhor se eu tivesse trazido um cachorro.

– Eu não sei por que eu te sigo – Alessio quebrou o silêncio.

– Por quê? – Tita olhou para o amigo. – Porque eu sou a única felicidade da sua vida. Eu sou a única que consegue pôr um sorriso nessa sua cara feia.

Alessio soltou o ar ruidosamente pelo nariz, escarnecendo da garota.

– Você pode negar o quanto quiser, mas sei que você gosta de estar comigo – a menina se virou e deitou-se sobre o lombo do cavalo, apoiando a cabeça sobre o pescoço do animal, deixando os braços finos pendentes para os lados. – Eu trago um pouco de alegria para a sua rotina patética.

Ave Maria
Gratia plena
Dominus tecum
Benedicta tu
In mulieribus
Et benedictus
Fructus Ventris tui, Jesu

Tita tentou fazer uma voz grave para imitar o cântico dos monges, não conseguiu.

– Como você aguenta essas baboseiras o dia todo? – Raposa assoprou um inseto que pousou na ponta do seu nariz. – Se ficasse comigo eu te deixaria muito mais feliz.

– Você me deixa com raiva, isso sim – Alessio olhou para a jovem que se equilibrava sem qualquer dificuldade sobre o cavalo.

– Raiva, felicidade... – fechou os olhos. – Pelo menos eu te faço sentir algo. Você congela seu coração ao ficar trancafiado naqueles mosteiros e igrejas, lendo rezando, pedindo desculpas sem ter feito nada e pagando penitências apenas porque algum velhote caduco cujo pau não sobe mais te mandou fazer isso. Por quantos dias vocês fez jejum daquela vez?

– Quarenta dias.

– E para quê? – Tita esticou o braço e arrancou uma folha de um galho baixo. Colocou-a na boca e começou a mascar. – Você é um imortal agora. Não precisa mais seguir essas regras tolas. Ter essa culpa toda. Achar-se pecador por beber sangue. Olhe ao seu redor, Alessio, há tantos mortos quanto vivos e a cada dia que passa mais pessoas sucumbem à peste. O deus dos cristãos é um pecador então? É o culpado? É mau?

– Claro que não, Tita! – Alessio tirou o capuz, revelando os cabelos loiros encaracolados. – Deus está acima do nosso falho julgamento moral.

– Eu não tenho tanta certeza – a menina colocou as mãos atrás da cabeça e cruzou as pernas. – Que mal fizeram as criancinhas para sofrer tanto? E as pessoas que viveram durante toda a sua vida sob as regras da Igreja? Que deram dinheiro, terras e tiraram a comida da boca dos próprios filhos para alimentar padres roliços como barris? Já pensou nisso?

Alessio ficou calado.

– Pois é, meu amigo. O mundo é assim: uns nascem, outros morrem. Uns colhem os louros, outros se fodem. E o bem e o mal são parte da nossa existência. Há tempos em que a balança fica meio desregulada, como agora, mas eu sei que as coisas se ajeitam sozinhas. Tudo estava aqui quando nascemos e tudo continuará da mesma maneira – Raposa queria ver as estrelas, entretanto o céu estava encoberto. – Vida e morte são os caminhos que todos nós percorremos. Você e eu apenas viveremos mais, mas sei que um dia teremos o nosso fim.

– O fim chega para todos – Alessio murmurou ao ver cruzes tortas na beira da estrada.

– Chega – a menina olhou para o amigo. – Por isso quero aproveitar cada despertar, cada gota de sangue. Se você gosta da sua culpa e das suas penitências, enforque-se nelas. Para mim viver é me libertar de todas as amarras que um dia me impuseram.

Tita pulou do cavalo, correu até um casebre na beira da estrada, arrombou a porta de madeira apodrecida com um pontapé e entrou. Alessio se assustou, pois não esperava esse rompante da menina.

Desmontou e seguiu-a.

Viu-a se fartando com uma mulher gorda enquanto uma garotinha dormia sobre a palha úmida e malcheirosa.

– Ela vai morrer em um ou dois dias – Tita parou de sugar, os lábios vermelhos, um pouco de sangue escorrendo pelo canto da boca. Apontou para a menininha imóvel enquanto a gorducha gemia totalmente paralisada, os olhos esbugalhados tal como os de um rato encurralado contra a parede. – Sinta o cheiro da doença correndo nas veias daquela pobre coitada. Já que você não liga para uma refeição de qualidade...

Alessio sentiu a sede apertar. Curvou-se sobre a garotinha e mordeu seu pescoço, sobre uma ferida purulenta. Sugou o sangue amargo e ralo. Fez uma oração assim que ela morreu.

– Satisfeito? – Tita limpou a boca no vestido da gorducha.

– Você sabe que não – Alessio fechou os olhos da menininha.

– E você sabe que não precisa ser assim.

Ele saiu da casa, agora um pouco mais corado e aquecido, e assoviou para chamar os cavalos que pastavam logo adiante. Ele odiava Tita por destroçar tão rapidamente as convicções que vinha construindo durante os anos de reclusão e oração.

No fundo, ele sabia que suas certezas não eram mais sólidas do que um castelo de areia.

– Venha cá, Ryan – James de Groundewell estava exausto, os olhos ardendo do sono, o estômago resmungando de fome, a boca amarga e seca. A madrugada avançava fria e os homens designados para procurar Harold Stonecross ainda não haviam retornado. – Como ele se soltou?

– Isso é o que eu gostaria de saber – o grandalhão socou a parede. – Os grilhões dos pulsos ainda estavam intactos, as correntes... Tudo.

– Você tem certeza?

– Eu mesmo o prendi e eu mesmo entrei naquela água fria

e confirmei que tudo estava no lugar – seu rosto não escondia a frustração. – Se tem algo que faço bem é esse tipo de serviço, senhor.

– As correntes estão mesmo inteiras, o que não está é as mãos dele – Tobias apareceu roendo um pedaço de pão que roubou da despensa.

– Como assim, Tobias? – James aproximou-se do baixinho.

– Quando ele saiu correndo vi que *tava* faltando os *dedão* nas mãos – Tobias mastigava grunhindo como um porco. – Ele tava só com os quatro dedos.

– Filho da puta! – Ryan socou três vezes a parede. – Foi por isso que conseguiu se livrar das correntes. – Que tipo de animal arranca os próprios dedos?

James sentou-se no banco de madeira e levou as mãos ao rosto. O bispo e o deão já haviam se retirado para dormir. Ele estava frustrado, arruinado. Matar o demônio seria seu grande triunfo, seria o seu caminho para se tornar bispo ou até mesmo papa. Seu nome seria lembrado para sempre como o homem que derrotou Satanás.

Soltou o ar lentamente pela boca.

Todos seus sonhos tinham sido estraçalhados.

Agora teria que se contentar em apenas ser o prior daquela merda de igreja.

.

.

.

Robert Wyvil acordou com sinos badalando na sua cabeça e abelhas ferroando seu estômago. Lembrou-se das quatro ou cinco vezes em que se embebedara na sua juventude. Contudo, dessa vez, não havia bebido uma gota de álcool sequer.

Levantou-se da cama, cambaleou até cair de joelhos. Vomitou dentro de um balde que usava para mijar durante a noite. Reynold Orsini despertou assustado com a barulheira e, ainda sonolento, viu o bispo soltar golfadas violentas pela boca e pelo nariz.

– Lord Robert – levantou-se para acudir seu superior. – Quer que eu chame o enfermeiro?

– Não precisa – limpou o resto de vômito na manga da sua roupa de dormir. – Quero apenas que fale mais baixo. A minha cabeça parece que vai estourar.

– Desculpe-me, senhor – o deão quase sussurrava.

O bispo se sentou no chão e massageou as têmporas. Sabia

que não estava com a peste, contudo sentia que seu corpo e a sua alma estavam muito doentes. Negros.

– Era melhor que eu morresse – murmurou sentindo o aposento rodar. – Tudo se resolveria.

– O que disse, Lord Robert? – O deão molhou um pano na água gelada da tina de prata e entregou-o ao bispo.

– Nada – limpou o rosto e sentiu-se melhor. – Vamos voltar a Salisbury. Não temos mais nada para fazer por aqui.

– Não iremos nos despedir de James? – Reynold Orsini começou a se vestir.

– O *assunto* do qual eu vim tratar com James fugiu noite adentro – o bispo escarrou e assoou o nariz para limpar o restante de vômito que permanecia na boca. – Então, ele fica aqui com a sua derrota e nós dois voltamos para casa com os rabos entre as pernas.

Eles já estavam na estradinha enlameada antes de o sol nascer, seguidos a distância pela escolta de homens sonolentos.

O deão permanecia calado, mas, irrequieto como estava, arriscou quebrar o silêncio:

– E o que diremos ao Lord William? Como responderemos ao papa?

– Se querem capturar os demônios, tentem vocês mesmos. Boa sorte! – O bispo começou a gargalhar, fazendo os homens se sobressaltarem em suas montarias.

Reynold Orsini olhou-o de soslaio. Desconfiava de que Robert Wyvil havia ficado louco. Mas ele ainda era o bispo, um dos homens mais poderosos daquelas partes da Inglaterra, portanto achou prudente e sábio manter-se calado. Se o afrontasse, se o corrigisse, mesmo de maneira sutil ou educada, poderia sofrer consequências desastrosas.

Deu uma risadinha para acompanhar as gargalhadas do bispo e levou dois tapinhas nas costas por isso. Suspirou. Realmente tivera a postura correta.

As aparências e máscaras sempre ajudavam nos momentos mais incômodos.

– Ele voltou do mundo dos mortos – a rainha colocou o pulso na boca e sorveu um pouco do seu próprio sangue enquanto o corte cicatrizava rapidamente. – Sinto que seu espírito enraizou-se novamente na carne.

Liádan sorriu. E as nuvens negras se dissiparam na sua mente.

Abri os olhos e vi a minha linda dama ruiva, tal como uma deusa de outrora, e meu coração se aqueceu novamente, batendo vigoroso, forte, como se eu tivesse me fartado com o sangue de cem homens.

Puxei o ar com força e senti meus pulmões se expandindo. Sentei-me e comecei a tossir, expelindo jorros e mais jorros de água. Levei a mão à boca e percebi que ainda não tinha o dedão. Só então despertei completamente.

– Eu sobrevivi? – tossi. As minhas costelas doíam demais, algumas delas deviam estar fraturadas.

– Sim, meu querido – Liádan acariciou os meus cabelos. – Você voltou.

– Jurava que dessa vez eu não conseguiria escapar – arfei. – Sei que eu não estava mais *aqui*, se é que me entende.

– O seu espírito já estava próximo de ultrapassar um limiar após o qual não seria possível reverter a sua morte – a rainha sentou-se à minha frente.

– Quem é você? – Senti uma energia poderosa emanando da mulher. A mesma força que agora corria nas minhas veias.

– Sou Buddug – ela me encarou e eu senti seu olhar desnudar a minha alma. – E sim, foi a força do meu sangue que trouxe você de volta.

– Buddug... Buddug... – franzi o cenho. – Esse nome não me é estranho... Ah sim! A rainha celta! Aquela que enfrentou os romanos.

Ela assentiu com a cabeça.

– Pelo que contam na história você morreu – sorri –, mas eu bem sei que a história sempre é baseada em interesses e mentiras.

– Eu estava, digamos, oculta. Também fui gravemente ferida e demorei a me recuperar, mas chegou o momento do meu despertar – a rainha esticou o braço e uma grande coruja branca aterrissou sobre ele, fincando as garras nos braceletes de couro e ouro.

Levantei-me. Caí sentado. Eu estava vivo, mas meu corpo ainda estava moído. Meus cortes já não sangravam mais, contudo a cicatrização era lenta. E o que mais me preocupava: meus dedos ainda não davam sinais de que se recuperariam.

– Por que despertou agora? – Eu estava sedento e a minha cabeça doía insuportavelmente.

– Porque eu ouvi o chamado de outros antigos imortais – a rainha acariciou a cabeça da coruja.

– Que chamado? Que antigos imortais?

A rainha olhou para Liádan e riu.

– Tão poderoso, renascido para a imortalidade pelas mãos de Loki e mesmo assim tão *cego* – Buddug caminhou e sua cota de malha tilintou. – Tão humano.

– Você ouviu algum chamado, Liádan? – acariciei os braços frios da minha amada.

– Sim, ouvi – a dama ruiva segurou a minha mão e passou seus dedos sobre os meus. – E ainda ouço. É um murmúrio constante no ar, cada vez mais forte, mais intenso.

Forcei meus ouvidos ao máximo e apenas ouvi o mugido de uma vaca, distante. A sede incomodou novamente. Pensei em ir até ela e fartar-me com seu sangue.

– Vamos, precisamos partir – a rainha me tirou dos meus devaneios. – Eles já nos aguardam.

– Para onde vamos? – Liádan me ergueu com delicadeza, senti pontadas nas costelas, mas fiquei com vergonha de reclamar perante duas mulheres tão fortes.

– Para a *Dança dos Gigantes*! – Os olhos da rainha brilharam como se tivessem luz própria. – Para o lugar que meus ancestrais usavam para adorar os deuses.

– Vista-se – Liádan me entregou as roupas de algum camponês.

Só então percebi que estava nu.

Enfiei-me nas roupas puídas e elas ficaram largas como sacos.

– Não tinha um homem mais magro para roubar, Liádan?

– Ah, Harold, por mim você ainda estaria pelado – a rainha riu.

Ela me pegou no colo como se eu fosse feito de palha e assoviou. Instantes depois os cascos bateram forte no cascalho e duas éguas negras como piche e imensas como touros surgiram vindas do bosque de pinheiros.

Buddug me jogou sobre o lombo de uma delas, tal como um saco de cevada, e montou. Liádan subiu graciosamente na outra. Cavalgamos na velocidade do vento que soprava para o norte.

Os galopes trovoaram na noite fria. E os grandes cascos fizeram a terra tremer, levantando tufos de grama. Por quanto tempo eu não sei, pois a fraqueza do meu corpo ferido me fez adormecer, ou desmaiar. Quando acordei estava diante dos imensos monólitos de pedras que os homens chamam de Stonehenge.

Eu gostava daquele lugar. Por algumas vezes, quando precisei pensar, quando quis ficar sozinho, eu vim até aqui.

Deitar-me dentro do círculo e observar as estrelas sempre me trouxe paz. Contudo a energia do local estava diferente.

A rainha desmontou, Liádan também e eu as segui com dificuldade, com muita dor, lutando para não apagar novamente. Eu precisava muito de sangue, mas só o que vi foram alguns carneiros e ovelhas pastando nos arredores.

As duas mulheres entraram no círculo.

Alguma coisa, uma sensação estranha, me fez permanecer parado onde estava. Minhas pernas fraquejaram e eu caí de joelhos. Senti a minha cabeça pesada, como se eu usasse um elmo feito de chumbo. Meu corpo foi se arqueando para a frente; tive que apoiar as mãos no chão para não desabar de vez.

– O que está acontecendo? – Eu não conseguia respirar direito. O ar teimava em não preencher meus pulmões. Minhas vistas se embaralharam e os meus braços pareciam dançar à frente dos olhos. Vomitei um sangue escuro e fedido. – O que está acontecendo comigo?

Meu corpo começou a tremer e, instantes antes de eu desabar, alguém me segurou pelos sovacos e me arrastou para dentro do círculo de pedras. Os meus olhos continuavam embaçados e eu não conseguia enxergar direito, apenas vultos.

– Você pode ficar em pé? – O homem que me amparava sussurrou no meu ouvido, encostando insidiosamente seus lábios na minha orelha.

– Acho que sim – eu piscava muito para tentar recuperar o foco.

Ele me soltou e eu permaneci curvado como um velhote. Então senti o delicioso e inconfundível aroma de sangue: o homem rasgou o próprio pulso com a unha e ofereceu-o a mim. Sorvi longos goles e só parei porque o imortal puxou o braço.

Tal como o da rainha, era um sangue fortíssimo, de alguém muito antigo. Rapidamente minha visão se restabeleceu e as minhas pernas recuperaram um pouco da força. Consegui ficar ereto. Somente meus polegares teimavam em não crescer. Talvez eu ficasse mutilado para sempre.

– Então esse é o *esplêndido* Harold Stonecross? – O imortal que acabara de me dar seu sangue me olhava de cima abaixo com um sorrisinho estranho no rosto. – Achei que ele era um pouco mais forte. Até mesmo mais alto.

– Diodoros... – outro imortal, vestindo uma túnica bege semelhante a um vestido, os cabelos grisalhos oleados e penteados para trás, balançou a cabeça em reprovação.

– Ah, meu velho Zotikos – o outro acariciou-lhe a face.

– Mesmo depois de tantos séculos você ainda me reprova? Nem parece ter nascido na nossa livre e safada Grécia. Não consegue mesmo se acostumar com o meu jeito... Se eu não o conhecesse muito bem, meu querido, desconfiaria que você se arrependeu de me dar o poder da imortalidade. Ou é apenas um rompante de ciúmes?

Ele não respondeu; apenas me encarou com seus olhos azuis como o céu da primavera, inexpressivos como os de uma pintura. O outro também me fitava, cobiçoso, o sorriso pequeno nos lábios corados de quem se alimentara pouco tempo antes.

– Você me lembra Balthazar, um esplêndido fenício que conheci há muitos séculos, quando eu ainda era novo na imortalidade – Diodoros sorriu. – Não pela aparência, pois ele tinha uma linda pele dourada pelo sol e os cabelos pretos e cacheados, da mesma cor da barba bem aparada. Seu espírito me lembra o dele: tão forte, cativante, convicto.

Ele tocou o pescoço como as mulheres fazem quando estão apaixonadas.

– Ah, como sinto falta daquele homem do mar, do meu capitão, que ora cheirava a suor salgado, ora exalava o mais intenso dos perfumes – o grego fechou os olhos. – Como queria tê-lo somente para mim. Como queria singrar os oceanos infindáveis na sua companhia, tendo seus braços fortes ao meu redor.

Diodoros mordeu os lábios e soltou o ar lentamente.

– Para você, Harold, ainda pude dar o meu sangue, você me saboreou, me degustou com sua boca insinuante – o grego exalava paixão. – Queria que Balthazar tivesse esse mesmo privilégio. Aliás, queria que ambos desfrutássemos dessa intimidade. Mas os deuses não permitiram. Os deuses e o enxerido escravo Lísias, aquele rapazinho desprezível.

Diodoros virou-se e nada mais disse.

Liádan me olhou divertida e, dessa vez, eu pude compreender claramente o que a minha dama ruiva imaginava.

Eu era uma criança indefesa diante deles, não tinha quaisquer ideias do que esses *homens* pensavam de mim, o que queriam comigo. Apenas me sentia desnudado, com a minha alma escancarada e com todos os meus pensamentos expostos, mesmo os mais íntimos.

Logo adiante, recostados às pedras monumentais, outros antigos imortais nos observavam, silenciosos, imóveis, invisíveis aos olhos humanos. Eu mesmo só os vi depois de algum tempo. E como havia muito não acontecia, um frio percorreu toda a minha espinha.

– Tanto... Poder... – Sentia que eles poderiam acabar comigo com apenas um estalar de dedos.

Instintivamente, tal como um filho que procura proteção nos braços da mãe, dei dois passos até Liádan, mas ela estava tão absorta quanto eu. Calada, olhava para cada um deles, como se conversassem em silêncio. Eu sabia que a minha amada tinha esse dom, que eu mesmo nunca desenvolvi apesar de ser o seu criador.

Ao lado dela, Buddug sorria, os braços abertos como se quisesse dar boas-vindas àqueles seres magníficos.

– Enfim nos encontramos – disse a rainha, e sua voz potente ecoou: – Sejam bem-vindos.

Nesse instante as nuvens se dissiparam e a lua apareceu como um grande sorriso prateado no céu salpicado de estrelas.

E os antigos imortais vieram para o centro da *Dança dos Gigantes.*

Robert Wyvil despertou aos berros, caiu da cama e permaneceu de bruços no chão, os olhos fechados, a testa colada no frio mármore e suas roupas de dormir empapadas de suor. Sua respiração entrecortada era insuficiente para trazer ar aos pulmões e seu coração tamborilava rápido demais. Tinha a sensação de que estava prestes a sufocar.

Vertigem...

Murmurou preces para se acalmar enquanto arfava tal como um cão engasgado. Quando a sua respiração se normalizou, inspirou devagar o frio ar da madrugada e tossiu. De todas as vezes que sonhara com os demônios, essa fora a mais real, a mais vívida.

Demorou até conseguir se levantar: tinha a impressão de que havia uma grande carga sobre o seu lombo. E quando o fez, pondo-se primeiro de joelhos, sentiu uma dor aguda no pescoço. Passou a mão logo abaixo da orelha e tocou em algo viscoso.

– Sangue? – Viu os dedos pintados de vermelho.

Olhou para os lençóis brancos da cama e estavam manchados também.

O bispo se recordou de uma parte do seu sonho, do momento em que uma velha baixinha de cabelos brancos como a neve veio até o seu leito, tocou seu queixo com a mão fria e virou sua cabeça para o lado. Ele desejava impedi-la, queria afastá-la, esmurrá-la, mas seu corpo não obedecia. Era como se não tivesse mais controle algum sobre seus movimentos. Estava completamente à mercê dela.

– Então não foi um sonho – sentou-se na cama, desolado, sentindo-se impotente por ter seu corpo violado sem qualquer chance de defesa. – Ela veio até aqui e se alimentou de mim. Oh, Deus!

Olhou novamente para a mão ensanguentada, trêmula, e o cheiro ferroso o enojou. Por duas vezes teve ânsia, mas o vômito teimava em apenas queimar seu estômago.

Cuspiu no chão e levou a mão à testa quando uma dor aguda irrompeu dentro do seu crânio, latejante a cada pulsar do seu coração.

Robert Wyvil foi até a tina com água e lavou vigorosamente os pequenos furos no seu pescoço, fazendo os ferimentos arderem e deixando algumas gotas de sangue pingarem sobre o evangelho aberto na mesinha ao lado, manchando o papel delicado de uma bíblia recém-produzida por monges copistas.

Enrolou uma toalha no pescoço para tentar conter o sangramento e quando olhou para o tomo viu os respingos exatamente sobre um trecho de Apocalipse, Capítulo XIII:

E abriu a sua boca em blasfêmias contra Deus, para blasfemar do seu nome, e do seu tabernáculo, e dos que habitam no céu.
E foi-lhe permitido fazer guerra aos santos, e vencê-los; e deu-se-lhe poder sobre toda a tribo, e língua, e nação.
E adoraram-na todos os que habitam sobre a terra, esses cujos nomes não estão escritos no livro da vida do Cordeiro que foi morto desde a fundação do mundo.

Levou a mão à boca e jurou ter ouvido gargalhadas em algum lugar lá fora. Pegou uma pequena faca, afiadíssima, que usava para apontar as penas de ganso com as quais escrevia. Caminhou até a porta, trancou-a e arrastou a mesinha até lá, formando uma inútil barreira.

Mais gargalhadas.

Balançou a cabeça e tentou se convencer de que era apenas o assovio do vento passando por entre os galhos das árvores. Serviu-se de um pouco de vinho. Uma taça, depois outra e mais outra. Sorveu a última gota diretamente do jarro de estanho.

Sentiu um leve formigamento em suas mãos e pés, e um torpor gostoso: seu espírito estava mais leve, inebriado. Até a dor de cabeça fora mascarada. Ficou por bastante tempo olhando para as manchas vermelhas na bíblia. Esperava algum sinal divino, algum presságio.

Arrotou.

O sino anunciando as *matinas* foi tocado e ele começou as suas orações, ali mesmo, ajoelhando-se no chão, quase bêbado, repetindo sem convicção a mesma liturgia de sempre, monótona, monofônica, quase como uma canção de ninar.

Bocejou e se arrependeu de ter ficado em Salisbury. Deveria ter ido até a sua fazenda, onde aqueceria seu corpo junto ao da sua criada. Onde poderia gozar para ter alguma felicidade depois do dia horrendo.

Talvez sequer tivesse sido mordido.

– Se bem que me tornar um imortal, mesmo sendo um demônio, não seria tão ruim nas atuais circunstâncias – ele sentiu a cabeça tontear. – Será que estou me transformando num deles? – Passou a língua nos caninos para ver se estavam aumentando. Seria um destino engraçado.

Destino...

Soluçou e esfregou os olhos cansados, a vista embaralhada, o seu aposento girando, girando.

– Eu não bebi tanto vinho assim... – Teve de fechar os olhos e controlar-se para não vomitar. Levantou-se. Conseguiu dar três passos cambaleantes e desabou sobre sua cama.

O sangue continuava se esvaindo pelos furos no pescoço.

E com ele a consciência do bispo.

Eu não sabia quem eles eram, de onde vinham ou mesmo quais eram suas idades. Mas tinha certeza: nunca presenciei tamanho poder unido. Mesmo já tendo me encontrado com Loki, Thor e Pã, esses antigos imortais me causavam calafrios misturados com excitação e curiosidade.

– *Por que estão aqui?* – pensei.

– *Logo saberá* – várias vozes responderam ao mesmo tempo na minha mente.

Tonteei e quase caí. Eles permaneciam calados, apenas o tal Diodoros se divertia e não escondia o riso largo.

Liádan curvou-se respeitosamente e a rainha continuava ereta, altiva. Os outros permaneciam imóveis tais como se esculpidos na rocha. E eu estava perdido tal como um cão vadio que se depara com uma matilha. Tinha a impressão de que, dependendo de como eu me portasse junto àqueles cães, eu seria aceito ou expulso.

Ou até mesmo morto.

Mal tive tempo para refletir: a cadela matriz daquele

poderoso bando veio até mim andando devagar, repuxando um pouco a perna direita. Ela tinha a pele enrugada, da cor dos troncos das árvores, e o cabelo branco trançado até a cintura. Usava um colar de conchas e estava envolta em peles de coelho mal costuradas. Era baixinha, quase uma anã, contudo o seu imenso poder fez com que eu me ajoelhasse perante ela. Nossos olhos ficaram da mesma altura e eu sabia que ela já me conhecia completamente.

A velha murmurou algumas palavras em uma língua que eu desconhecia. Esticou o braço adornado com braceletes de couro e ossos trançados e tocou a minha testa com a ponta do pequeno indicador. Então, eu pude enxergar o que ela vivera, o que ela escolhera me contar. Foi como se nossos espíritos se unissem em um só.

Primeiro senti muito frio quando a nevasca veio, o vento forte açoitando o meu rosto e o gelo ferindo a pele. Fiquei muito triste, pois não conseguiria pegar peixes suficientes para alimentar a todos. As redes vinham vazias.

Depois senti medo quando o pequeno barco de pesca virou e *eu* fiquei à deriva, lutando contra as ondas que rebentavam sobre a *minha* cabeça. Cada vez que afundava, bebia goles e mais goles da água gelada. Não estava longe da praia, contudo não conseguia competir contra a força da maré.

Todo *meu* corpo estava dormente. E um sono estranho se apossou de *mim*.

Afundei lentamente para a escuridão negra do oceano. Já não sentia mais as pancadas das ondas, ou frio, ou medo. Apenas a paz advinda do vazio e do silêncio.

Quanto mais afundava, mais serena ficava a minha mente.

E nesse momento senti o meu espírito se desprender do dela e agora não mais via pelos seus olhos, mas sim como se flutuasse, invisível, sobre ela.

Porém ela continuava controlando meus pensamentos, e me mostrou a sua vida, que se desnudou nítida e lívida diante dos meus olhos.

A Foca, como era conhecida entre os seus, tinha vivido uns sessenta invernos, nem ela sabia ao certo, muito mais que a maioria dos aldeões. Nunca teve filhos, os deuses não a haviam agraciado com a fertilidade, mas ajudou dezenas de crianças a nascerem e evitou a morte de tantas outras com seus unguentos, infusões e orações. Ela era uma curandeira respeitada, que conhecia os segredos do mar como ninguém. Dele tirava o poder e os elementos necessários para os seus trabalhos.

E seria no fundo do seu amado oceano que o seu espírito encontraria descanso. Vi-a fechar os olhos amendoados e soltar o último suspiro que subiu à superfície na forma de pequenas bolhas enquanto seu corpo continuava a descer vagarosamente.

Então algo maravilhoso aconteceu. Primeiro uma imensa bolha envolveu a velha Foca trazendo novamente ar aos seus pulmões, depois uma luz avermelhada iluminou o fundo do mar, tal como se uma estrela tivesse caído do céu. Então ela surgiu.

Primeiro achei que era algum monstro marinho, pela sua pele rugosa incrustada de crustáceos e algas. Depois percebi se tratar de um ser muito semelhante a nós, a uma velha curvada que caminhava no fundo do mar levantando um rastro de areia, espantando os caranguejos e peixes.

Ela parou bem próxima da bolha e abriu os braços. Duas grandes baleias se aproximaram e tubarões surgiram nadando ao nosso redor, como se fossem expectadores do que estava por vir. As mulheres conversaram sem palavras e só entendi quando a velha Foca assentiu com a cabeça e sorriu. Nesse momento a bolha estourou e o oceano a envolveu.

Ela renasceu imortal, assim como eu.

A velha tirou o dedo da minha testa. Caí sentado quando retomei a consciência do meu corpo e do ambiente ao meu redor. Mesmo sem dizer uma palavra sequer, a mulher, tão antiga quanto os milênios, me contou parte da sua história – sobre como se tornou uma imortal pelos poderes de uma deusa do mar de uma terra longínqua que eu sequer imaginava existir.

– Ela também me mostrou, Harold – Liádan sussurrou no meu ouvido. – Todos eles me mostraram suas vidas e suas almas. E eu também lhes revelei a minha.

– Por mim eu não revelaria nada para estranhos, mas acho que isso não é uma opção – sorri ao me levantar.

– A Foca já está nessa terra há alguns séculos, vinda até aqui num barco dos homens do norte. Em troca de uma viagem segura, depois de perderem todas as outras embarcações e dezenas de companheiros para o oceano revolto, eles a trouxeram escondida sob peles de morsas e focas para se abrigar do sol – Liádan foi até a velha e beijou-lhe as mãos encarquilhadas. – Decidiu ficar oculta durante todo esse tempo, apenas esperando o momento certo para aparecer.

– E por que ela fez essa viagem tão longa? – eu estava intrigado.

– Pelo mesmo motivo que nos trouxe até aqui – uma jovem

vestida com uns panos laranja e vermelho-vivo falou com a voz doce. – Ela viu em seus sonhos que era preciso vir e que todos nós nos encontraríamos essa noite.

– E ela sabia disso há tantos séculos? – Franzi o cenho.

– Para ela e para muitos de nós, os séculos são como semanas ou meses – ela se aproximou e tirou os panos que envolviam a sua cabeça, evidenciando um rosto diferente, mas bonito, jovial, a pele marrom e os olhos profundos envoltos por uma pintura preta espessa, da mesma cor dos seus cabelos brilhosos e lisos. – Depois de tantos milênios, o tempo deixa de ser tão importante.

Apesar de ser muito mais *novo* que ela, eu também tinha essa mesma percepção. Quando eu era mortal, vivia afoito, ansioso. Agora o tempo passava de uma maneira diferente.

– Eu acredito – a jovem morena continuou – que toda a história do mundo já está escrita, por isso nós conseguimos pressentir o que vai acontecer.

– Fale por você! – Diodoros parou ao meu lado – Como é o seu nome mesmo? – Coçou a cabeça. – Ah sim! Agora me lembrei: Gauri – estalou os dedos. – Meu mestre e eu só viemos até aqui porque captamos suas energias e, curiosos como somos, quisemos conhecer outros chupadores de sangue. E quem sabe até trocar alguns fluidos com eles – ele deu uma piscadela para mim antes de começar a rir. – Já deixei o Harold me sugar.

– Sim – Zotikos colocou as mãos para trás e começou a andar por entre nós. – Não tive sonhos, visões ou premonições. Aliás, desde que Érebo me agraciou com a vida eterna, nunca mais tive um sonho sequer. É como se eu morresse todas as manhãs e revivesse ao anoitecer.

– Ah eu sonho! – Diodoros passou as mãos nos cabelos ondulados. – E acredito que depois de hoje sonharei ainda mais – piscou novamente para mim.

Zotikos olhou para o seu pupilo, que soergueu os ombros, com um sorrisinho maroto adornando o rosto delicado.

– Como Diodoros já disse, viemos atrás de forças tão imensas que puderam ser sentidas no nosso refúgio à beira do Egeu.

– E vocês vieram até aqui somente para papear? – Os lugares onde deveriam estar meus polegares começaram a coçar. – Ou estão aqui para contemplar a minha beleza?

Eu ri. Somente eu e Diodoros, que batia palmas e repetia: "Esse aí tem espírito"; "Imagina quando estiver em sua plena forma"; "A ruiva pode vir junto".

– Quando a menina chegar, começaremos – um imortal negro, muito magro e muito alto cruzou os braços e recostou-se numa das pedras.

Ao seu lado, sentado no chão, as penas cruzadas, vestindo um *vestido* largo azul, um velho de barba branca muito comprida e sobrancelhas grossas e unidas estava imóvel, as mãos sobre as coxas e a respiração lenta quase inexistente. Eu mal ouvia seu coração bater e seus olhos estavam fechados. A postura ereta que mantinha impressionava.

– Quem são esses? – sussurrei próximo ao ouvido de Liádan.

– O negro veio de um lugar muito quente bem no centro do continente chamado África e o outro veio do extremo oriente, de um país chamado Japão.

Eu invejava esse dom da minha dama ruiva. Meus ouvidos só ouviam o que me diziam com a boca e eu nunca consegui ler mentes. Outros conseguiam *falar* diretamente na minha cabeça, eu já tentei, mas desisti depois de tantos fracassos.

– E quem é essa menina que eles tanto esperam? – Olhei para onde deveriam estar os meus dedões e vi pequenas calosidades. Respirei aliviado: eles cresceriam novamente.

Liádan não respondeu à minha pergunta. Sentou-se sobre a grama e esperou, contendo o riso, o que me deixou ainda mais curioso.

– Será que vale a pena, Pezão? Eles parecem uns viajantes fodidos e... – o homem que tinha um tique no olho esquerdo olhou para a dupla que passou a cavalo.

– Lógico que vale, Doido – colocou uma flecha na corda do arco de caça e correu para a estrada. – Vem comigo!

Ele surgiu atrás dos viajantes e assoviou. O outro ficou ao seu lado segurando um podão, o olho esquerdo piscando freneticamente.

– Quem passa pelas minhas terras precisa pagar pedágio – falou, e sua voz quebrou o silêncio da noite.

Tita e Alessio fizeram seus cavalos pararem e se viraram.

– Perdoe-me, senhor. Não temos dinheiro. Somos apenas viajantes pobres – Alessio adiantou-se.

– E desde quando um padre anda sem dinheiro? – Pezão deu um passo à frente, a flecha descansando na corda do arco longo. – Debaixo desse seu hábito deve ter pelo menos umas 10 moedas de prata.

– Eu não sou padre, amigo – Alessio sorriu.

– Padre, monge, frade, a porra que o valha! – O homem cuspiu. – Passe logo o dinheiro. Não estou com paciência para conversas.

– Vamos fazer o seguinte – Tita avançou com o seu cavalo, fazendo os dois recuarem instintivamente. – Você volta para o meio do mato e eu não pego esse arco e enfio no seu cu. É justo?

Alessio levou a mão à testa e bufou. Já conhecia o desfecho dessa história.

– O que você disse, pirralha? – Pezão ficou vermelho e o seu companheiro fez uma careta de espanto.

– Você não me parece surdo, então deve ser apenas idiota – Tita sorriu. – Acho melhor ir logo embora, pois meu tempo é precioso.

– Mortos não precisam de dinheiro, vadia – ele puxou o arco até a orelha e disparou. A flecha zuniu e rasgou o ar. Não havia como errar, ele estava a menos de vinte passos de distância e era um caçador experiente. Conseguia acertar um veado correndo no meio das árvores.

Tita não se moveu. Não tentou desviar, tampouco seu semblante mudou: pegou a flecha quando esta ficou a um palmo do seu rosto. Avançou com o cavalo, cravando-a na boca do infeliz, que morreu antes de cair no chão com a ponta de metal brilhante saindo pela sua nuca. O outro largou o podão e correu mata adentro, tropeçando nos galhos caídos, arranhando-se nos arbustos.

– Caramba, Tita! – Alessio emparelhou seu cavalo com a égua peluda.

– Não me venha com sermões! – Tita deu um peteleco na orelha do amigo. – Aguentar você fantasiado de padre é uma coisa, agora, suportar você me dando sermão como um deles, isso não vou tolerar e...

– Não vou lhe dar um sermão – Alessio colocou o capuz. – Só *tava* pensando... Desde que chegamos aqui parece que uma fúria despertou em você.

– Fúria? Acho que não. – Acariciou o pescoço da égua preta. – A culpa é do destino.

– Do destino? – Alessio olhou para a amiga. – Como assim?

– Culpa do destino, *ué!* – Tita sorriu, marota. – Foi o destino que colocou todos esses imbecis no meu caminho. Para o azar deles.

Gargalhou.

Alessio riu também.

No fundo desejava ter o espírito leve da menina de cabelos

cor de cenoura. Enquanto a sua existência era cheia de culpas e fardos, a dela era pura poesia.

Ela era a liberdade plena da alma.

Condição que ele nunca alcançaria.

Seguiram noite adentro, ela assoviando, ele apreciando a melodia improvisada.

– Pode arrombar – Reynold Orsini ordenou ao pedreiro Jacob, que trabalhava na construção de novas alas da Catedral, depois de muito chamar por Robert Wyvil e não ter resposta. Temia o pior.

Foi preciso uma sequência de marteladas para conseguir arrebentar a tranca de ferro da porta de madeira maciça, que estourou e caiu no chão, fazendo o som metálico ecoar pelo corredor de pedras.

Por respeito todos se afastaram ao sinal de Orsini. Aquele era o aposento privado do bispo quando resolvia ficar em Salisbury. Um noviço tentou espiar e seu superior lhe deu um tapa na orelha, após o que foi empurrando a turma para longe, sem qualquer delicadeza.

O deão respirou fundo, fez uma prece curta, o sinal da cruz e adentrou o recinto, já esperando o pior. Arregalou os olhos quando viu o bispo desfalecido. Correu até ele e percebeu a sua respiração fraca, quase inexistente.

– Ele está vivo! – Olhou absorto para os furos no pescoço. – Alguém vá depressa chamar o irmão Leopold. Rápido!

Um dos monges que presenciara o arrombamento saiu correndo, perdendo uma das sandálias no corredor, largando a outra logo adiante. Dobrou à direita e seguiu ligeiro rumo à enfermaria.

– Santo Deus! – Reynold Orsini se ajoelhou e colocou um travesseiro sob a cabeça do bispo, que começou a resmungar e a murmurar coisas ininteligíveis. Olhou os ferimentos no seu pescoço e crispou os dentes. Sabia que um dos demônios maculara a Catedral e se alimentara de Lord Robert. Só não entendia por que o deixara vivo.

– Só pode ser um aviso, um sinal para pararmos com o que vínhamos fazendo – sussurrou.

Havia sangue espalhado no chão e sobre a cama, poças fartas indicando que o coitado sangrara até a inconsciência.

– Vamos colocá-lo sobre a cama – Leopold surgiu, esbaforido, junto com mais três homens que ajudavam na enfermaria.

– Com cuidado, pois não sabemos se ele quebrou a coluna ou algo assim.

O deão se levantou e fechou a porta para evitar os olhares curiosos. Enquanto isso, os homens erguiam cuidadosamente o bispo e colocavam-no sobre a cama.

– Vocês já podem retornar à enfermaria, obrigado – Leopold colocou sua sacola sobre uma cadeira e começou a remexê-la.

Os homens saíram e o deão tornou a fechar a porta, permanecendo quieto enquanto o enfermeiro trabalhava.

Leopold pegou uma faixa de pano e um frasco contendo uma pasta alaranjada.

– Sempre carrego esse preparado de camomila, sálvia, alecrim, azeite, sumo de cenoura e mais alguns outros ingredientes. Ele faz milagres contra ferimentos que teimam em cicatrizar – o enfermeiro olhou o pescoço do bispo e franziu o cenho. – Irmão Reynold, pode, por favor, umedecer aquela toalha e trazer aqui?

O deão assentiu. Aproveitou e abriu as cortinas que diminuíam a luminosidade matinal da pequena janela.

– Obrigado, isso ajuda bastante – o enfermeiro limpou cuidadosamente os furos, que já não vertiam mais sangue. – Que ferimento estranho... É como se uma cobra tivesse picado o bispo, ou uma grande aranha. Gigante, aliás... Um cão não foi, senão a mordida seria mais profunda e teríamos mais marcas de dentes... Estranho. Foi direto na veia, mas...

– O que foi?

– Ainda deveria estar sangrando, inflamado no mínimo. Contudo, pelo que vejo, agora só a pele está ferida – o enfermeiro se aproximou quase encostando o nariz no pescoço de Robert Wyvil. – Lá dentro *tá tudo* fechadinho, eu acho – apalpou ao redor dos furos. – Veja, não sai mais nada!

Reynold Orsini, apesar de saber quem infligira aquela mordida, permaneceu quieto. Não queria alvoroçar ainda mais a Catedral falando sobre os demônios sugadores de sangue.

– *Será que o bispo vai se transformar num deles?* – pensou, e sentiu as tripas se revirarem. Engoliu em seco para segurar a ânsia de vômito. – *Se isso acontecer eu sumo daqui e atravesso o mar. Vou tentar a vida na França e...*

– O pulso dele está fraquíssimo – o enfermeiro interrompeu seus devaneios. – Porém acredito que com o tratamento constante e repouso ele vai se recuperar.

– Em quanto tempo, irmão?

– Ah, isso só Deus pode dizer – o enfermeiro emplastrou os ferimentos com o medicamento, enfaixou o pescoço do bispo e guardou seus materiais na sacola. – Primeiro rezemos para ele sobreviver. O dia de hoje será crucial para isso. Virei vê-lo constantemente, mas peço que ninguém o incomode. Que alguém cuidadoso entre aqui somente para limpar esse sangue no chão. Os lençóis trocamos depois.

Os dois saíram do aposento de Lord Robert. O deão foi apressado conversar com o chefe da guarnição que William de Montacute mantinha próxima à Catedral. Pediu que redobrassem a segurança junto aos portões, pois ocorreram alguns saques. Mentiu, mas era por um bom motivo.

– Já não sei mais o que é real ou imaginário. O que é verdade ou mentira – falou enquanto caminhava pelas ruas barrentas. – Não sei mais nada sobre Deus ou o Diabo, tampouco sobre a Igreja. Acho que somos apenas brinquedos de carne e osso nas mãos de poderes ancestrais inimagináveis, somos os coelhos criados nas suas gaiolas invisíveis. E até a recuperação do bispo estou praticamente sozinho nesse jogo. Só espero que não se lembrem de mim tão cedo.

Tropeçou numa pedra e xingou quando o dedão latejou.

Imaginou *alguém* rindo disso.

No Céu ou no Inferno.

Capítulo IX – Gritos na noite

– Enfim a menina se aproxima – o Africano abriu um sorriso largo mostrando os dentões brancos como pérolas.

– Espero que valha mesmo a pena conhecer essa garota – Diodoros brincava com um carneirinho que se desgarrou da mãe e veio xeretar no interior da Stonehenge. – Se soubesse que iria demorar tanto tinha ido beber *algo*. Eu e o meu novo amigo Harry, que está um trapo sem se alimentar.

– Ele vai sobreviver – Buddug me deu um tapa no ombro que quase me pôs de joelhos.

Eu ia começar a resmungar, mas ouvi cascos atrás de mim e quando me virei reconheci Tita e Alessio a menos de duzentos passos.

– Então ela é a menina – olhei para Liádan que sorriu para mim. – Que boa surpresa!

Eu gostava muito dela. Infelizmente ela trouxera consigo uma bagagem muito pesada.

– Seja bem-vinda, filha de Roma – Buddug abriu os braços e ajudou-a a desmontar. Ignorou por completo Alessio.

Liádan correu até a menina sardenta e abraçou-a, levantando-a do chão. Fez o mesmo com Alessio, mas sem tanto entusiasmo. Segui a dama ruiva e também cumprimentei a jovem.

– Cadê os seus dedos? – Ela torceu o nariz ao olhar para as minhas mãos. – Está parecendo a pata de uma galinha.

– Essa é uma longa história – sorri.

– Eu fico longe por uma temporada e você já se fode todo, meu amigo? – Ela me deu tapinhas na bochecha. – Acho que terei de me mudar para esse país frio e cinza, só para te manter a salvo.

Riu daquele jeito gostoso, exatamente como eu me recordava.

Encarei Alessio e retribuí a mesura silenciosa que ele me fez. Como eu o achava patético por estar travestido de padre.

– Um imortal padre! – Diodoros disse em voz alta o que todos nós pensávamos. E eu não precisava conseguir ler mentes para saber disso. – Essa foi a coisa mais excêntrica que vi em todos esses séculos. Ou a mais ridícula.

Gargalhou.

Alessio não respondeu. Ficou acuado ao lado do seu cavalo. Não o julguei, pois quando vi os antigos imortais pela primeira vez senti o mesmo. Tita, ao contrário, parecia curiosa, o olhar radiante para cada um deles. Até que viu o Africano.

A Raposa rosnou e avançou tão veloz que mal pude acompanhar sua trajetória até ela alcançar o negro, dilacerar seu rosto com as garras afiadas e arrancar um pedaço do seu pescoço comprido com uma mordida digna dos melhores mastiffs.

O carneirinho se assustou e correu para a segurança do bando, enquanto o Africano tombava, ela ainda grudada nele como uma fera, as garras cravadas nos ombros ossudos, os pés apoiados nas coxas musculosas. Os braços e pernas compridos dele começaram a ter espasmos, o sangue esguichando pela laceração a cada batida do coração, salpicando uma das grandes pedras ancestrais.

Nenhum dos imortais se moveu. Apenas Alessio avançou um passo, mas recuou outros dois.

Tita se levantou, a boca pintada de vermelho, os olhos vidrados e a respiração ofegante. Estava um pouco arqueada, os punhos cerrados, as pernas levemente separadas, pronta para a batalha com quem quer que a desafiasse, mas não havia qualquer hostilidade ou animosidade no ar.

Pouco a pouco ela começou a se endireitar, a respirar profundamente, abaixando lentamente os braços. Só então cuspiu o naco que arrancara do pescoço do Africano.

O negro se sentou, era muito forte para morrer daquela forma. Antes de ficar de pé, seus ferimentos já estavam completamente cicatrizados. Desconfio que ele permitiu o rompante de fúria sem sequer tentar se defender. Havia séculos de mágoa e dor para ser revertidos.

E há vezes em que ações valem mais do que palavras.

– Que o Senhor guie as minhas palavras e eu consiga responder com sabedoria aos questionamentos do *Earl* – o deão rezava fervorosamente enquanto percorria apressado a comprida nave da catedral. Não havia momento mais inoportuno para William de Montacute exigir uma audiência. Com o bispo convalescendo e com o arcediago Roger de Kington viajando, ele seria o responsável por resolver a demanda. – Que Santo Osmund não me deixe gaguejar e que eu seja convicto nas minhas explanações.

Reynold Orsini passou as mãos nos parcos cabelos, tocou sua cruz peitoral e adentrou a sala, com um sorriso falso no rosto.

– Lord William – fez uma mesura. – Fez uma boa viagem até aqui?

– Uma merda, isso sim – tossiu. – Estou com uma ferida na bunda e cavalgar é um suplício. Aliás preciso conversar com o Leopold para ver se ele me dá mais um pouco daquele emplastro que fede a bosta de cavalo. Passei sal só para não inflamar, mas isso não vai resolver.

– Ele lhe dará sim, Lord William – o deão odiava o jeito rude do *Earl*, mas teria que suportá-lo.

– E me diga, onde está o bispo? – Sentou-se devagar e fez uma careta quando o machucado foi pressionado. – Ouvi dizer que ele está doente. Pegou a peste?

– Não, não – o deão balançou as mãos. – Pelo nosso bom Cristo, ele apenas está convalescendo depois de um grande esforço.

– E que esforço foi esse? – William tentava se ajeitar na cadeira, mas o machucado o incomodava. Levantou-se. – Ele ficou exausto por foder demais com a criada?

O deão preferiu ignorar a grosseria.

– Ele lutou com o demônio.

William de Montacute não esperava por isso. Aproximou-se de Reynold e apertou seu ombro com a mão enluvada. O homem fedia tal como um javali.

– O bispo peitou o demônio? O mesmo demônio que há tempos vem fodendo com o nosso povo?

– Sim, Lord William – o deão assentiu, virando discretamente o rosto para evitar o bafo podre e os perdigotos. – O demônio veio até a catedral e foi desafiar o nosso santo bispo.

– Pelo cu da minha avó! – o *Earl* se afastou pisando duro e virou-se de repente. – Isso eu nunca imaginaria. E o que aconteceu?

– Durante toda a noite eles se embateram: o demônio com sua lascívia profana, Lord Robert combatendo-o com a palavra de Deus.

– E o demônio mordeu o bispo? – Lord William tinha a curiosidade de uma criança ao ouvir uma história à beira da fogueira.

– Ele tentou por diversas vezes, não sei ao certo se conseguiu cravar as presas no nosso salvador, mas sei que o feriu de alguma forma, porque havia sangue espalhado no seu aposento.

– Minha Nossa Senhora!

– O bispo usou a bíblia como escudo e a sua fé verdadeira como espada – o deão estava sério. – Então, um pouco antes do sol nascer o bispo pediu ajuda a São Jorge e proferiu o rito que ecoou por toda a Catedral, como se fosse ordenado pelo próprio anjo Gabriel.

O deão limpou a garganta e entoou:

Deus caeli, Deus terrœ, Deus Angelorum, Deus Archangelorum, Deus Patriarcharum, Deus Prophetarum, Deus Apostolorum, Deus Martyrum, Deus Confessorum, Deus Virginum, Deus qui potestatem habes donare vitam post mortem, requiem post laborem; quia non est Deus prœter te, nec esse potest nisi tu creator omnium visibilium et invisibilium, cujus regni non erit finis: humiliter majestati gloriœ tuœ supplicamus, ut ab omni infernalium spirituum potestate, laqueo, deceptione et nequitia nos potenter liberare, et incolumes custodire digneris. Per Christum Dominum nostrum. Amen.

Ab insidiis diaboli, libera nos, Domine.

Ut Ecclesiam tuam secura tibi facias libertate servire, te rogamus, audi nos.

Ut inimicos sanctœ Ecclesiœ humiliare digneris, te rogamus audi nos.

O deão estava orgulhoso pela sua encenação, mas se manteve sério. Não podia estragar tudo nessa etapa final.

– E o demônio morreu? – Lord William se animou.

– Eu creio que não, infelizmente – Reynold Orsini balançou a cabeça. – Mas acredito que ele foi banido daqui e deve ficar um bom tempo sem aparecer. Certamente está fraco e perdeu grande parte do seu poder. Que ele suma por anos, se o nosso Senhor permitir.

O *Earl* estava boquiaberto, então o deão aproveitou para amarrar a sua história.

– Essa luta exauriu todas as forças do pobre bispo, que tombou desfalecido no chão – juntou as mãos em prece e fingiu a expressão mais triste que conseguiu. – Ele está sendo bem cuidado, mas creio que demorará muitos dias ou mesmo semanas para se recuperar plenamente.

– Ele terá todos os cuidados de que precisar – Lord William sorriu. – Ele merece se tornar um santo depois que morrer!

– Sim... – o deão assentiu com a cabeça.

– Cuide para que ninguém o incomode, irmão Reynold – William de Montacute abriu a porta. – E que as minhas terras nunca mais sejam tocadas por essas bestas sugadoras de sangue.

– Que assim seja!

– Agora temos um protetor, então duvido que voltem – o *Earl* estava eufórico.

O deão limitou-se a dizer "Amém", despediu-se do Lord e desabou sobre a cadeira, aliviado por tudo dar certo. Enfim permitiu-se sorrir de satisfação.

Agora teria que espalhar a sua história, começando com o irmão Leopold e todos aqueles que presenciaram o arrombamento da porta do aposento do bispo. Diria que por um instante, enquanto vigiava o sono de Robert Wyvil, ele abriu os olhos e lhe contou o que de fato aconteceu. Era uma mentira horrenda, mas foi a única saída em que ele conseguiu pensar naquele momento. Quando o bispo despertasse, contaria tudo.

Tinha certeza que seria perdoado.

Talvez essa mentira inusitada salvasse a reputação do bispo e pusesse um ponto final nas agruras da Catedral.

Contudo, para o plano dar certo, esperava que o tal Harold Stonecross, depois do que acontecera em Ivychurch, se mantivesse afastado de Salisbury. Rezaria com todas suas forças para isso. Faria algumas promessas até. Iniciaria um jejum de uma semana.

– Por favor, Santo Osmund, interceda por mim – fez o sinal da cruz.

Seguiu rumo à enfermaria.

Precisava tornar sua história realidade.

– Foi por isso que lhe dei o dom da eternidade, menina Raposa – o Africano já estava plenamente recuperado. – Eu vi a paixão nos seus olhos e o poder no seu espírito. Sabia que você nunca se enfadaria, mesmo com o passar dos séculos. Você não esconde a fúria ou o amor. Você não veste máscaras ou precisa de armaduras, você encara a vida de peito aberto.

– E por que você simplesmente me abandonou? – Tita agora

estava mais calma. – Por que não ficou junto comigo nas primeiras noites? Sabia que eu quase morri?

– Eu estava sempre ao seu lado, mas preferi deixá-la caminhar com as próprias pernas e isso a tornou forte como uma leoa. Eu a observava e sorria pelos seus feitos. De todos que estão aqui, seu espírito é o mais livre e um dos mais intensos. Tenho orgulho de você, minha *filha*.

Tita não disse nada. Uma lágrima marcou de vermelho seu rosto pálido. Ela se aproximou do negro e o abraçou, sendo retribuída imediatamente. Por mais que tivesse sofrido nos primeiros meses ou anos do seu renascimento, sua vida imortal era muito melhor do que a pregressa. Ela realmente se sentia tal como uma leoa, ou melhor, como uma raposa que sabe sobreviver independentemente das adversidades.

– Obrigada – Tita encarou o Africano, que correspondeu com um sorriso.

Liádan também chorava. Com certeza a minha amada conseguia sentir o mesmo que eles. Eu apenas observava, respeitoso.

Mas o solene momento foi repentinamente interrompido.

Diodoros começou a bater palmas.

– Belíssimo! Essa cena foi digna das melhores encenações de teatro dos áureos tempos da minha Grécia. Quanto drama, quanto sentimento e que reviravolta! Da fúria cega ao amor paternal. De um quase assassinato ao perdão mais puro, até mesmo infantil – começou a dançar por entre nós, tal como uma ave que se exibe para suas fêmeas. – Essa noite está sendo maravilhosa, única até agora. E pode acabar melhor ainda: podemos *encenar* uma festa inspirada em Dionísio! Todos nus e...

– Diodoros... – Zotikos rosnou, mas logo se recompôs. Sabia que não podia conter seu pupilo. Tal como Tita, ele era essencialmente livre. E por isso o escolhera também.

– Vejo que as sombras se dissiparam dos corações – Gauri olhou para Tita e para o Africano. – A sabedoria só chega com o tempo, mas mesmo nós, eternos, podemos falhar e nos deixar levar apenas pelas emoções, pelos sentimentos primordiais. Essa noite todas as divergências do passado morreram. E assim continuaremos.

Raposa e o negro concordaram simultaneamente.

Então repentinamente o velho homem do Japão abriu os olhos e se levantou com um pulo. Tocou o punho de uma espada curva que levava em uma bainha presa à cintura e começou a entoar um canto com sua voz grave. Quase uma oração.

Eu não entendia nada do que ele falava, mas podia sentir a profundidade de cada palavra que reverberava dentro do meu crânio. Terminada a melodia, ele *falou* nas nossas mentes.

– Vivemos tempos de sangue – não sei como eu podia compreendê-lo. – Tempos escuros de dor e doença. De perdição e deuses zangados. Aos homens resta a morte.

– Mas não pensem que nós, imortais, passaremos ilesos por essa maré brava – a velha Foca também entrou na minha mente. – Há muito tempo eu vi perseguições e dor. Medo e angústia. Morte depois da morte.

– Os homens, como sempre, desejam achar culpados – Gauri prosseguiu, mas ela falava normalmente a nossa língua, apesar do sotaque intenso. – E subjugar esses culpados, ainda mais se forem enviados do tal demônio, pode lhes trazer fama e riquezas.

– E, em sonhos, a deusa me disse que as nações, os poderosos uniriam forças – Buddug tinha os punhos cerrados – em nome do tal Cristo, para tentar exterminar todos nós. Um exército monumental carregando a cruz nos estandartes.

– Como pôde o único deus que nunca se manifestou ter criado uma legião mundial de seguidores? – Zotikos cofiou a barba. – A ponto de erradicar todos os demais panteões? Hoje nossos deuses, apesar de reais, estão esquecidos.

– Talvez esse seja o maior poder dele – o Africano se agachou, e mesmo assim ficava quase da altura de Tita. – Acho que ele tem energia suficiente para influenciar multidões sem precisar descer aqui para a terra.

– Também pode ser que ele sequer exista – Liádan tinha a voz doce e serena de sempre. – Talvez homens tenham criado esse deus.

– Eu te apoio, linda – Diodoros passou os dedos nas madeixas ruivas da minha amada. – Só mesmo sendo uma invenção para ser tão chato, tão restritivo e patético.

Tita riu.

– Mas digo que esse deus pouco importa – Gauri olhou para o grego. – Sinto que nações como a minha terra natal, com milhares de divindades, também podem ser contaminadas e começar a nos caçar.

– Os homens sempre temem aquilo que não compreendem – a voz do velho do Japão ribombou na minha cabeça. – E instigar a fúria e o ódio é mais simples do que trazer a luz do entendimento. Para se manter como governantes, eles devem ser os únicos seres indicados pelo seu deus.

– Nas minhas premonições vi muitos serem torturados – a Foca fechou os olhos. – Vi mulheres sendo queimadas em fogueiras, vi irmãos acusando irmãs, filhos acusando pais. Vi os homens da nova religião decidindo pela vida ou pela morte, incutindo culpa em inocentes, arranjando falsas provas contra boas pessoas, que apenas continuaram ligadas ao poder divino das suas terras.

A velha Foca abriu os olhos.

– E vi muitos de nós sendo mortos sob o Sol – seu rosto enrugado mostrava muita dor.

– É... Eles já tentaram isso comigo algumas vezes – olhei para as minhas mãos e lembrei-me da dor de ter que arrancar os dedos e de todos os sofrimentos pelas torturas. – Se não fosse por Liádan e Stella eu não estaria aqui. O sol teria me torrado há muitos anos.

– Seria uma perda lastimável para a nossa classe – Diodoros fez um ruidoso *tsc, tsc, tsc* com os lábios.

– *Acho que esse cara quer me comer* – pensei.

– *E quero mesmo* – ele falou na minha mente.

Se eu não fosse tão pálido, certamente estaria corado naquele momento.

O Africano falou alguma coisa sobre assassinatos, mas perdi, devido à distração. Teria que começar a me preocupar com o meu rabo, ou melhor, com a integridade dele.

– Nós viemos do coração ancestral da Igreja Católica – Tita estalou os dedos. – E lá é que está o poderio do mundo. Reis vêm pedir a bênção, nobres vêm pedir favores, aquilo é um antro de cobras.

– Mas nem que juntássemos todos os imortais do mundo conseguiríamos erradicar a nova religião – Zotikos levantou o dedo para o céu. – E olha que muitos, tão antigos quanto nós, ainda permanecem ocultos.

– E mesmo que ela fosse extinta – Gauri olhou para cada um de nós –, mesmo que conseguíssemos destruir cada igreja ou mosteiro, mesmo que Roma pegasse fogo e Constantinopla ficasse sob escombros, os homens criariam outra religião, talvez até pior.

– E nós, os demônios, seríamos caçados como sempre – o velho oriental olhou para as estrelas. – Mesmo no Japão a cultura de Cristo irá se enraizar. Menos que por aqui, mas irá, assim prevejo.

– E assim será no que chamarão de Novo Mundo – a Foca

mostrou em nossas mentes homens portando lanças que cuspiam fogo e fumaça dizimando povos de pele morena. – Os filhos daquelas terras do outro lado do grande oceano perecerão em nome da cruz.

– Agora sejamos práticos – Diodoros passou as mãos nos cabelos. – O que nós que aqui estamos podemos fazer?

– Será possível algum acordo com a igreja? – Zotikos abriu os braços.

– Será melhor matarmos seus líderes – o Africano socou a palma da mão.

– Eu concordo – Buddug sacou sua espada. – Isso causaria pânico nos cães covardes. E é possível que eles nos deixem em paz depois disso.

– Eu acredito que é possível sobreviver como fizemos até agora – Gauri balançou as mãos como se quisesse acalmar os ânimos. – Basta não nos exibirmos tanto.

– São outros tempos, minha lindinha – Diodoros adiantou-se. – Creio que agora teremos uma forma de união de forças sob a sombra da cruz e os maiores inimigos dela somos nós.

– Eles criarão um império que não terá mais as fronteiras das nações – Zotikos abriu os braços. – Aliás, esse império já existe e só se expande. Daqui a pouco tempo, os cristãos terão olhos, ouvidos e espadas em todos os lugares. E, claro, nós também seremos seus alvos.

– Mas nós sabemos nos manter ocultos – a jovem Gauri continuou. – O mundo é imenso, há vários recônditos onde podemos ter paz.

– E quem disse que eu quero ficar oculto? – Diodoros sorriu. – Quem disse que eu quero me enfiar em buracos pouco civilizados? Homens são presas, existem para o nosso deleite. Não tenho tanto poder para temer esses ratinhos. Eu os devoro!

– Um gato pode com um, com meia dúzia, até mesmo com uns dez ratos – Zotikos encarou seu discípulo. – Contudo, quando um bando com centenas de roedores surge, ou o gato foge ou o gato é morto.

– E pode chegar num ponto em que o gato não tenha mais para onde fugir – Liádan opinou.

– Que tal escolhermos os líderes dos ratos, aqueles mais fortes, graúdos e importantes, e, na calada da noite, atacarmos seus covis? – Diodoros imitou um gato lambendo as patas e passando-as pelo focinho. – A surpresa sempre é uma forte aliada.

– Podíamos começar assassinando papas, cardeais e bispos – Buddug tinha a guerra no sangue. – E alguns reis cagalhões que precisam do *amém* deles. Isso desestabilizaria toda a ordem.

– Sim! – O negro sorriu. – Há séculos não participo de uma boa caçada. Só de pensar nisso sinto meu sangue se aquecer.

– Eu matarei somente aqueles que me encherem a paciência – Tita pulou sobre uma das grandes pedras e ficou lá no alto, balançando as pernas. – Ou quando tiver sede, claro!

– Eu voltarei para a minha terra em breve – o japonês irrompeu na minha mente. – Jurei proteger os descendentes do imperador e lutar pelo meu país. Tentarei com todas as minhas forças manter distantes os seguidores do deus pregado.

– Não me vejam como uma traidora, mas eu não lutarei – Gauri colocou as mãos sobre o peito. – Essa é uma guerra que só insuflará o ódio e causará ainda mais dor.

– Ficar de braços cruzados é que causará dor – a rainha Buddug embainhou a espada. – Uma vez já enfrentei um grande poder. Não tenho medo de seguir por esse caminho novamente.

– Não se trata de medo ou coragem – Gauri insistiu. – Apenas precisamos pensar nas consequências dos nossos atos.

– Se a consequência dos meus atos for ter inimigos mortos ao meu redor, eu acho que vale qualquer risco – Buddug colocou as mãos na cintura.

– Não consigo medir o impacto de começarmos uma guerra como essa – Zotikos cofiou a barba.

– Cansei de ter que me esconder nas sombras – Diodoros olhou para as estrelas. – Somos como deuses e acho que chegou o momento de reclamarmos nossos tronos. Vamos aproveitar esse tempo de doença, de peste.

– Será mesmo prudente incitarmos esse embate – Liádan olhou para Buddug.

– Não quero mais ser caçada – a rainha rosnou. – Chegou a minha vez de ser o lobo atrás dos cordeiros.

– Lembrem-se – Gauri olhou para nós – esses cordeiros estão cada vez mais fortes e unidos.

– Quem teme um cordeiro não é digno da imortalidade – Buddug cuspiu.

– Meu espírito clama pela guerra – o Africano arregalou os olhos.

Um tumulto se instaurou entre os imortais e a terra parecia tremer por causa dos ânimos exaltados. Os carneiros que pastavam ao redor da Stonehenge fugiram balindo assustados.

– Homens são como esses carneiros – o negro apontou. – À primeira demonstração de força, de um poder maior que o deles, eles fogem assustados.

– Eu quero ver a minha querida Britannia livre dessa doença chamada igreja – Buddug exalava ódio. – Quero trazer de volta os velhos costumes.

– Infelizmente acho que esses costumes são tão velhos que definharam e morreram – Tita sorriu lá do alto.

– Vocês falam como os mortais! – Gauri não entendia como seres tão antigos podiam se inflamar com tanta facilidade, com tanta paixão. – Essa excitação venda seus olhos e não lhes permite enxergar com clareza, com amplitude.

– Para mim, menina, tudo está claro como o céu da minha terra – o Africano sorriu. – Vive somente quem for forte e audaz. Quem conseguir enfrentar as feras e sobreviver.

O negro fechou os olhos e começou a dançar, rodopiando, batendo palmas, seu corpo esguio tremendo. Então *mostrou-nos* como se tornou imortal, em um passado tão longínquo como o próprio tempo.

Uma grande fome assolou a minha aldeia. Muitas das nossas cabras haviam morrido de sede ou doença. As que sobraram definhavam e as grandes manadas de búfalos e gazelas haviam se afastado em busca de água e pastos verdes.

Nossas crianças já não tinham leite e os nossos velhos mal conseguiam se levantar dos seus leitos. Ficavam cobertos de moscas que buscavam um pouco de alívio na umidade dos olhos e bocas.

Rezávamos aos deuses, mas as semanas passavam e não caía uma gota sequer do céu. A terra começou a rachar e a poeira constante irritava a nossa pele. Os anciãos diziam que nunca haviam presenciado uma estiagem como aquela e temiam ter ofendido alguma divindade vingativa.

Enquanto nossos feiticeiros faziam seus rituais para tentar aplacar a ira dos deuses, reunimos um grupo com cinco caçadores. Cada homem ficou incumbido de seguir em uma direção a fim de encontrar os rastros de alguma manada. Quem tivesse êxito deveria voltar e guiar os outros. Precisávamos muito de carne, pois nosso povo não tinha o costume de cultivar a terra. E mesmo se tivéssemos hortas, as plantas estariam esturricadas naquela secura.

Peguei a minha lança, a minha faca de osso, um odre feito da bexiga de uma cabra com um pouco d'água barrenta e duas pedras de fazer fogo e me despedi da minha mulher e das minhas três filhas prometendo voltar com boas-novas.

Toquei o dente de leão do meu colar, feito com o couro do grande felino que consegui abater com a ajuda do meu pai, pedi proteção aos meus antepassados e segui para o sul, pelo leito seco do rio.

Por dois dias andei sem ter qualquer sinal de uma manada. Esgotei a minha água e me alimentei somente de um lagarto que consegui matar com uma pedrada. Eu tinha muita sede e fome, mas não podia fraquejar, a minha família e a minha aldeia dependiam de mim.

Cruzei com muitas ossadas, de elefantes, girafas e leões. Toda a vida naquela terra estava perecendo.

Rezei para que os meus companheiros tivessem com melhor sorte e continuei seguindo o leito seco do rio. Algumas vezes conseguia um pouco de lama fria para passar na pele castigada pelo sol escaldante e pelos insetos. Tentei inutilmente matar um javali desgarrado com a minha lança, porém ele foi rápido e conseguiu fugir por entre os arbustos espinhentos.

Estava quase desistindo quando vi alguns antílopes pastando tranquilamente ao lado de um pântano quase seco. Pensei em voltar correndo para avisar os caçadores, contudo percebi que esse bando estava apenas de passagem e eu poderia perdê-los.

Esgueirei-me agachado por entre a vegetação amarelada, sempre tomando o cuidado de ficar contra o vento e de não pisar em algum graveto que estalaria e revelaria a minha presença. Toquei o dente de leão no meu peito e invoquei o seu poder. Consegui ficar a uns vinte passos de um jovem macho sem ser percebido. Respirei fundo, levantei-me e atirei a minha lança, que se cravou na barriga do bicho.

Ele soltou um balido agudo e correu com a arma presa no bucho. Fui ao seu encalço e por sorte ele não aguentou ir muito longe, tombou num charco logo adiante. Acabei com o seu sofrimento enfiando a faca de osso bem na veia do pescoço.

Bebi o sangue morno para aplacar a fome e, de barriga cheia, comecei a construir uma grande fogueira. O vento soprava na direção da minha aldeia e eu tinha certeza de que eles veriam a fumaça. Quem ficou estava atento aos sinais.

Empilhei muita madeira seca, fiz uma mecha com gravetos e mato e, quando as faíscas começaram a saltar das pedras de fogo, logo consegui chamas.

Acendi outra fogueira menor para defumar a carne. Se eu

não fizesse isso, perderia toda a caça. O calor sempre é implacável. E os vermes são sempre famintos.

Cortei nacos e tiras e comecei a espetá-los nos galhos espinhentos de uma jovem acácia. Não resisti e comi os olhos do antílope, crus mesmo, fazendo-os espirrar na goela depois de mordê-los com força.

Coloquei galhos e folhagens verdes na grande fogueira para fazer a fumaça se adensar e pedi aos deuses que guiassem os olhos do meu povo. O sol vermelho já descia no horizonte e logo a noite negra viria.

O cheiro da carne defumando era maravilhoso. Consegui destrinchar o bicho e dispensei somente as tripas cheias de bosta. Couro, ossos e chifres também seriam aproveitados. Não desperdiçávamos nada.

Os abutres começaram a sobrevoar o local e logo pequenos chacais rodearam-me lambendo os focinhos finos, tão famintos quanto eu estava. Porém, enquanto houvesse fogo, nenhum animal ousaria me atacar. Eles apenas roubaram os intestinos que desprezei e correram para longe.

Senti o torpor me dominar. Coloquei mais lenha nas fogueiras e decidi dormir um pouco. Precisava manter as minhas forças para a vigília da noite, que é quando a maioria dos animais sai para caçar. E eu não pretendia ser uma presa.

O Africano nos fitou com um sorriso largo no rosto. Viu que a sua história nos prendeu, cativou-nos. Víamos pelos seus olhos, ouvíamos os sons selvagens, sentíamos calor e sede. Éramos parte dele. Éramos todos um só. Então, sem demora, ele continuou a contá-la em nossas mentes:

Eu estava cansado demais e dormi muito. Quando acordei a noite já havia engolido o dia e as estrelas brilhavam no céu. Mas não tive tempo para admirá-las: olhos cintilavam próximos e risadas ecoavam na planície.

Empunhei a minha lança e consegui contar uns dez pares de bolinhas luminosas. Algumas a menos de três passos de mim. O fogo continuava queimando com força, porém a fome deu coragem aos bichos. Eles queriam a carne que defumava e a que ainda estava presa aos meus ossos.

Gritei, atirei pedras, peguei um pau em chamas e avancei contra as hienas. Elas apenas se afastavam um pouco para logo retornarem, rindo, os dentes prontos para me dilacerar.

Não havia para onde fugir.

E, antes que eu conseguisse pensar em algo, uma delas investiu contra mim, por trás, mordendo a minha coxa, arrancando um bom naco, fazendo-me cair com um dos joelhos apoiado no chão e uma dor aguda subindo pelas minhas costas. Peguei um pedregulho grande e atirei contra ela, acertando-a na pata. Ela ganiu e continuou a me rodear, mancando.

Pus-me de pé, apoiado na lança, o sangue escorrendo pelo ferimento. Outra hiena investiu contra mim, passei o pau flamejante no seu focinho e ela correu, gritando.

Outra aproveitou a minha distração e mordeu o meu braço, quebrando-o. Berrei de dor e enfiei o pau no seu olho, queimando pelos e pele. Essa correu e não retornou.

Mas nem era preciso: quando outras investiram contra mim, derrubando-me, a luta estava ganha. Iriam me devorar vivo. Peguei a faca, num último rompante de fúria, e tentei um último ataque. Entretanto, uma grande hiena mordeu meu ombro, fazendo meu braço amolecer e perder os movimentos.

Eu havia falhado e morreria. Não conseguiria levar alimento para o meu povo. Tive tempo apenas de fazer um único pedido aos deuses: que protegessem a minha família e que trouxessem a água para a nossa aldeia.

As minhas vistas se escureceram e parei de sentir qualquer dor, mesmo sendo comido ainda vivo. Era meu espírito se preparando para deixar o meu corpo e seguir a sua jornada.

Fechei os olhos e esperei a mordida fatal no pescoço.

O negro olhou para Tita, que estava atenta como uma criança que ouve histórias à beira da fogueira. Aliás, todos nós estávamos ávidos, até mesmo a serena Foca sequer piscava.

E ele prosseguiu:

Quando se está prestes a morrer, o tempo passa muito devagar.

E os rosnados e as risadas estavam me enlouquecendo.

Rosnados.

Risadas.

Risadas.

Risadas...

De repente o riso das feras que me consumiam mudou, foi ficando mais grave, mais humano.

Ousei abrir os olhos. Esperei encontrar a bocarra de uma hiena próxima ao meu rosto, os dentes aguçados, o bafo fedido.

Mas elas estavam longe. Estavam deitadas em um semicírculo no entorno do meu corpo destroçado, devorado. E todas olhavam para uma lindíssima mulher de cabelos e olhos prateados como a lua.

Tentei me levantar, mas vi que tinham arrancado a minha perna direita, logo abaixo do joelho. Tentei ao menos me sentar, mas não pude: minhas tripas se espalhavam pelo chão manchado com o meu sangue.

– Não se esforce – a mulher falou com a voz áspera, mas mesmo assim materna. – Não vim aqui pelo seu corpo, mas pelo seu espírito.

– Você veio me guiar para junto dos meus antepassados? – a minha voz mal saía.

– Eu vim para lhe fazer uma proposta – a mulher sorriu.

– Eu não entendo – eu estava confuso, atordoado.

– Você livra essas terras dos homens fracos e maus e eu lhe devolvo a vida – ela não piscava. – Aceita?

– Por que eu?

– Alguém que passa pela provação da morte sem gritar ou pedir clemência é digno do meu poder.

Não precisei responder, pois ela sabia que eu havia aceitado. Então, a mulher – que séculos depois descobri ser a deusa Olapa – beijou-me na boca, e eu senti meu espírito retornar ao meu corpo, que começou a ser refeito como por feitiçaria.

Ela desapareceu logo em seguida, mas seu rosto continua vívido na minha cabeça, assim como a ternura do seu beijo. E desde então eu venho sendo um servo fiel da deusa da Lua, adorando-a e livrando a África dos fracos, infiéis e maus.

– E é por isso que acredito que precisamos levar a morte e o medo aos tais filhos de Cristo – o Africano falou. – Quero me alimentar deles. E quando estiver cheio, sangrá-los e largá-los agonizantes nas suas igrejas de pedra. Eles são um mal para o mundo.

– Sua história é comovente, mas lembre-se: em uma guerra não há vencedores, somente sobreviventes – a velha Foca era tão poderosa que ele não conseguiu olhar diretamente nos seus olhos. – Um ato impensado pode causar a ruína de milhares.

– Mas, vovó – Diodoros aproximou-se dela. – Estou cansado de viver como um rato escondido. Já temos a privação da luz e, com o passar do tempo, estamos sendo cada vez mais encurralados.

– Eu prevejo muita dor e sofrimento para os filhos dos deuses – Gauri estava inexpressiva. – Assim como nossos criadores estão sendo esquecidos, nós iremos ter o mesmo fim, seja pela morte, seja pela necessidade de ocultamento.

– É isso que eu digo: somos ratos acuados em buracos sujos – Diodoros socou a palma da mão. Seu mestre Zotikos assentia com a cabeça.

– Os leões nunca se rendem para as hienas – o Africano tocou a presa do grande felino que adornava o seu colar. – Eles podem até ser mortos, mas lutam até a última gota de sangue.

– Nisso eu concordo com eles – intrometi-me. – Veja o que fizeram comigo – estiquei as mãos ainda sem os polegares. – Dessa vez eu achei que iria morrer, que iria cair nos braços de Hel. Escapei por pouco. Mas tenho certeza que logo o bispo e os putos de Ivychurch estarão no meu encalço.

– Deixa que venham – o japonês se manifestou, depois de muito tempo. – A lâmina da minha *katana* está faminta pela carne desses cordeiros.

– Eu acredito que o bispo ficará *fora de combate* por muito tempo – a Foca sorriu pela primeira vez.

Todos os antigos imortais assentiram. Até mesmo Liádan. Somente Alessio e eu nos entreolhamos confusos.

– Os corvos de preto não são essencialmente maus – Zotikos proferiu. – São apenas covardes que tentam se manter no poder a qualquer custo. Por isso eliminam quaisquer concorrências. São como cucos, parasitas que dependem exclusivamente do esforço dos outros para sobreviverem. Muitos monarcas de outrora eram assim.

– E num futuro muito próximo veremos o extremo da loucura – Gauri soltou o ar lentamente pela boca, formando uma névoa, como num dia muito frio.

– *A alma dela está congelada, como se tivesse absorvido toda a dor dos inocentes* – Liádan sussurrou na minha mente.

– Veremos crianças queimando em nome do deus deles – Gauri prosseguiu, a cabeça baixa. – Veremos mães sendo torturadas para confessar inverdades. E também veremos alguns de nós sendo esfacelados.

– E quando o primeiro imortal morrer pela mão da igreja – Zotikos inflamou-se –, eles ganharão confiança para instaurar uma verdadeira guerra santa.

– E ficarão cada vez mais poderosos – previu a Foca. – Pois serão os únicos capazes de devolver os demônios ao tal inferno.

– E a cada dia que se passa, os filhos de cadelas sarnentas ficam mais experientes – eu me lembrava da dor e da agonia – e creio que vão *errar* cada vez menos. Sei que ficarão cada vez mais precisos. E quanto mais precisos, mais letais.

– A-até agora eu permaneci calado – Alessio se adiantou e ficou no meio do círculo de pedras. Inspirou fundo para tomar coragem. – Ouvi em silêncio tudo o que disseram e até concordo com muito do que foi exposto, mas não posso aceitar os discursos como verdades absolutas. Aliás, nem sei se elas existem, pois todas as minhas certezas um dia já ruíram. E aposto que as de vocês também.

Olhamos para ele. Alguns, como o Africano e Diodoros, com escárnio; outros, como Gauri e Tita com curiosidade. A velha Foca e o japonês se mantinham impassíveis.

– Quando eu era um simples lavrador analfabeto numa cidadezinha da Itália, nem nos meus sonhos mais loucos imaginaria que, um dia, estaria reunido com imortais do mundo todo – ele sorriu. – Aliás, nunca tive noção do que era o mundo. O meu país já era grande demais para mim.

– Outro dia estava pensando nisso também, Lele – Tita piscou.

– *Lele é foda* – pensei e segurei o riso. Vi que Diodoros me olhava divertido. Lembrei-me que esses putos liam os meus pensamentos. Precisava me controlar.

– Nem sei se vocês estão entendendo direito o que eu estou falando – olhou ao redor sem fixar o olhar. – Até agora ouvi muitas vozes na minha mente e não sei como, mas entendi tudinho. Se isso acontece, creio que também podem decifrar as minhas palavras.

A velha Foca assentiu com a cabeça.

– Há muitos anos convivo com homens de Deus – tocou instintivamente a cruz de madeira no peito. – Eu mesmo sempre fui cristão antes de ser mordido. Apesar de não ser dos melhores, dos mais fiéis, eu acreditava em Cristo e no poder dos santos. Ia à missa e fazia promessas.

Diodoros escarneceu soltando o ar ruidosamente pela boca, mas Alessio o ignorou.

– Depois que fui mordido, passei todos esses anos buscando respostas, querendo saber se eu ainda era filho de Deus ou se havia me tornado um amaldiçoado, um demônio – ele começou a se soltar, deixou o corpo mais ereto e finalmente tirou o capuz, revelando a maçaroca de cabelos loiros. – Confesso que a minha alma se dilacerou e ainda hoje sou tomado por essas dúvidas. Tenho pesadelos e medos. Tenho muita saudade de todos aqueles que amei, principalmente do meu filho, que há muitas décadas morreu na velha Itália.

O desespero no seu rosto era real e verdadeiro. Ao contrário de nós, a imortalidade era um fardo pesado demais para ele, e, mesmo o achando um imbecil, solidarizei-me. Tive um pouco de dó.

– Eu vaguei por tanto tempo... Eu me tornei um espírito errante... Quase desisti da vida, assim como fez o imortal que me criou, Eyvindr – ele parou de falar e olhou para o horizonte, o semblante carregado de pesar. – Porém foi junto a bons cristãos que encontrei abrigo e um pouco de paz quando mais precisei. Eles me ensinaram a ler e a escrever e nunca me trataram como um demônio, mas sim como uma pessoa atormentada que precisava de auxílio – Alessio olhou para Tita, sua única amiga, procurando algum gesto de conforto. – Aprendi a me alimentar dos enfermos e tentei diminuir o mal que causo nesse mundo.

– E quem disse que nós fazemos o mal? – O Africano rugiu. – Assim como há animais que comem mato, há outros que comem esses *pastadores*. E ainda tem os urubus e abutres que comem os mortos. E nenhum deles é bom ou mau. São apenas instintos e sobrevivência.

– Se apenas nos alimentássemos, sim – Alessio engoliu em seco, sua coragem quase escorrendo pelas pernas. – Mas muitos de nós se divertem com as mortes, têm prazer com isso, zombam das suas vítimas e...

O discurso de Alessio foi subitamente interrompido quando a sua cabeça se separou do corpo e caiu aos pés de Gauri. Um sangue negro jorrou alto pelo pescoço enquanto o corpo ainda de pé tinha pequenos espasmos.

Tita berrou.

Eu nunca ouvira um grito como aquele. Todos os carneiros que pastavam ao redor fugiram assustados, alguns morreram ali mesmo e as pedras de Stonehenge pareciam tremer, ecoando a dor.

Ela saltou e correu para o corpo do amigo, que tombara para trás, agora imóvel. Gauri se abaixou e pegou a cabeça, os olhos arregalados e a boca entreaberta.

– Alguém faça algo! – Tita chorava. – Algum de vocês...

A velha Foca balançou a cabeça com pesar, virou-se de costas e começou a se afastar lentamente, mancando.

– Ajude o Alessio, Gauri – Tita segurou no ombro da jovem imortal.

– Eu não posso... – Gauri olhou para Raposa, os olhos pintados de vermelho. – O espírito dele já não está mais aqui. Ele enfim teve paz.

– Não, não, não... – Tita mordeu o pulso e verteu o sangue na boca dele.

Tomou a cabeça das mãos de Gauri e colocou-a perto do pescoço. Tinha a esperança de que ele se curasse. Rasgou ainda mais o pulso e verteu o sangue no corte.

– Menina Tita – a voz de Gauri era maternal –, o jovem Alessio já cumpriu a sua jornada e agora vejo que a sua alma vai poder ter paz, vai poder reencarnar limpa e...

– Não! – Tita socou o chão. – Vocês não querem ajudá-lo só porque ele acreditava em Cristo. Só porque ele não se inebriou com os poderes recebidos. Vocês tinham inveja dele, pois já não acreditam em mais nada. Já não sentem merda nenhuma. Ele...

O ferimento no seu pulso agora era apenas um pequeno arranhão.

– Ela diz a verdade, Tita – Zotikos agachou-se ao lado da menina sardenta. – Ele era muito novo, muito fraco. Talvez, se fosse como nós, daria tempo de revivê-lo. Mesmo o Harold, com poucos séculos, é mais forte do que ele, pois tem a essência do deus Loki entranhada no seu corpo e no seu espírito. Agora, ele foi criado por um imortal.

– Cale a boca, velho miserável! – Tita empurrou Zotikos, que caiu de costas no chão. Ele não revidou, apenas se levantou e permaneceu em silêncio.

– Liádan, me ajuda – Tita chorava.

A dama ruiva ajoelhou-se ao seu lado e abraçou-a. Então o corpo de Alessio começou a se retorcer e a pele a se enrugar como se esturricada no sol. Ao final ficou pequeno como o de uma cabra.

– Olha só, parece uma noz! – Diodoros fez uma careta. Então é isso que acontece quando de fato morremos.

Tita afastou delicadamente Liádan e levantou-se devagar. Virou-se com os dentes à mostra e avançou furiosa, mas seu alvo não foi o grego fanfarrão.

O velho homem do Japão ainda limpava cuidadosamente a lâmina da sua espada em um pano agora tingido de vinho quando Tita parou à sua frente.

– Por quê?

– Porque o padre ali falava demais – o velho respondeu sem mudar a expressão.

Ela rosnou e tentou arranhá-lo no rosto, mas com um movimento preciso ele acertou a empunhadura da sua espada na testa dela, fazendo-a desmaiar imediatamente.

O Africano então avançou, os punhos fechados, pronto para defender a menina. E começou uma luta que fez trovões rugirem no céu e o chão tremer sob os nossos pés.

Como seu inimigo estava desarmado, o velho homem do Japão largou sua espada e eles se enfrentaram com socos e chutes, numa dança furiosa e estranha. E por várias vezes tive a impressão de que o negro sorria.

Vi pancadas que certamente esmagariam a minha cabeça, tamanha a violência. Enquanto o Africano era pura fúria, o japonês mantinha-se calmo, com movimentos precisos.

Ninguém ousava separá-los, viramos apenas expectadores de uma batalha sem precedentes.

Mas o sol é implacável até mesmo para os antigos imortais. E, prestes a amanhecer, cada um de nós se refugiou em algum buraco, como de costume. Liádan pegou Tita no colo e junto com Buddug me levou para as ruínas de uma torre, onde, sob os escombros, havia um porão escuro o suficiente para nos abrigar.

Para onde os outros foram eu não fazia a mínima ideia, mas certamente saberiam se virar bem. Mesmo os dois combatentes resolveram dar uma trégua na luta sem vencedor para não morrerem assados pelo sol.

Somente o corpo de Alessio permaneceu lá.

E nenhum de nós se importou com esse detalhe.

Capítulo X – Caminhos

– Você ouviu como trovejou ontem de madrugada? – O camponês bateu a enxada na terra fofa e arrancou uma touceira de erva daninha.

– É – o amigo fungou e colheu um nabo.

– O estranho é que o céu *tava* aberto e estrelado. Não tinha uma nuvem sequer – ele chutou uma aranha que se aproximou do seu pé. – Acordei com o *barulhão* e quando abri a porta *pra* espiar estranhei.

– É – o ruivo puxou outro nabo e colocou-o no cesto de palha trançada.

– Hoje cedo, conversando com o frei August, ele me disse que era a voz de Deus ordenando que os demônios voltassem lá *pra* baixo.

– Pode ser – o amigo escarrou. – Pode ser.

– Você sabia que o bispo de Salisbury expulsou o demônio que invadiu seu aposento – ele apoiou os braços no cabo grosso da enxada. – Um demônio veio durante a noite e ele mandou o infeliz lá *pro* buraco. Somente com sua fé e uma bíblia.

– Bispo bom...

– Imagina a ousadia do demônio! Entrou numa catedral, num lugar sagrado. Ainda bem que tinha um homem digno para brigar com ele. Mas isso deixou o bispo muito fraco, tão fraco que até desmaiou. Assim ouvi dizer.

– Deve ter sido por causa da fedentina do cão – o amigo colheu mais dois nabos. – Não falam que lá no inferno fede a *inchofri*?

– Fede – deu um tapa num pernilongo que pousou na sua orelha. – Mas olha: acho que expulsar o demônio deve dar uma canseira...

– Bom *pra* ele que pode ficar dormindo sossegado – soltou um peido ruidoso. – E se fosse um de nós?

– Santa Maria Mãe de Deus – sorriu. – O Lord William viria e arrancaria o nosso couro.

– Então ele, apesar de ter encontrado o cão, *tá* melhor que a gente, certo?

– É...

– Sabe quem tá melhor que *nós tudo*? – O homem voltou a capinar as ervas daninhas.

– Quem?

– O John Rolão – soltou um sorrisinho maroto. – Depois que a mulher dele morreu com a peste, ele se juntou com uma prima que veio de sei lá de onde.

– Menina bonita...

– Linda! – cuspiu. – E ontem eles *tavam* tão animados que nem devem ter ouvido os trovões.

– Foi tanto assim?

– Ô se foi – enxugou o suor da testa. – Da minha casa eu conseguia ouvir o *ai, ai, ai.*

– E por que você não aproveitou e não deu uma *bolinada* na sua senhora?

– Ah rapaz – coçou o sovaco. – Ela *tava* roncando como uma leitoa gorda. Se eu acordasse ela, levaria umas pancadas, sabe?

– Ô se sei – sorriu e mostrou os dentes podres.

– Então, tive que me resolver eu mesmo.

– Pelo menos foi só uma noite – o amigo mordeu um dos nabos recém-colhidos. – E eu que venho fazendo isso a vida toda?

– Você precisa achar uma mulher.

– Achar, achei várias – mastigava ruidosamente –, mas quem disse que elas me querem?

– Ninguém mandou você ter a cara igual a bunda de um bode.

Os dois riram e continuaram lavorando sob o sol quente do meio-dia.

– Acorde, meu amor – Liádan me deu um beijo na boca.

Acariciei seus cabelos ruivos e percebi que meus dedões começavam a *brotar* nas mãos. Sorri. Talvez em uma semana já estivessem completamente refeitos.

Buddug estava ao lado de Tita, consolando-a, a menina com o rosto apático, sentada, abraçando os joelhos. Já não chorava, mas sua dor era contagiosa, e até mesmo eu sentia pela morte de Alessio.

– Será que seremos como eles? – Liádan sabia o que eu estava pensando.

– Esses imortais viveram por tanto tempo que já deixaram de pensar como humanos, de ponderar como ainda fazemos – eu sempre me encantava com aqueles olhos verdes. – São tão poderosos que simplesmente agem segundo suas próprias vontades.

– Como nós... – Liádan deu um meio-sorriso. – Se pensarmos bem, somos assim.

– Sim, como nós.

Ela tinha razão.

– Eu quero me despedir do Alessio – Tita levantou-se.

A menina sardenta saiu de onde nos abrigáramos do sol e seguiu rumo à Dança dos Gigantes. Fomos em seu encalço, a uma distância respeitosa, como num cortejo. Andamos algumas milhas até chegar ao nosso destino.

Lá, no centro do círculo de pedras, Alessio jazia esturricado, agora apenas um monte de cinzas no formato exato do seu corpo retorcido.

Tita ajoelhou-se ao seu lado. Murmurou algumas palavras, levantou-se e chutou o que restara do amigo, espalhando as cinzas pelo ar.

Ela voltou até nós, o rosto mais leve, mas longe de ser alegre como outrora.

– Se ele encontrou a paz, como a Gauri disse, foi bom – fungou. – Esse idiota vinha sofrendo havia tanto tempo que talvez... – olhou para o chão e permaneceu em silêncio por um tempo. – Talvez o velhote tenha feito um bem para ele.

– Eu não o conhecia, menina – Buddug segurou-a nos ombros. – Mas, pelo que percebi, a imortalidade era um fardo pesado demais para ele. Então, o espírito dele enfim pode se liberar de todo esse peso.

– Eu não senti qualquer maldade naquele imortal do Japão, aliás, senti imensa paz quando ele veio a mim e se apresentou – tocou duas vezes na cabeça com o indicador. – Mesmo quando ele matou o Alessio, não havia raiva ou rancor.

– Concordo – a rainha assentiu. – Sentimos o impacto do inesperado e isso alterou o nosso entendimento daquele ato.

– Alessio – Tita olhou para cima. – Que agora você possa encontrar seus antepassados, seu filho e a sua mulher, e ficar em paz. Sentirei saudades.

Tita esfregou as mãos e nos olhou.

– Chorar me deixou vazia, não sei vocês, mas eu preciso me alimentar.

– Ah, menina – sorri. – Eu não queria ser indelicado, mas

desde que abri os olhos só pensei no sangue quente forrando o meu estômago.

A rainha deu dois tapinhas no rosto da garota e inspirou profundamente.

– Acho que podemos correr até Durrington, que fica a umas duas milhas daqui – a rainha apontou para o nordeste.

– Tem alguma igreja por lá? – Raposa estalou os dedos.

– Tem sim – Liádan respondeu.

A menina sardenta saiu correndo em disparada. Fomos atrás dela. Eu fiquei bem para trás, pois meu corpo ainda estava fraco. Cansei-me ao ponto de ofegar tal como um cão depois de perseguir uma raposa arisca.

Chegamos a Durrington e vimos a Igreja de Todos os Santos e o cemitério que ficava ao seu lado. Adiante, as fogueiras acesas dentro dos casebres faziam a fumaça sair por entre a palha escura dos telhados, impregnando o ar com o cheiro de ensopado e até mesmo alguma carne de caça. Não havia muito tempo que escurecera, então a maioria das pessoas ainda estava acordada.

– Vamos esperar eles dormirem – Liádan olhou para a rainha, que concordou com a cabeça. – É mais prudente.

– Eu quero é dar um belo susto neles – Tita já estava prestes a avançar quando segurei o seu braço.

– Vamos esperar, Tita – soltei-a.

– Por quê? – Ela franziu o cenho.

Apontei para o norte, onde havia um acampamento apinhado de soldados. Provavelmente eram homens que tinham sido convocados para ir até a França lutar pelo rei.

– Se alguém gritar, eles virão e teremos muitos problemas.

– Não sou de fugir da batalha, mas dessa vez você tem razão – a rainha sentou-se sobre uma pedra e cruzou os braços.

Conversamos, esperando o tempo passar. Combinamos de nos alimentar, mas sem deixar cadáveres exangues para não entrarmos em evidência novamente.

Não demorou muito e os primeiros roncos ressoaram no silêncio da noite, junto com pios de corujas e o farfalhar das folhas ao vento.

Era o momento dos lobos abaterem os cordeiros.

Tita, como imaginei, correu até a igreja, seguida por Buddug. Liádan e eu fomos até uma casa mais afastada, na beira de um riacho. Cruzamos com uma pequena horta e com peixes salgados secando em barris.

– Eu gostava de comer enguias – murmurei.

– Eu também – Liádan já perscrutava através da porta. – Todos os quatro dormindo.

– E o cão?

A dama ruiva piscou para mim. Ela abriu a porta que sequer tinha tranca e um cachorrinho amarelo veio abanando o rabinho. Ainda era filhote, mas se manteve quietinho pelo poder de Liádan. Ela o acariciou quando ele se virou de barriga para cima, contente.

Entramos e as tábuas rangeram sob os nossos pés. O homem barbudo roncou alto na cama e virou-se de lado. A mulher abriu os olhos por um instante, mas não acordou. Os filhos, gêmeos, dormiam abraçados ao lado dos pais.

Era uma bela família.

Uma família deliciosa.

.

.

.

Alimentar-me das crianças me deixou animado. Bebi das duas, mas não as matei, tive de conter os meus instintos. Liádan se fartara com os pais e agora estava lá dentro, curando os furos nos pulsos e pescoços com seu próprio sangue imortal.

Decidimos deixá-los vivos. Queríamos esconder todos os vestígios da nossa presença a fim de evitar outra caçada. Eu ainda estava fraco e não queria ser capturado novamente por algum padreco louco.

– Eles vão acordar amanhã indispostos e adoentados – Liádan fechou a porta da casa e veio até mim. – Mas ficarão bem em poucos dias.

O cachorrinho amarelo choramingou e Liádan retornou. Abriu a porta para ele poder voltar ao calor das cobertas dos meninos.

– Acho que poderíamos ter um cachorro – abracei a minha amada.

– Seria muito bom – ela me beijou, o gosto do sangue envolvendo as nossas línguas irrequietas. – Assim que conseguirmos ir para um lugar mais tranquilo arranjaremos um cão.

– Ou vários – acariciei seu rosto agora rosado e aquecido.

Seguimos até a igreja. Buddug acabara de trancar a pesada porta de madeira. Tita nos fitava com um sorrisinho no rosto. Lembrava muito a velha menina Raposa de outrora. Todavia seus olhos continuavam cinzentos e pesados.

– Fizeram um bom jantar? – ela tinha a pele completamente corada.

Liádan assentiu com a cabeça. Seus cabelos pareciam labaredas ao vento.

– Essa menina tem muita sede – a rainha olhou para Tita. – Bebeu de três homens e ainda queria mais.

– Mas eles ainda estão vivos, certo? – Olhei para as duas. – Como combinamos?

– Todos mortos – Tita arrancou um talo de capim e colocou na boca. – Não se preocupe, Harry, eles morreram acidentalmente, *tá bem*?

A princípio não entendi, mas logo a fumaça começou a sair pelas janelas e por debaixo da porta. E os gritos dos vivos ecoaram pela noite.

Corremos para a floresta e, escondidos pelas sombras das árvores, vimos os aldeões arrombarem a porta antes de o fogo consumir completamente a igreja, porém todos que estavam lá dentro morreram queimados ou sufocados.

– Vocês merecem isso, *figli di puttane* – a menina sardenta cuspiu.

Ela ainda sentia a dor pela perda de Alessio, e atacar a igreja foi uma maneira que encontrou para, de certa forma, vingar a sua morte. Se não fosse toda a culpa e todo o medo incutidos pelos homens de Cristo, ele teria aceitado a imortalidade como uma dádiva.

Assim como nós.

– Agora vamos – a rainha já se embrenhava por entre as árvores.

– Para onde?

– Para a conclusão da nossa reunião, Harold.

Conhecíamos o caminho que deveríamos seguir até a Dança dos Gigantes. Só não sabíamos quais seriam os próximos passos depois daquela noite.

– Onde eu estou? Ainda estou vivo? – Robert Wyvil abriu os olhos e viu apenas luzes diáfanas que fizeram seus olhos arder.

– Vivo? – uma voz grave ressoou, depois mais uma, duas, três, várias, tal como num coro dentro de um mosteiro, mas muito mais intensas... – Sim, mas não como antes.

Antes...

Antes...

Antes...

O bispo piscou várias vezes até conseguir firmar as vistas e ver ao seu redor seres lindos, vestidos de dourado, com imensas asas brancas.

– Vocês são anjos? – ele sorriu maravilhado. – Eu fui recebido na casa do Senhor.

Um dos anjos lhe deu a mão e ajudou-o a se pôr de pé.

– Sim, somos enviados do Senhor – o ser celestial lhe entregou um pergaminho feito com o mais fino velino, amarrado por um cordão vermelho. – Leia.

O bispo desatou o nó com cuidado e começou a ler a mensagem escrita com caligrafia perfeita, reluzente.

"Robert Wyvil, você teve o privilégio de estar junto aos anjos e adentrar as portas do céu."

O bispo parou de ler e olhou ao seu redor. Estava num magnífico jardim no qual as árvores frutíferas e flores abundavam e as aves canoras entoavam uma melodia riquíssima, que era complementada pelo agradável som de uma pequena cascata.

Sorriu. Sentiu imensa alegria e, enfim, depois de tudo o que passara, seu coração encontrou a paz.

Os anjos o olhavam com uma triste ternura. Estranhou no início; contudo, como nunca estivera na presença deles, não sabia o que isso significava. Prosseguiu a leitura:

"Você pôde ver a beleza eterna e sentir incomensurável paz e felicidade. Agora é chegado o momento de você receber o que lhe cabe."

Os anjos começaram a se afastar, voando para longe e todo o Paraíso começou a ruir, como se chacoalhado por um grande terremoto. Então o chão se abriu sob os pés do bispo e ele caiu.

Caiu por entre as nuvens, sentindo o vento frio congelar suas mãos e pés desnudos, e não parou nem quando seu corpo bateu violentamente na terra, causando uma dor lancinante.

Gritou, chorou e, desesperado, tentou se agarrar às raízes de uma árvore ressequida. Sentiu seus dedos se esfolarem e as unhas serem arrancadas da carne. Continuou a ser tragado para dentro da terra, até parar numa caverna iluminada pelo fogo. Estava envolto em chamas e o calor era insuportável.

– Alguém me ajude – olhou ao redor, assustado. Não viu ninguém, apenas ouvia os gemidos de dor e o estalar de chicotes.

– Ó Pai, não me abandone agora – juntou as mãos em prece.

Estava completamente nu. Suas vestes se esfarelaram em sua jornada para baixo.

– Creio que deus não tem poder aqui – uma mulher tão linda quanto os anjos, mas vestida de um preto tão denso quanto seus cabelos longos, aproximou-se.

– Quem é você? – O bispo inebriou-se pela beleza dela e não conteve a ereção.

Ela sorriu ao ver o pau rijo e lambeu os lábios carnudos.

– Quem eu sou? – Ela se aproximou, agachou-se ao lado do bispo e lambeu seu rosto, fazendo a excitação aumentar. – Eu sou um pesadelo do qual você não irá acordar.

Ela se transformou em um demônio monstruoso, fedido, a bocarra escorrendo uma saliva amarelada.

Robert Wyvil fechou os olhos apavorados e sentiu uma dor excruciante, que começou na sua virilha e subiu até o peito.

.

.

.

– Pobre Robert – o deão balançou a cabeça quando viu o bispo amarrado na cama, suando, gritando em desespero. – Não tenho coragem de imaginar os pesadelos que o assolam.

– Tivemos de amarrá-lo. Em seus delírios causados pela febre ele perdeu totalmente a capacidade de se manter íntegro – irmão Leopold preparava uma mistura de infusões de camomila, hipérico e valeriana que verteria na boca dele para tentar acalmá-lo. – Ele estava se arranhando, arrancando os cabelos, e quase furou um olho com o próprio dedo.

– Fez bem, irmão. Fez bem...

Reynold Orsini esfregou o rosto com as mãos trêmulas. Colocou uma cruz de prata sobre o peito do bispo e fez uma oração, ali mesmo, com os gritos de plena agonia ecoando pelo aposento e por toda a Catedral.

– Só conhecemos o verdadeiro valor de um guerreiro quando lutamos contra ele – o japonês adentrou o círculo de pedras. Fez uma longa mesura, curvando-se bastante.

– A gente podia batalhar até a lua cair do céu e essas pedras virarem pó que não haveria um vencedor – o Africano abriu um largo sorriso.

Os dois imortais se cumprimentaram respeitosamente. Os ferimentos estavam plenamente curados e seus corpos aquecidos pelo sangue recém-drenado das suas vítimas.

– A guerra corre nas nossas veias – o velho de olhos puxados e barba branca colocou as mãos para trás. – Fomos forjados pela batalha, cada um enfrentando desafios e perigos intensos.

– Sim, muitos inimigos já tombaram à nossa frente – o Africano se agachou.

– E muitos amigos tombaram ao nosso lado...

O negro assentiu.

– E não podemos cometer esse mesmo erro agora – o velho japonês olhou as estrelas. – Fiz o que fiz com a menina Tita para interromper a fúria, para não prolongar a ira que causaria sofrimento desnecessário.

– Sim, compreendo.

– Assim como poupei aquele *padre* de uma angústia que se arrastava por séculos. Sua alma pedia ajuda e eu a ofereci.

– Ele era fraco e não merecia viver para sempre.

– Isso eu não posso julgar – o japonês virou-se e encarou o Africano. – Força e fraqueza são parte do espírito dos homens. Eu apenas fiz o que achei certo.

– Se não fosse você seria eu.

– Ou ele mesmo... – O japonês ficou em silêncio por uns instantes. – Teria o mesmo destino do imortal que o criou.

– Como você disse, não é nada bom lutarmos entre nós – o negro levantou-se.

– Mesmo com todas as divergências eu proponho fazermos um pacto – Gauri apareceu e ficou entre os dois guerreiros. – Devemos evitar as agressões entre imortais. Creio que todos os outros concordarão.

– Sim, concordamos – Zotikos e Diodoros chegaram, o mais jovem exalando o aroma do sangue de várias pessoas diferentes.

– Quando decidi vir até aqui foi para entender o poder que se criava no mundo e que logo também tentará engolir o Japão. Não me preocupo com os imortais do oriente, mesmo porque eles são pouquíssimos e preferem, como eu, levar uma existência austera e reclusa. Sei de antigos que permanecem inertes em cavernas há milênios. Eu me preocupo com o meu povo, que ainda acredita nos deuses e pode ser maculado com a chegada maciça dos pregadores de Cristo. Eu me preocupo com os descendentes do Imperador Jimmu, meu querido amigo. Jurei protegê-los e livrá-los de todo o mal.

– Eu vim para me divertir e encontrar novos *companheiros* – Diodoros me olhou. Buddug, Liádan, Tita e eu havíamos enfim chegado. – Meu mestre também veio para observar e aprender, mas eu – ele riu –, eu quero o êxtase!

– Deuses! – Zotikos levou a mão à testa.

– Peguei a conversa na metade – a rainha intrometeu-se. – E confesso que *despertei* ao chamado de vocês já pensando na guerra, mas talvez tenha que refletir um pouco mais.

– Tempo para isso não nos falta – Gauri emanava imensa serenidade. – Nenhuma guerra é boa. Já vi meu povo passar por tantas, por tanto sofrimento.

– Aliás, onde está a Foca? – Liádan franziu o cenho. – Eu não sinto mais a sua presença.

– Ela viu o que precisava ver e entendeu aquilo que queria entender – Gauri sorriu. – Então decidiu retirar-se em silêncio e rumar para o mar.

– Ela vai retornar às suas terras? – Liádan olhou para o leste.

– Não sei – Gauri fechou os olhos. – Ela também está oculta para mim. Mas tenho certeza, o destino da velha senhora se separou do nosso. Seus planos e sua mente agora estão completamente velados.

– Eu queria ter um átimo da sabedoria daquela anciã – Zotikos sorriu. – Gostaria de conviver os próximos séculos com ela, se pudesse, absorvendo a sua simplicidade e a sua vivência natural.

– E eu só quero que meus dedões cresçam – brinquei.

– Dedões fazem muita falta quando precisamos segurar com força, certo, Harry? – O grego safado lambeu os beiços. – Ou mesmo se for com delicadeza.

Tita avançou e parou na frente do japonês e do Africano. Ela não tinha a postura belicosa de outrora, apenas os encarava.

Cuspiu no pé do velho barbudo e sorriu.

– Sabe, vovô – fungou. – Você não é mau, é só um velho idiota que acredita ser sábio. Aliás, todos vocês são – virou-se e apontou para cada um dos antigos imortais –, tão cheios de teorias, de verdades, de certezas, mas no fundo não sabem de nada. São apenas brinquedinhos nas mãos dos deuses. Preocupam-se tanto com o amanhã como se fossem morrer logo. E se fossem mesmo? Já não viveram demais? Eu apenas quero acordar a cada noite e ser livre e me divertir, não importa se viverei por mais um piscar de olhos ou até o fim dos tempos. Vocês me lembram criancinhas ranhetas que reclamam de tudo.

Raposa nos encarou e seus olhos pareciam faiscar.

– Antigos imortais... – desdenhou com um gesto. – Vocês não

são tão diferentes dos homens da igreja, ou de Alessio: têm medo por trás dessa falsa casca de imponência. Reuniram-se aqui para compartilhar temores, quando podiam apenas viver cada noite.

Diodoros agarrou Tita e beijou-lhe a boca.

– Essa menina é esplêndida! – bateu palmas. – Até agora o seu discurso foi o mais sensato de todos. Vocês não passam de cagalhões com centenas de anos de idade, que temem os ratos ao invés de devorá-los. Eu também não sou a favor de uma guerra, tampouco de me enfiar debaixo das cobertas com medo de assombrações. Não... Eu acredito que podemos seguir em frente como sempre.

O grego voltou, passou ao meu lado e sussurrou no meu ouvido: *não fique com ciúmes pelo beijo, se quiser posso lhe dar algo muito melhor*.

Se eu ainda fosse humano, certamente estaria corado.

– Não há certo ou errado. Não há bem ou mal. Existem apenas caminhos e as jornadas que as nossas almas precisam fazer em busca da iluminação – Gauri cantarolou essa frase. – Mesmo essa grande peste que novamente assola o mundo não pode ser vista como algo ruim. Trata-se apenas de um momento de morte, que quando passar, fará a vida florescer.

– Então vai contar isso para os putos da igreja – crispei os dentes. – Eles têm a convicção de que a praga é causada por castigo divino. E agora, também estão culpando os demônios, ou seja, a gente.

– Sempre é fácil acusar – Gauri inspirou fundo. – Nós viveremos momentos difíceis, mas a minha alma está serena. Não posso afirmar, mas acredito que passaremos incólumes por esse terremoto.

– *Incólumes?* – pensei, ao olhar meus dedos que cresciam um pouquinho a cada instante.

– Eu sinto que veremos uma grande fúria despertar – Liádan fechou os olhos. – Sinto que ferro e fogo nos envolverão. Eu faço as palavras da Foca as minhas: teremos tempos de dor e medo.

– E o que faremos? – Zotikos cofiou a barba. – Podemos debater por muitas noites e acredito que nunca chegaremos a um consenso.

– Ao contrário, meu amigo, nós já chegamos a vários – Gauri sorriu e sua beleza exótica resplandeceu.

O velho grego andou para lá e para cá e assentiu com a cabeça:

– Tem razão, pequena, tem razão.

As conversas duraram até quase o sol raiar. E prosseguiram na outra noite e na próxima.

– O que acha de caçarmos juntos uma vez antes de partirmos? – Diodoros esfregou as mãos, animado.

– Na minha tribo, laços de irmandade são fortalecidos durante as caçadas – o Africano abriu o sorriso largo.

– E eu sei onde podemos fazer isso – a rainha deu um tapa num dos grandes monólitos de pedra. – Mas teremos que correr umas boas milhas até lá.

– Como nos velhos tempos, quando eu perseguia manadas de búfalos e antílopes! – O Africano exalava alegria.

– Eu topo – Tita esfregou os joelhos. – Viver é se movimentar.

Gargalhou.

– Bem... – tive vergonha, mas prossegui –, eu não sei se aguento uma corrida dessas. Meu corpo ainda está fraco. É como se todas as minhas energias tivessem sido drenadas dessa vez.

– É que você esteve a um suspiro da morte, meu amor – Liádan segurou as minhas mãos. – Se demorássemos um pouquinho mais para te resgatar, não haveria volta.

– E eu teria que, enfim, morar nos domínios de Hel – senti um frio percorrer a minha espinha.

Sem dizer nada, o Africano mordeu o pulso e me ofereceu o seu sangue, que, ao tocar na minha língua, me fez revirar os olhos, tamanho era o seu poder. E assim fizeram todos os antigos imortais.

Caí sentado no chão, pois as minhas pernas começaram a tremer, e o melhor: meus dedos terminaram sua cura.

– Pelas bolas do meu pai... – ofeguei. – É como se tivessem preenchido minhas veias com óleo fervente, mas sem a dor.

– Agora o lindinho aguenta correr? – Diodoros acariciou os meus cabelos.

– Só me dizer para onde.

– Sigam-me – Buddug saiu em disparada, muito mais veloz do que qualquer cavalo.

Grudamos nos seus calcanhares e levantamos uma trilha de poeira pela estradinha estreita. Liádan e muitos outros poderiam voar se assim desejassem, mas a emoção de percorrer milhas e mais milhas até as nossas presas era muito mais prazerosa.

– Senhor... – Um dos noviços bateu na porta entreaberta. – Um monge veio de Avinhão e trouxe uma mensagem do papa Clemente VI para Lord Robert.

– Mande-o entrar, por favor – o deão sentiu uma pontada nos intestinos. Sempre que ficava nervoso tinha diarreia logo em seguida.

O noviço saiu e instantes depois voltou acompanhado de um homem troncudo, careca e de olheiras profundas.

– O senhor é o bispo? – perguntou ele, em francês. Logo começou a tossir e quase se sufocou, tendo que se sentar para não cair. – Perdoe-me. Peguei uma gripe forte no mar e agora essa tosse e febre me acompanham desde que aportei na Inglaterra. Ando cansado como um cão velho.

– Eu não sou o bispo, sou o deão de Salisbury – Reynold Orsini coçou o queixo. – O bispo também está adoentado, então me deu autoridade para resolver quaisquer assuntos que sejam trazidos à Catedral.

O monge, ainda sem fôlego e visivelmente abatido, tirou de dentro do hábito uma mensagem lacrada com o selo papal.

– Ele pediu para o bispo – pensou um pouco –, que, no caso, é o senhor agora, uma resposta urgente, que levarei para ele.

– Qual é o seu nome, filho?

– Veremundo, senhor – ele tossiu mais e um pouco de sangue sujou as costas da sua mão.

– Não se preocupe, irmão – o deão deu dois passos para trás e sentou-se. – Escreverei a resposta. Agora vá até a enfermaria para ver se lhe dão algo para melhorar essa tosse e essa fraqueza.

– A sua bênção – levantou-se.

– Que o senhor o abençoe.

O deão rompeu o lacre e leu cuidadosamente a mensagem do papa. Era a cópia de uma bula intitulada *Quamvis Perfidiam,* que condenava todas as formas de violência contra os judeus, bem como as acusações deles serem os responsáveis pela peste negra.

Terminava dizendo, agora de próprio punho – o deão teve certeza, pois já tinha visto anteriormente a letra de Clemente –, que, se havia um culpado pela praga, este era o Diabo. E que ele mandara seus asseclas bebedores de sangue para causar a doença e a morte.

E ele ordenava que Robert Wyvil enviasse os restos mortais dos demônios para ser estudados pelos sábios de Avinhão.

Reynold Orsini levantou-se e colocou o pergaminho sobre a chama de uma vela. Ele queimou lentamente até ser consumido por completo.

Precisava encontrar um mensageiro, pois o francês morreria até o final da semana. Os sintomas da peste negra já se manifestavam no seu corpo. Contudo, antes precisava das evidências, dos tais restos mortais dos demônios.

Pensou por toda a manhã, andando para lá e para cá. Estalou os dedos quando teve uma ideia.

Seguiu até os estábulos e pediu que selassem um cavalo. Montou e saiu a galope. Cavalgou por umas dezesseis milhas até um casebre na floresta nos limites do vilarejo de Durnford.

Bateu a porta e um homem maltrapilho e fedido como um javali abriu-a, exibindo um largo sorriso escurecido assim que viu o deão.

– Reynold! – abraçou-o, e o deão precisou engolir a ânsia. – O que o traz até aqui? Há quanto tempo não te vejo. Uns cinco ou seis anos?

– Acho que uns oito, para ser mais preciso.

– Depois que você virou o lacaio de Robert Wyvil, aquele traste, nunca mais quis falar com o seu irmão.

– Você sabe que não é bem assim...

– Como não? Mas deixa *prá lá*! Entre, eu acabei de colher favos de mel – colocou um banco rústico de madeira para o irmão e lhe passou uma tigela de barro cheia de favos.

O deão pegou um deles e deleitou-se com o dulçor.

– Maravilhoso não é? – o homem mascava ruidosamente – Como essas abelhas danadinhas, tão pequenas, podem fazer algo tão gostoso?

– Deus foi perfeito nas suas criações.

– Não vai começar com esse papo chato, meu irmão – cuspiu a maçaroca e colocou mais um pedaço na boca. – Você sabe que não acredito nesse tal Todo Poderoso.

– Não vim para discutir religião ou fé, irmão, vim para lhe pedir um favor.

– E o que o deão não consegue obter na Catedral e nas suas cercanias? – O mel escorria pela sua barba amarelada.

– Um lobo.

– Um lobo? – coçou os cabelos louros emaranhados. – E para quê você quer um lobo?

– Isso não lhe interessa, Richard – o deão lambeu os dedos. – Pelo menos não nesse momento.

– Está muito difícil achar lobos por essas terras. Depois da matança autorizada pelo rei Edward I e agora continuada pelo seu neto, esses bichos estão cada vez mais raros.

– Tente, por favor – o deão se levantou. – Em último caso, pode ser um cão grande, o maior que encontrar.

– E depois que eu pegar o bicho, o que eu faço?

– Apenas me espere – os olhos do deão brilhavam.

Seu irmão coçou novamente a cabeça e puxou um piolho, que esmagou com as unhas.

– Você não tá metido naquelas feitiçarias antigas, está?

O deão fez o sinal da cruz.

– Claro que não. Sou um homem de Deus. Preciso desse lobo para poder salvar a igreja, isso sim.

– Vocês são estranhos demais.

– Volto em uma semana, está bem? – Começou a sair do casebre. – E, por favor, boca fechada!

– Você não precisa se preocupar, irmão, só converso com as árvores e os animais – cuspiu. – Ninguém vem até aqui. Aliás, você não quer ficar? Posso caçar uns coelhos para nós. Você ainda gosta de coelhos ensopados?

– Adoro, mas agradeço, Richard, preciso mesmo ir – montou no cavalo. – Se você me arranjar o lobo, prometo que como um ensopado de coelhos com você.

– Então, pelo menos, pegue mais um favo de mel – correu até o irmão com a tigela.

O deão pegou um dos grandes e agradeceu:

– Deus te abençoe.

– Volte em uma semana que eu terei o seu lobo. Ou volte antes se quiser conversar.

Reynold Orsini acenou e seguiu de volta para a Catedral. Gostava do seu irmão, apesar das discussões do passado. Invejou-o por viver na simplicidade.

Por ter uma paz da qual ele mesmo nunca desfrutaria.

– Berwick St. John... – Buddug pareceu rosnar as palavras. – Um dia esse lugar serviu como acampamento para o meu povo, agora é mais uma merda de cidadezinha com uma igreja para um santo de barro.

– Sinto que há poucas pessoas aqui – Gauri fechou os olhos. – Trinta, talvez trinta e cinco. Sendo que algumas já estão prestes a morrer pela peste.

– Por isso que os trouxe até aqui – Buddug sorria maliciosamente. – Estão famintos o suficiente para não deixar uma testemunha sequer?

O Africano gargalhou e correu rumo ao vilarejo. Pulou um

córrego tal como se fosse um grilo e arrombou a porta da primeira casa que encontrou. Fizemos o mesmo. Houve gritos, choro e desespero, porém estávamos longe de qualquer outra cidade.

E ninguém viria acudi-los.

.

.

.

Eu bebi de pelo menos quatro pessoas. Estava empanturrado, estufado e completamente feliz. Depois do sangue dos antigos imortais e dessa *comilança* meu corpo havia recuperado o tônus.

Tita estava deitada sobre um telhado de palha, o rosto completamente sujo de sangue. Ao seu lado, Liádan acariciava uma coruja branca que pousou sobre o seu joelho. Diodoros ainda sugava um jovenzinho que sorria, tendo o último prazer antes da morte. Quantas vezes eu mesmo fizera esses joguetes!

Zotikos, o japonês, Buddug, o Africano e Gauri conversavam afastados.

No centro do vilarejo, trinta e duas carcaças inertes, de homens velhos a bebês tenros e rosados, estavam precariamente empilhadas no entorno de uma cruz de carvalho. Diodoros acabou de sugar o jovenzinho e atirou-o na pilha, fazendo o corpo voar por uns vinte passos. Comemorou quando ele se encaixou perfeitamente por cima de uma gorducha.

– Olha só a cara de safados daqueles dois – bateu palmas. – Parecem ter trepado a noite toda.

Riu.

Os antigos imortais conversaram por muito tempo. Tita, Liádan, Diodoros e eu também falamos muito, mas amenidades que nos fizeram rir. Comecei a gostar do grego, apesar de ter que me esquivar dos seus galanteios nada sutis. O que ele queria eu não estava disposto a dar. E o que ele me oferecia, eu preferia não receber.

Então, quando o negro da noite começou a se tornar azul-escuro, nos reunimos e juramos nos manter fiéis ao nosso pacto de irmandade. A morte de Alessio seria a única, apesar de eu acreditar que mesmo as promessas mais sinceras podiam sucumbir ao peso da eternidade.

Sabíamos que tempos de sangue viriam, mas quando tivemos paz?

Eu não me lembro de um único ano dessa minha longa existência em que a Inglaterra esteve livre de batalhas. Ora matávamos estrangeiros, ora matávamos a nós mesmos.

Certa vez um poeta disse que era o sangue que nutria a nossa terra. Não sei se é verdade, contudo é pelo sangue que nós, imortais, sobrevivemos. Nós que fomos criados pelos deuses, tão diversos, tão distantes, mas todos com o mesmo desejo: o de fazer andar sobre a terra seres poderosíssimos que se nutrem da vida dos homens.

Por quê?

Nem mesmo os antigos sabem. Os deuses são arrogantes demais para nos contar a verdade. Ou talvez tenham medo.

Penso se eles também não se reuniram em tempos longínquos e combinaram nos criar. Não sei se acredito em coincidências.

Não importa. Todos nós gostamos das dádivas recebidas, do poder, da imortalidade. Apenas Alessio di Ettore sucumbiu à duvida. Porém encontrou a paz, algo que nenhum de nós vai ter enquanto respirar.

Talvez nem depois.

Tento não pensar nisso.

Viver basta.

Uma noite de cada vez. Um gole de cada vez.

O Africano falou algumas palavras em sua língua e estalou os dedos duas vezes. A pilha de corpos começou a pegar fogo e logo as chamas dominaram o centro do vilarejo, incendiando junto a grande cruz de carvalho.

De fato, esses antigos eram poderosíssimos. E eles demonstraram apenas uma ínfima parte dos seus poderes. Temo em imaginar o que eles poderiam fazer em momentos de fúria.

Despedimo-nos e cada um rumou para o seu lar.

– Que tal se vocês dois vierem comigo? – A jovem de pele castanha parou ao lado de uma moita. Logo uma garota e um menino saíram de trás da planta, os olhos arregalados, as mãos dadas.

– Susan – Liádan correu e abraçou a jovem. – Você está bem!

– Sim – a garota beijou-lhe o rosto com imensa alegria.

– O que faz aqui?

– A gente estava dormindo em uma cabana abandonada aqui perto quando ouvimos gritos e viemos ver o que acontecia – ela nos olhou com admiração. – Então vimos o brilho do fogo e resolvemos nos aproximar.

– Eu sinto que você tem um grande poder, menina Susan – Gauri sorriu. – Você gostaria de aprender sobre as coisas da natureza, da vida e dos deuses?

– Sim – ela respondeu sem hesitar. – E o Louis?

– Ele não tem talento ou dom – Gauri apertou a bochecha do menino. – Não que eu possa sentir nesse instante. Contudo, ele pode ser um ajudante muito útil.

Susan abraçou forte a dama ruiva e foi no encalço de Gauri. O menino acenou para nós e correu até as duas. Sumiram no horizonte.

– Que seus sofrimentos cessem, menina Susan – Liádan acenou.

Tita, Liádan, Buddug e eu permanecemos. A menina sardenta ainda não queria voltar para a Itália. A lembrança do seu amigo seria muito dolorosa.

– Se eu for para lá vou me lembrar demais daquele idiota – Raposa coçou a cabeça. – Daí pode ser que eu não me contenha e faça alguma bobagem.

– Você pode vir conosco – fui até um barril com água e lavei meu rosto.

– Ah – ela balançou a cabeça –, vocês também me lembram ele...

– Venha comigo, menina – Buddug arrumou o cinto da espada. – Pretendo ir para o norte, ver como as coisas estão por lá.

– Se pudermos beber sempre que tivermos vontade e brigar de vez em quando, eu aceito.

– Ah, menina! – Buddug deu tapinhas no ombro dela. – Ao meu lado você não vai se entediar.

As duas se despediram e partiram.

Liádan e eu permanecemos, observando o fogo crepitar e a cruz desabar sobre os corpos calcinados.

– Acho que eu preciso dormir por uns dez anos seguidos – beijei Liádan.

– Se quiser, posso ficar ao seu lado para quando despertar e... – Ela mordiscou meu pescoço fazendo todos os pelos do meu corpo se arrepiarem.

– Queria tanto que Stella estivesse aqui – não pude conter a visão das duas nuas sobre a minha cama.

– Ela ainda precisa de um tempo para se recuperar – Liádan fechou os olhos. – A Deusa e a Mãe Terra zelam por ela.

– Ainda falta algum tempo até amanhecer – olhei para o horizonte.

– E o que você quer fazer? – Liádan colheu uma flor roxa e colocou nos cabelos.

– Bem... – lambi os lábios. – Nos últimos tempos apanhei, tive de arrancar os dedos e quase fui me encontrar com a filha de Loki. Não tive muito tempo para, digamos, desfrutar de alguns prazeres.

– A noite com Lady Catherine não foi suficiente para você se aliviar?

Franzi o cenho.

– Como você sabe?

– Aprenda algo, meu querido, nós mulheres sabemos de tudo, ainda mais quando somos imortais e temos certos poderes.

– Bem... – inspirei fundo. – Então você sabe que foi um momento de fraqueza. Que fui praticamente obrigado a fazer o que fiz.

– Não se preocupe com desculpas, meu querido, se eu estivesse brava... – ela segurou meu pinto e as minhas bolas com força, as unhas transformadas em garras – o pequeno Harry nunca mais balançaria no meio das suas pernas.

– Sendo assim... – engoli em seco quando ela apertou um pouco mais. – Eu vi uma bela cama nos aposentos do padre.

Apontei para a igreja.

Liádan me beijou.

– Já que nos culpam por todos os males do mundo, vamos lá pecar – ela me puxou pela mão.

– Eu pretendia pagar algumas penitências para ver se o tal Cristo começa a *influenciar* seus sacerdotes para parar de ficar no meu pé, mas posso começar amanhã.

Adentramos a igreja e pecamos uma, duas, três vezes até cairmos exaustos.

O sol começou a adentrar a janela. Corremos para a floresta e, quando as nossas costas já fumegavam, encontramos uma toca vazia e nos enfiamos dentro dela.

Adormecemos abraçados e eu sonhei com pelos ruivos, beijos úmidos e tetas pequenas e firmes. Talvez tenha sonhado com algo mais, mas é só disso que me lembro.

E isso basta.

Capítulo XI – O sacerdote louco

– Que bom que você veio – Richard ajudou Reynold a desmontar. – Está sentindo o cheirinho? Coloquei duas lebres gordas para cozinhar.

– E o meu lobo? – O deão não escondia a ansiedade.

– Você não muda nunca – o homem sorriu. – A vida para você são apenas negócios, afazeres, obrigações, regras e afins. Não se cansa dessa chatice?

– Infelizmente é o que me resta, mas diga, conseguiu o meu lobo?

– Você é um homem de sorte – Richard levou o irmão até um barraco próximo da sua cabana, onde guardava ferramentas, madeira e outros víveres. – Eu já estava desistindo, quase fui até Durnford procurar algum cachorro vadio, mas ontem encontrei essa beleza.

O deão suspirou aliviado, mas não conteve a tristeza pelo belo animal morto.

– Deus há de me perdoar... – o deão sussurrou.

– Não se preocupe, ela já estava morta – Richard mostrou a pata traseira quebrada. – Ela deve ter morrido de fome, ou isso infeccionou. – E tem outra coisa...

Richard pigarreou.

– O que foi? – O deão fechou os olhos prevendo algum deslize. Sentiu seu coração disparar.

– Quando encontrei a bichona, tinha dois filhotes junto do corpo dela – o homem coçou a cabeleira. – Os coitadinhos estavam enrolados como duas bolinhas de pelo.

– E?

– Eu não podia deixar os bichinhos morrerem – ele abriu a porta do casebre. Dois lobinhos castanhos espiaram e logo voltaram para dentro, choramingando e ensaiando uivos, mal se sustentando sobre as pernas ainda bambas. – Eles ainda estão assustados, são muito novinhos.

– Você sabe que é proibido criar lobos!

– Que se foda! – Richard rosnou fazendo seu irmão se encolher. – Eu vivo sozinho aqui e nunca ninguém me importuna. Acho que posso tê-los em paz.

– Então isso é problema seu – o deão se recompôs. – Só me prometa que nunca vai contar para ninguém sobre o que faremos.

– E o que faremos?

– Pegue um alicate e acenda uma grande fogueira, meu irmão.

O homem franziu o cenho, mas obedeceu sem hesitar, apesar de achar tudo muito estranho. Enquanto o fogo ainda estava tímido nas madeiras meio úmidas, eles saborearam o ensopado, e o deão permitiu-se relaxar um pouco, apesar de sua mente não parar de pensar no que viria a seguir.

Tita e Buddug seguiam lado a lado, conversando, rindo, conhecendo-se melhor. A rainha e a jovem Raposa tinham muito em comum, eram duas mulheres fortes e de grande espírito.

– Teve uma vez, em Veneza, quando eu retornava ao meu esconderijo depois de me empanturrar de um padeiro gordo, de sangue adocicado, que ouvi choro e pancadas abafados, distantes. Certamente nenhum mortal conseguiria escutar aquilo, mas meus ouvidos aguçados captaram tudo – Tita gesticulava bastante. – Como ainda faltava um bom tempo para amanhecer e eu me sentia entediada, resolvi seguir o som e adentrei num *palazzo*. Conforme eu avançava pelos corredores adornados de esculturas e tapeçarias, entendi que havia algum bastardo tentando estuprar uma mulher.

– Homens são crápulas em qualquer lugar – a rainha cuspiu. – Continue.

– Eu não podia aceitar aquilo. Corri até encontrar uma porta entreaberta. Lá dentro uma jovem tentava se esquivar do seu algoz, com a boca sangrando e o corpo cheio de vergões. O homem, certamente filho de algum nobre, estava nu e batia na pobrezinha com um cinto de couro. O desgraçado ria a cada estalo na pele morena.

Buddug rosnou, mas nada disse.

– Eu adentrei o aposento iluminado por diversos archotes e velas. O homem parou com as pancadas e me olhou ressabiado. Deixei cair a minha túnica e fiquei nua – Tita chutou uma bolota seca de carvalho que bateu num tronco e se espatifou. – O merdinha cheirando a alfazema apenas sorriu e veio até mim, o pau quase batendo no umbigo, tamanha a excitação.

– Patético – Buddug balançou a cabeça. – São tão tolos que sequer desconfiam!

– "Não sei quem é você, mas saiba, menina, esta noite vou deixar você toda assada" – Tita tentou engrossar a voz, imitando os trejeitos do homem. – Eu não disse nada, apenas me ajoelhei e segurei o pinto do idiota – Raposa reproduziu o gesto. – Ele ficou alucinado, puxou os meus cabelos e gemeu. Gemeu até começar a berrar de dor quando arranquei o *troço* com um puxão forte.

Buddug riu.

– Ficou só o saco, murcho, pendurado e escorrendo sangue – a menina balançou a cabeça, divertindo-se.

– Deve ter sido uma cena hilária – Buddug olhava a jovem com admiração. – Eu não teria pensado em algo tão sublime.

– Demais! Todas as vezes que eu cruzava com o palerma, durante alguma caçada noturna, eu ria. Gargalhava quando eu percebia que ele havia colocado um pano dentro das calças para fazer volume. Deixei até ele me ver em uma ou duas ocasiões, só para me divertir com a sua cara de susto. Ele devia pensar que eu era uma assombração ou um *spettro* – Tita fungou.

– Esse filho de uma égua mereceu o que teve – Buddug apertou o ombro da menina.

– E o mais importante é que, enquanto ele se contorcia e chorava, peguei seus anéis e moedas de ouro e dei para a mulher, que descobri ser uma criada. Ajudei-a fugir da cidade. Tempos depois soube que ela prosperou como mercadora de tapetes. E o sem-pinto pulou do telhado do *palazzo*, tamanha a sua vergonha.

– Magnífico – Buddug estalou o dedo.

As duas continuaram conversando, animadas, contando passagens das suas longas vidas. Até que algo na beira da estrada chamou a atenção.

Um homem nu, imundo e tonsurado como um padre estava agachado, cagando.

– Vo-você – ele arregalou os olhos quando viu Tita.

Tentou correr, mas tropeçou e caiu em cima de um arbusto espinhento, ficando enganchado, choramingando de medo e dor.

– Já se conhecem? – Buddug aproximou-se do homem.

– Esse verme estava tentando matar uma menininha acusando-a de ser uma de nós, de ser um demônio – Tita parou na frente de John Wood. – Então precisei lhe dar um corretivo.

– E seja por um artifício do destino ou dos deuses, ele está novamente no seu caminho.

– Infelizmente.

– Vo-você vai me matar? – Havia ranho escorrendo do nariz do pregador.

– Não te matei nem quando estava furiosa, seu cagão – Tita puxou-o com força da moita, jogando-o no meio da estrada. – Suma. E se eu te encontrar novamente, aí sim eu te mato. Combinado?

O pregador nada disse. Buddug chutou-lhe a bunda, fazendo-o correr, gritando, falando coisas sem sentido. A loucura começava a dominar seus pensamentos.

E o pior, a igreja adorava transformar esses loucos em santos.

– É impressão minha ou vi algo *escrito* no peito dele? – A rainha encarou a menina sardenta. – Eu não consegui ler direito.

– É o meu nome – Raposa riu.

– Então acho que você terá que me contar essa história antes do amanhecer.

As duas imortais seguiram rumo ao norte, livres, felizes e sem se preocupar com o futuro.

Pois tempo elas tinham de sobra.

– Então ele fugiu... – a condessa de Salisbury passou as mãos nas bochechas.

– Sim, minha senhora – James de Groundewell abaixou a cabeça, envergonhado. – Mas não sabemos se ele ainda está vivo, pois se jogou na corredeira do rio. Por causa do temporal ela estava muito forte. Pode ser que tenha se afogado ou batido a cabeça nas pedras. Desde a fatídica noite não tivemos mais quaisquer indícios.

– Ele deve estar morto mesmo – Catherine de Montacute sabia que ele sobrevivera. Algo no fundo do seu coração lhe dizia isso. – Assim sendo você cumpriu a sua missão. Farei boas recomendações junto ao meu filho e ao bispo.

– Obrigado, minha senhora – James fez uma mesura.

A senhora partiu junto ao seu séquito. Ficou em silêncio por toda a viagem, a mente distante.

Seu espírito estava alegre, pois sabia que, um dia, reencontraria o magnífico Harold Stonecross.

Novembro de 1348.

– Você fez o quê, Reynold? – O rosto do bispo estava vermelho e seus olhos tremiam. Ainda estava fraco, mas agora conseguia se sentar na cama e alimentar-se sozinho. Tossiu e a papa que ele comia sujou o hábito do deão.

– Eu nos salvei, Lord Robert – o deão impôs-se como nunca havia feito, pegou uma das toalhas do bispo e limpou-se. – Enquanto o senhor convalescia, eu consegui manter a integridade da Catedral.

– Mandando ao papa Clemente uma caixa com as presas de uma loba e um pouco de cinzas do seu cadáver queimado? – O bispo deixou a tigela de lado e tentou se levantar. Deu dois passos e sentou-se na cadeira para não cair.

– Foi o que consegui pensar no momento – o deão pegou um manto e colocou-o sobre as costas do seu senhor, que estava magro como um cão faminto.

Lá fora a neve caía e as crianças brincavam, inocentes, alheias aos problemas dos adultos.

– Você sabia que podemos ser excomungados? – O ar faltava nos pulmões fragilizados de Robert Wyvil.

– Eu acho que não – abriu um sorriso e entregou ao bispo uma carta enviada pelo papa.

Robert Wyvil arrastou-se como pôde até a claridade da janela e leu a mensagem.

Sorriu, foi até o deão e beijou-lhe a testa.

– Você foi magnífico! – o bispo estava eufórico. – Clemente não só aceitou os restos da loba como prova irrefutável, como vai nos indicar como exemplo de sucesso para outras dioceses no mundo.

– Eu fiz o que pude – conteve o orgulho. No fundo rezava em silêncio para que os demônios nunca mais aparecessem por aquelas terras, pelo menos enquanto ele vivesse.

– Com o papa cumprimos a nossa missão, agora precisamos nos resolver junto com Lord William.

Reynold Orsini sorriu novamente.

– Bem, também contei uma história para ele – pigarreou. – E agora ele acha que o senhor é um santo.

O bispo riu alto e se esqueceu das fraquezas e dores.

– Você precisa me contar isso.

Sentou-se na cama e ouviu maravilhado o relato do deão. Nunca imaginou que aquele tolo tímido e sempre adoentado pudesse ser tão perspicaz.

Já não ligava mais para as mentiras ou para os disfarces. O mundo era assim, e, se Deus não os acudia, Ele estava dando o aval para os homens se virarem como podiam. Venceriam os mais fortes.

Ou os mais espertos.

A peste continuou implacável nos meses que se seguiram e

Liádan e eu tivemos que nos conter para não despertar novamente a fúria da Igreja. Bebíamos de muitos, mas evitávamos matá-los. Ou escolhíamos os doentes, pois estes abundavam com pragas em meio à plantação.

O inverno chegara intenso e eu não pretendia passar mais uma temporada em algum porão gelado, muito menos ser torturado. A cada derrota eles aprendiam com os erros e se tornavam mais experientes. Não corríamos riscos desnecessários.

Não nos encontramos novamente com Buddug ou Tita, apesar da dama ruiva ainda conseguir sentir a presença delas. Como a rainha falou, estavam em algum lugar no norte. Talvez tivessem até mesmo atravessado a fronteira e agora bebessem dos escoceses.

Cada antigo imortal retornara às suas terras.

– Tem certeza que não quer vir comigo, Harold? – Diodoros insistiu, logo após nos fartarmos em Berwick St. John. – Você vai adorar a Grécia, com suas noites quentes, praias de águas mornas e sangue com gosto de vinho e azeite. E o melhor, temos mulheres e homens deliciosos por lá.

– Agradeço, Diodoros – toquei o seu ombro. – Mas quero ficar um pouco mais nessa ilha fria, fedida e cinzenta.

Ele me abraçou.

– Se mudar de ideia, bonitão, é só seguir para o sul que eu o encontrarei – piscou.

– E como vai saber que eu cheguei?

– Ah, meu querido Harold, não se preocupe – virou-se e seguiu seu mestre Zotikos. – Mesmo que esteja em meio a uma multidão, você é único!

Gargalhou.

Quantos imortais existem no mundo? Eles falaram que são poucos, mas quantos, cem, mil? Novamente me pego pensando sobre os deuses criando bebedores de sangue e em por que não caminham mais entre os homens.

Talvez tenham se enfadado depois de milênios.

Talvez estejam preparando uma volta triunfal.

Ou quem sabe apenas prefiram ficar nos seus altos castelos, bebendo, fodendo e lutando.

Eles são deuses, suas preocupações e vontades são diferentes das nossas.

.

.

.

Caminho entre os moribundos. Deve ser horrível saber que

se tem apenas um ou dois dias de vida. Deve ser muito doloroso pensar em tudo aquilo que ficou para trás: eu podia ter fugido para o campo; eu podia ter roubado aquele mercador e me tornado rico; eu podia... eu devia... eu teria...

Nunca estamos contentes, nunca pensamos no presente. O que importa é o futuro e, quando este não é possível, nos arrependemos.

Felizmente não preciso mais pensar nisso, mesmo sabendo que não é tão difícil morrer. Essa experiência reavivou a minha paixão pela vida.

Alessio nunca imaginou que aquela seria a sua última noite.

Será que ele teria feito diferente?

Vivido diferente?

Será que ele, enfim, aceitaria as bênçãos da imortalidade?

Vejo uma mulher linda, os cabelos dourados escapando pela touca puída, os seios fartos deixando os cordonetes do vestido retesados, a ponto de arrebentar. Ela anda até um poço e se debruça sob a proteção de pedras para descer o balde, virando o traseiro voluptuoso para mim.

Ela volta apressada para a sua casa, a água derramando a cada passada. A mulher pega um pano já salpicado de sangue e pus e limpa as pústulas negras de um homem inerte sobre a cama. Seu pai, seu marido talvez. Como muitos ele exala o cheiro da morte, que consome suas entranhas e rompe sua pele antes firme.

A mulher também sofre do mal. Ainda não desenvolveu as chagas, mas sinto a podridão vazar pelos seus poros.

Eu podia evitar a sua morte. Eu tenho o poder de transformá-la numa linda imortal. Uma deusa perante os olhos dos homens. Paro na frente da porta entreaberta. Ela não me vê, está envolvida demais nos cuidados do homem sem salvação.

Um rato rouba um pedaço de carne salgada e corre para a rua. Ela não percebe, ela não enxerga nada além das feridas negras. Dou mais um passo, paro e penso em drenar seu sangue até quase deixá-la inconsciente, para então lhe fazer a proposta: *Você quer viver para sempre? Você quer ser linda pela eternidade?*

Sorrio.

Dou mais um passo, agora quase encostando na porta. Um bafo podre exala pela abertura. As narinas sofrem, mas o coração bate forte: ela pode ser minha.

Ela vai ser minha.

Respiro fundo, sinto-me vivo, forte, um criador da vida em meio à morte.

Sinto-me tal como um deus.

Para ela serei o seu salvador. Onde Cristo falhou, eu triunfei.

Toco na madeira rústica, ainda um pouco hesitante. Alguém coloca a mão no meu ombro e me impede de avançar. Sequer percebi a sua presença ou ouvi seus passos.

– Liádan... – viro-me pronto para negociar com a dama ruiva. – Stella!

Meu amor de cabelos negros como a mais densa noite e pele que ainda conserva a vivacidade morena havia retornado.

– Harold, Harold, você não muda nunca – balançou a cabeça. – Fico ausente por um tempo e você já pensa em me substituir?

– Substituir? – Beijei-a com ardor. – Isso nunca, no meu coração só há acréscimos.

Ela não ralhou comigo, como eu esperava. Stella estava mais serena, mais calma, como se o tempo que passou sob os cuidados da Mãe Terra, como Liádan me disse, tivesse lhe feito muito bem.

– Você está linda!

– Suas lisonjas não lhe trarão nenhum benefício essa noite – ela fingiu uma cara emburrada. – Agora vamos, quero ver Liádan.

Ela pegou na minha mão e me puxou.

– Mas e a moça? – olhei mais uma vez para dentro da casa e vi-a debruçada sobre o peito do homem, chorando. – Vamos permitir que ela morra tão jovem?

– Harold, Harold – Stella estalou os lábios. – Pelo que me lembro, você estava ficando cada vez mais exausto com *apenas* nós duas.

– Acho que o peso da idade está chegando para mim – beijei-lhe a mão e cedi. Ela me guiou para longe.

Saímos do vilarejo. Não ousei olhar para trás, aquela disputa eu havia perdido. Stella acabara de retornar e já tinha imenso poder sobre mim. As mulheres realmente eram a minha perdição e a minha salvação.

– *Espero que a moça não morra até a próxima noite* – pensei. – *Ainda bem que Stella não consegue ler pensamentos como Liádan, senão estava fodido.*

Ri.

– O que foi? – Stella me olhou ressabiada.

– Apenas estou feliz por você ter voltado.

Ela, aos poucos, liberou-se da tensão e me abraçou.

– Senti a sua falta, querido.

– Eu também. Eu também.

Eu não mentira, mas naquele instante pensava somente na deliciosa loira que deixei para trás e nos peitos onde eu deveria estar me aconchegando.

EPÍLOGO

– Que afronta! – Loki pegou a bandeja com o leitão recém-assado e atirou-a na parede, espalhando carne e gordura pelo chão. – Quem são esses vermes para vir até aqui e instigar a paz? Quem disse que podem traçar caminhos para Harold Stonecross?

Hel, impassível, observava seu pai destruir todo o seu salão em Helheim. Os espíritos dos mortos, já constantemente perturbados, escondiam-se temerosos. E os seus criados espiavam tão impassíveis quanto sua mestra.

Ela estava acostumada com os rompantes de fúria do pai e sabia que eram superficiais. Ela odiava todo esse drama exacerbado, toda essa necessidade exagerada de atenção.

– Se você não concordava com eles, por que não desceu até as Pedras e os desafiou? – a voz da Deusa da Norte causava medo até em seu pai.

– Ora, porque... – o Pai da Mentira hesitou. – Esse não é o ponto. Só não entendo como seres tão poderosos se curvam perante um deus que nunca se mostrou. Como podem temer os seguidores de Cristo? Como podem temer um deus pregado na cruz?

– Você é poderoso, você é um deus, mas mesmo assim prefere apenas vir até o meu reino e reclamar como um velho ranzinza – sorriu com seu rosto desfigurado. – Ou como um garotinho que acabou de sujar as calças e não consegue se limpar sozinho.

Loki olhou com raiva para a sua filha, bateu três vezes o cajado no chão e desapareceu deixando apenas fumaça no salão destruído.

Hel bateu duas palmas e imediatamente seus criados começaram a limpar a bagunça.

– Como pode ser tão patético? – sussurrou e dirigiu-se para o seu aposento.

.

.

.

– Teve uma vez que eu estava com o Alessio, que resmungava como uma velhinha, como sempre e... – Tita virou-se instintivamente e deu um soco direto no nariz do homem que surgiu atrás dela.

A pancada foi violenta, tal como o coice de um cavalo. O Deus Trapaceiro deu três passos para trás, tonto e cambaleante. Pisou em falso e caiu pela escarpa rochosa, batendo nas pedras pontiagudas até afundar no mar bravio da rebentação.

– Quem era esse infeliz? Como não sentimos a presença dele? – Tita olhou lá para baixo, mas não consegui enxergar onde estava o corpo.

– Seja quem for, acredito que ele acabou de virar comida de caranguejo – Buddug pegou uma pedra e jogou lá embaixo. – Aqui deve ter uns 150 pés de altura.

– Eu juro que não queria ter matado o idiota – Tita coçou a cabeça. – Não antes de conhecê-lo, mas levei um baita susto, daí já viu.

– Um homem a mais ou a menos não faz diferença – Buddug seguiu pela trilha que beirava a escarpa. – Ninguém mandou ele ser tão estúpido e aparecer daquele jeito.

– Só acho estranho a gente não ter sentido a presença dele...

– Estávamos tão entretidas na conversa que baixamos a guarda – Buddug piscou.

– Pode ser – Tita estava desconfiada, mas seguiu a rainha.

Lá embaixo, Loki gemia de dor. Seu nariz estava quebrado, assim como vários outros ossos. Na transição entre os mundos, ele demorava alguns instantes para ter pleno controle sobre o seu corpo e mente. E nesse exato momento ficava vulnerável, bem quando levou o soco.

– Essa menina é mesmo uma filha de uma cadela – a dor estava insuportável. – Italiana maldita.

Entoou palavras em sua língua ancestral e seu corpo se recuperou parcialmente, apenas o suficiente para conseguir se levantar. Ficou em pé, equilibrando-se sobre a rocha lisa, e, quando se preparou para pular o vão, uma onda forte o derrubou, fazendo-o dar com a testa numa pedra pontiaguda.

Tudo começou a escurecer e o rugido do mar aos poucos foi se dissipando. E, antes de desmaiar, teve a impressão de ouvir a zombaria dos deuses de Asgard.

TEMPOS DE SANGUE

O ANDARILHO DAS SOMBRAS

DEUSES ESQUECIDOS

GUERRAS ETERNAS

O DESPERTAR DA FÚRIA

RUÍNAS NA ALVORADA

WWW.TEMPOSDESANGUE.COM.BR

Este livro foi impresso em papel pólen bold na
Renovagraf em dezembro de 2019